EINE ZEIT DES AUFBAUS

SCHICKSALHAFTES BERLIN, BAND 1

MARION KUMMEROW

Übersetzt von

ALICE V. CANSTEIN

Eine Zeit des Aufbaus — Schicksalhaftes Berlin, Band 1

ISBN Printversion: 978-3-948865-62-7

Herstellung und Verlag:

Marion Kummerow
c/o WirFinden.Es
Naß und Hellie GbR
Kirchgasse 19
65817 Eppstein

Übersetzung: Alice v. Canstein

Titelbildgestaltung: JD Smith Design

Bildnachweis: Bundesarchiv, Bild 183-M1203-329 / CC-BY-SA 3.0

https://creativecommons.org/licenses/by-sa/3.0/de/deed.en

Dieses Buch basiert auf historischen Begebenheiten, historische Persönlichkeiten und Vorfälle wurden sorgfältig recherchiert und wiedergegeben.

Die Namen der Hauptpersonen und die Handlung sind frei erfunden. Ähnlichkeiten mit lebenden oder realen Personen sind rein zufällig.

KAPITEL 1

Berlin, Mai 1945

Die Iljuschin brummte durch die Luft und schon bald nickte Werner Böhm ein. Endlich war er auf dem Weg zurück nach Berlin. Erinnerungen – glückliche und weniger glückliche – durchfluteten ihn.

„Schau dir diese Ruinen an." Die Stimme seines Vorgesetzten Norbert Gentner ließ ihn hochschrecken.

Werner öffnete die Augen und lehnte sich vor, um aus dem winzigen Fenster zu schauen. Erschrocken sog er die Luft ein. Obwohl er mit großflächiger Zerstörung gerechnet hatte, war er nicht auf die Trümmerwüste vorbereitet, die sich unter ihm erstreckte. Kilometerweit lag nichts außer rauchenden Ruinen unter dem Flugzeug. Der Anblick zerriss ihm das Herz. Berlin war einst – vor einer Ewigkeit – seine Heimat gewesen.

„Unsere Rote Armee hat nicht viel übrig gelassen, was an

Hitlers faschistisches Regime erinnert“, sagte er. Dabei ließ er klugerweise unerwähnt, dass die britischen und amerikanischen Bomber für den Großteil der Zerstörung verantwortlich waren und die großartige Rote Armee nur das dem Erdboden gleichgemacht hatte, was sowieso schon gebröckelt hatte.

Gentner, ein Mann in seinen Vierzigern mit sich lichtendem Haar und Spitzbart, nickte. „Ja, unsere Armee hat hervorragende Arbeit geleistet und wir können Stalin nicht genug für seinen Weitblick loben, die Ersten zu sein, die in der besiegten Hauptstadt ankommen. Du wirst bald Zeuge davon werden, wie uns das helfen wird, eine entmilitarisierte Demokratie nach dem sowjetischen Modell einzuführen. Man bekommt nicht oft die Gelegenheit, ein ganzes Land von null an wieder aufzubauen.“

„Ich fühle mich geehrt, Teil deiner Gruppe zu sein, Genosse Gentner“, antwortete Werner.

Norbert Gentner war der Leiter einer Delegation deutscher Emigranten in Moskau, die von Stalin entsandt worden war, um Berlin nach seinen Vorstellungen wieder aufzubauen. Als Mitglied der KPD, der kommunistischen Partei, war Gentner 1938 vor den Nazis geflohen und nach Zwischenstationen in Paris und Prag drei Jahre später in Moskau gelandet. Seitdem hatte man ihn dazu ausgebildet, einmal die Regierung des besiegten Deutschlands zu übernehmen. Es war eine große Ehre, zu Gentners „Schattenkabinett“ zu gehören, das die Zukunft Deutschlands in seinen Händen halten würde. Dies war Werners Gelegenheit, Geschichte zu schreiben.

Im Alter von achtundzwanzig Jahren hatte der gebürtige Deutsche länger in Russland als in seiner Heimat gelebt. In den vergangenen fünfzehn Jahren hatte er unermüdlich auf die Position hingearbeitet, die er jetzt innehatte, und schwor sich, diese fantastische Gelegenheit bestmöglich zu nutzen. Er hatte so viele Verbesserungsvorschläge für den real existierenden Sozialismus in der Sowjetunion und es juckte ihn in den Fingern, einige seiner Thesen mit Norbert zu besprechen.

„Es wird allerdings keine leichte Aufgabe werden." Norbert beobachtete ihn durch seine Brillengläser, sodass Werner sich plötzlich unzulänglich fühlte. Trotz seiner Ausbildung an der Moskauer Universität würde er es niemals mit seinem großen Idol aufnehmen können, war dieser doch ein weit gereister und renommierter Mann, den Werner seit seiner Kindheit bewunderte. Die Weisheit des Älteren und seine gesammelten Erfahrungen waren legendär.

„Wir müssen zwölf Jahre nationalsozialistische Gehirnwäsche rückgängig machen und diese Menschen im antifaschistischen Sinne umerziehen", erklärte Norbert.

„Ja, Genosse. Dessen bin ich mir bewusst und habe mich gut auf diese monumentale Aufgabe vorbereitet." Aufmerksam studierte Werner Norberts Gesicht. Er wirkte ernst und sah müde aus.

„Ich bin mir sicher, dass du die Theorie gelernt hast. Aber das hier ist die Praxis", entgegnete Norbert, und Werner nickte. Niemals hätte er sich getraut, seinen Vorgesetzten zu unterbrechen. „Genosse Stalin möchte, dass wir einen entmilitarisierten demokratischen Staat errichten. Das mag zwar einfach scheinen, ist es aber nicht. Wir haben eine Herkulesaufgabe zu erfüllen und dazu müssen wir alle an einem Strang ziehen, denn die Deutschen wurden gründlich vom Faschismus verdorben. Wir müssen jederzeit auf der Hut sein, dürfen ihnen gegenüber nicht zu viel Nachsicht zeigen und keinesfalls weich werden. Stattdessen müssen wir nach Hinweisen Ausschau halten, ob sie wieder in den Faschismus zurückfallen und dieses Übel dann gnadenlos ausmerzen."

Werner hatte exakt die gleichen Sätze tausendmal während seiner Ausbildung im Komsomol und an der Moskauer Universität gehört, und er konnte sich gerade noch zurückhalten, die Augen zu verdrehen. Auf der gesamten Reise von Moskau nach Berlin hatte Norbert sich als übereifriger Parteifunktionär gezeigt, der jede offiziell genehmigte Direktive vom Stapel ließ, ohne dabei auch nur ein einziges Wort abzuändern. Werner hoffte, das würde sich ändern, sobald sie sich besser kannten.

„Ich stimme dir zu, Genosse, Faschismus ist das Böse, das wir ausmerzen müssen. Aber das funktioniert sicherlich besser, wenn wir zuerst das Vertrauen und die Freundschaft der Deutschen gewinnen."

Gentner rückte seine Brille auf der Nase zurecht. „Das ist eine nette These, aber in der Realität reagiert der Deutsche am besten auf Befehle." Er lehnte sich zurück und schaute aus dem Fenster, bevor er sich wieder zu Werner wandte. „Ich verurteile dich nicht für deine romantischen Ideen, denn du bist zu jung, um zu verstehen, wie es war, ehe Hitler an die Macht kam. Der Faschismus begann nicht erst mit der Machtübernahme; der Samen wurde lange vorher gepflanzt. Du wirst schon sehen: unter meiner Führung wirst du ein wertvoller Parteifunktionär."

Norberts Arroganz versetzte Werner einen Stich. Er war davon überzeugt, dass er keine Führung brauchte, wenn diese nur aus offiziellen Parteiweisheiten oder Stalinzitaten bestand. Wahrscheinlich hatte er die marxistisch-leninistischen Lehren weitaus gründlicher studiert als der ältere Mann.

All die Jahre in der Schule und auf der Universität, in denen der Nutzen des Kommunismus diskutiert worden war, hatten ihn mit den intellektuellen Waffen ausgestattet, um jede politische Diskussion zu gewinnen. Was, wie er vermutete, der Hauptgrund war, weshalb man ihn zu Gentners rechter Hand gemacht hatte: Werner beherrschte die Macht der Sprache wie kein anderer.

„Ich möchte unbedingt von deinen Erfahrungen aus dem wahren Leben lernen", sagte er voller Enthusiasmus, denn auch nur der geringste Eindruck von Illoyalität hätte sich negativ auf seine Karriere ausgewirkt. Norbert war ein enger Vertrauter Stalins und designierter Vorsitzender der deutschen KPD, weshalb er mit der Schaffung der neuen Selbstverwaltung Berlins beauftragt worden war. Wenn Werner eine politische Karriere anstrebte, dann ging dies nur an Norberts Seite.

Das Flugzeug hüpfte auf und ab und kurz darauf kündigte der Pilot die bevorstehende Landung an. Werner schnallte sich an, lehnte sich zurück und kämpfte gegen die aufsteigende Übelkeit, die der holprige Landeanflug verursachte. Zum Glück brachte der Pilot die Maschine sicher nach unten, ohne dass die Räder allzu heftig auf der unebenen Landebahn aufsetzten.

„Willkommen in Berlin", verkündete er.

Werner wartete, bis Norbert seinen Aktenkoffer auf den Sitz gestellt hatte, und half ihm dann in den Mantel, ehe er seinen eigenen anzog. Es dauerte nicht lange, bis die zehn Mann starke Delegation ausgestiegen war und deutschen Boden betrat.

Er hatte die Hauptstadt das letzte Mal 1927 als zehnjähriger Junge gesehen, bevor seine kommunistischen Eltern nach Russland emigriert waren. Nostalgie überkam ihn. Er nahm einen tiefen Atemzug, in der Erwartung, die Luft würde frisch und holzig riechen, so wie in seiner Erinnerung. Doch stattdessen rümpfte er die Nase ob des beißenden Geruchs von heißem Rauch, der ihm entgegenschlug.

Bereits nach dem ersten Atemzug musste er husten und blickte sich um. Dicke schwarze Rauchsäulen stiegen am Horizont auf, die den Gestank erklärten. Es war ein ausgeprägter, widerwärtiger Geruch – nicht nur nach brennendem Holz, sondern auch nach verbranntem Fleisch.

Die Delegation eilte über die Landebahn und stieg in die wartenden Militärfahrzeuge. Nach einer holprigen Fahrt an mehr Schuttbergen vorbei, als Werner je erwartet hatte, erreichten sie das Hauptquartier der KPD in der Prinzenallee in Berlin-Lichtenberg.

Ein adrett gekleideter sowjetischer Soldat begrüßte sie und führte sie durch das geräumige, moderne Gebäude, das vom Krieg fast verschont geblieben war. Die Wohnungen im Erdgeschoss waren zu Büroräumen umfunktioniert worden, und jedem der zehn Männer wurde ein Quartier in einem der oberen Stockwerke zugewiesen.

Werner hatte noch nicht einmal seinen Koffer ausgepackt, als es an der Tür klopfte.

„Ja, bitte!", rief er.

Der gleiche Soldat, der ihm sein Zimmer gezeigt hatte, stand in der Tür und sagte: „General Sokolow ist bereit, Sie zu empfangen."

„Ich komme." Werner strich seinen dunklen Anzug glatt und folgte dem Mann in die Eingangshalle, wo bereits der Rest der Delegation versammelt war. Gemeinsam bestiegen sie wieder die Fahrzeuge, die sie zur ehemaligen Pionierschule der Wehrmacht im Stadtteil Karlshorst brachten, wo das Hauptquartier der Sowjetischen Militäradministration in Deutschland, kurz SMAD, lag.

Das imposante Anwesen hatte den Krieg überraschend gut überstanden, was wahrscheinlich der Grund war, warum der neu benannte Stadtkommandant General Sokolow es als seine offizielle Residenz gewählt hatte. Stolz stand das Hauptgebäude inmitten eines parkähnlichen Gartens mit altem Baumbestand in sattem Grün.

Repräsentative Säulen umrahmten den Eingang zu einem dreistöckigen Herrenhaus aus grauem Stein, in dem die Hauptverwaltung lag, während kleinere Gebäude im hinteren Bereich des Geländes als Baracken für die Soldaten dienten.

Sogar in den majestätisch wirkenden hohen, schmalen Fenstern mit strahlend weißen Rahmen waren noch alle Scheiben intakt. Beeindruckt von der Schönheit dieses würdevollen Gebäudes, hielt Werner unwillkürlich die Luft an.

General Sokolow war ein untersetzter Mann mit pechschwarzen Haaren und kleinen braunen Augen, der seine Zeit nicht mit Nettigkeiten vergeudete. Er war keinesfalls gut aussehend, aber dennoch eine imposante Erscheinung. Äußerst selbstsicher und energisch wie alle Generäle, hatte auch er sich skrupellos noch oben gekämpft. Werner wurde von den vielen Medaillen und Ordensbändern auf seiner Uniform geradezu geblendet.

„Willkommen in Berlin, Genossen. Kommen Sie mit, ich will Ihnen etwas zeigen", bat Sokolow sie in sein Büro, in dem auf einem Tisch eine riesige Karte von Berlin ausgebreitet lag. Die Stadt war fein säuberlich in vier Besatzungszonen eingeteilt. Der Sowjetische Sektor im Osten Berlins war etwas kleiner als die drei westlichen Sektoren zusammen.

Werner hielt sich abwartend im Hintergrund, beobachtete den General aber ganz genau. Er schätzte ihn als typischen Karriereoffizier ein, der keine Geduld für andere Meinungen hatte, egal, ob sie von Militärangehörigen oder Zivilisten geäußert wurden. In dieser Hinsicht war er wie alle anderen in der Roten Armee, doch was ihn vom Rest unterschied, war die wilde Entschlossenheit in seinen Augen. Dieser Mann war nicht nach Berlin gekommen, um halbe Sachen zu machen. Trotzdem würde man gut mit ihm zurechtkommen – zumindest solange man seine Befehle befolgte. Es bestand kein Zweifel, dass er jeden zur Schnecke machen würde, sollte etwas nicht nach seinem Plan verlaufen.

Und es gab auch keinen Zweifel daran, dass diese Pläne bereits gemacht worden waren.

„In den letzten Wochen haben wir die Kontrolle in der Stadt übernommen", sagte General Sokolow.

„Und das absolut hervorragend", antwortete Gentner.

Sokolow warf ihm einen finsteren Blick zu, der deutlich zeigte, dass er keine Unterbrechungen wünschte; nicht einmal, wenn sie dazu gedacht waren, ihm Honig um den Bart zu schmieren.

Nur mühsam konnte Werner ein leichtes Schmunzeln unterdrücken. Scheinbar hatte Norbert nicht genug über seinen neuen Vorgesetzten in Erfahrung gebracht. Als er sich bei dem Gedanken ertappte, bereute er ihn sofort, denn es war nicht klug, sich überlegen zu fühlen. Norbert mochte nicht der ikonenhafte Held sein, als den ihn alle propagierten, aber er hielt immer noch Werners politisches Schicksal in den Händen. Das Beste, was er tun konnte, war, ganz und gar auf der Seite seines Vorgesetzten zu sein und ihm bei jeder Gelegenheit den Rücken zu stärken.

Sokolow fuhr mit seiner Präsentation fort und ließ einen Zeigestock über die Karte gleiten. „Wie Sie sehen können, befinden sich das Polizeihauptquartier, die Zeitungsredaktion, das Rathaus, der Magistrat und die Universität in unserem Sektor – was übrigens kein Zufall ist."

Werner nickte. Ein gut durchdachter Plan.

„Außerdem kontrollieren wir das Umland von Berlin, einschließlich der Bahntrassen, Straßen und Wasserwege. In unserem Sektor befindet sich auch das einzige funktionierende Kraftwerk. Falls die Amerikaner in Berlin ankommen, werden sie vor vollendete Tatsachen gestellt."

Er sagte falls, nicht wenn, dachte Werner. Stalin hatte für die Zeit nach Hitlers Sturz akribisch vorausgeplant. Die Ersten in Berlin zu sein, war der wichtigste, gar entscheidende Schritt gewesen, damit sich alles Weitere zusammenfügte. In Windeseile jede Position der zukünftigen Stadtverwaltung mit Kommunisten zu besetzen – was die Aufgabe der Gruppe Gentner war – würde sicherstellen, dass die westlichen Imperialisten in der deutschen Hauptstadt keinen Fuß fassen konnten.

Es war ein brillanter Schachzug und wieder einmal musste Werner eingestehen, dass der „große alte Mann“ Stalin ein Genie war. Er war mit allen Wassern gewaschen und dem Rest der Welt immer einen Schritt voraus. Das war einer der Gründe, warum jedermann ihn liebte, bewunderte, aber ebenso fürchtete.

„Die Amerikaner werden schnell merken, dass es nichts bringt, einen Teil dieser Stadt zu regieren, die mitten in der sowjetischen Zone liegt. Eher früher als später werden sie Berlin bereitwillig verlassen und nach Hause zurückkehren“, beendete Sokolow seine Rede, blickte sich um und schien zu Fragen einzuladen.

„Was passiert, wenn die Amerikaner nicht nach Hause gehen?“, wollte der designierte Polizeipräsident Paul Markgraf wissen. Markgraf, Hauptmann einer deutschen Panzerjägerabteilung, war bei Stalingrad in Gefangenschaft geraten. Dort hatte er Norbert kennengelernt, der ihn zu einem viermonatigen antifaschistischen Umerziehungsprogramm in Krasnogorsk schickte, wo er sich dem Nationalkomitee Freies Deutschland anschloss. Markgraf stand im Ruf, ein rücksichtsloser Mann zu sein, der nicht vor unkonventionellen Methoden zurückschreckte, um zu bekommen, was er wollte.

Werner traute dem stämmigen Mann mit dem grimmigen Gesichtsausdruck und dem perfekt mit Brillantine zur Seite gekämmten schwarzen Haaren nicht.

General Sokolow wischte die Frage mit einer Handbewegung weg wie eine lästige Fliege. „Das werden sie, weil sie schwach sind. Sie sind kriegsmüde und wünschen sich nichts mehr, als ihre Jungs nach Hause zu holen und Europa ein für alle Mal zu verlassen. Doch wir werden hierbleiben. Wir werden nicht nur Berlin regieren, sondern ganz Deutschland, und schon bald wird der Kommunismus die Vorherrschaft haben – vom Pazifik im Osten bis zum Atlantik im Westen."

Ermutigt durch Sokolows wohlwollende Reaktion auf Markgrafs Frage, meldete sich Werner zu Wort: „Was ist mit den Briten und den Franzosen? Sie werden Europa nicht verlassen, denn es ist ihre Heimat."

„Die Franzosen?", spottete Sokolow. „Eine Horde mickriger Feiglinge, die innerhalb weniger Wochen von der Wehrmacht überrannt wurde. Sie haben nie gegen die Besatzer gekämpft und, ehrlich gesagt, verstehe ich nicht, wie sie es geschafft haben, die Amerikaner davon zu überzeugen, sie als Siegermacht anzuerkennen. Die Franzosen haben keinen Handschlag dazu beigetragen, diesen Krieg zu gewinnen. Sie werden sich unserer Herrschaft ebenso beugen, wie sie 1940 vor den Deutschen kapituliert haben."

Zufrieden mit seiner Einschätzung der politischen Lage in Europa, blickte sich Sokolow im Raum um. „Was die Briten anbelangt, so haben sie einigen Mut bewiesen, das ist nicht zu bestreiten. Aber ohne die Hilfe ihrer amerikanischen Verbündeten hätte Hitler ihre unbedeutende, kleine Insel schon vor Jahren überfallen. Die stellen für uns keine Bedrohung dar. Sie wollen genauso dringend den Kontinent verlassen und auf ihre Insel zurückkehren, wie die Amerikaner zurück über den Ozean wollen. Solange wir den Briten glaubhaft versichern, dass wir nicht vorhaben, den Kanal zu überqueren, werden sie sich uns nicht in den Weg stellen."

„Bravo!" Gentner klatschte in die Hände und ein Mann nach dem anderen tat es ihm gleich. Dieses Mal war General Sokolow über die Bauchpinselei hocherfreut und lud fröhlich zu einem Umtrunk ein.

KAPITEL 2

Sorgfältig schob Marlene ihre langen braunen Haare unter die alte, staubige Kappe, bevor sie ihren einzigen Mantel anzog und sagte: „Ich versuche, etwas zu essen aufzutreiben."

„Sei vorsichtig. Die Russen ...", sagte ihre Mutter mit sorgenvollem Gesichtsausdruck.

„Ich weiß, aber wir können uns nicht für immer hier drinnen verstecken. Ansonsten verhungern wir." Marlene blickte zu ihrem Vater, der zusammengesunken auf dem Bett in der Ecke kauerte. Er sollte es sein, der nach draußen ging und sich um seine Familie kümmerte, statt das furchtbare Schicksal zu beklagen, das sie ereilt hatte.

Eine Welle des Abscheus überkam sie, doch schon im nächsten Moment empfand sie nur noch Mitleid für den gebrochenen Mann, dem das Leben so übel mitgespielt hatte. Als hochrangiger Regierungsbeamter hatte er immer bestmöglich für seine Familie gesorgt. Sie hatten sogar in bescheidenem Luxus gelebt – bis ein Luftangriff dem Gebäude schwere Schäden zugefügt hatte und sie zusammen mit den anderen überlebenden Bewohnern in den Keller ziehen mussten.

Es war verständlich, dass sich ihr Vater gedemütigt und besiegt fühlte. Denn das waren die Deutschen nun mal – Verlierer.

Unterwerfung. Bedingungslose Kapitulation. Natürlich nannte es niemand so. Stattdessen benutzten die Menschen Euphemismen wie *Chaos* oder *Zusammenbruch,* als ob es sich um etwas Unbeabsichtigtes wie den Einsturz eines Gebäudes nach einem Volltreffer handelte und nicht um die vollkommene, schmachvolle Unterwerfung unter sämtliche Launen der neuen Machthaber.

„Es ist eine Schande! Meine eigene Tochter schleicht sich wie ein Gassenjunge aus dem Haus. Unter Hitler gab es immer Disziplin und Ordnung! Alles war so viel besser!", brüllte ihr Vater vom anderen Ende des Raumes.

Ein Schaudern überkam sie. Sie wollte nicht über seine Worte nachdenken. Die Dinge waren nun mal so, wie sie waren, und sie konnte nichts an der Situation ändern. Am besten investierte sie ihre Energie darin, mit den Umständen zurechtzukommen, statt sich über sie zu beklagen. Oder sie zu analysieren.

„Ja, Vater", antwortete sie, verließ den Keller und stieg in einen sonnigen, wenn auch kühlen Maimorgen hinauf. Die Sonne blendete sie, sodass sie ein paar Mal blinzeln musste. Berlin war vor dem Krieg so schön gewesen. Sie war vierzehn gewesen, als Hitler in Polen einmarschiert war, doch wie alle Mädchen in ihrem Alter hatte sie sich viel mehr für Spiele, Jungs und Kleider interessiert als für Politik.

Zuerst war es nur eine kaum wahrnehmbare Aufregung, gepaart mit Jubel über jedes neu besetzte Gebiet gewesen, aber dann war der Krieg näher gekommen. Einer nach dem anderen waren ihre Brüder, Cousins, Freunde und Nachbarsjungen eingezogen und in den Krieg geschickt worden. Viele kehrten in Särgen zurück, andere überhaupt nicht.

Sie schüttelte den Kopf, um ihre Trauer zu verscheuchen. Die Vergangenheit konnte sie nicht ändern. Das einzig Wichtige in diesem Moment war, etwas Essbares für ihre Familie zu beschaffen, ansonsten würden auch sie bald zu den Opfern dieses Krieges zählen. Sie straffte die Schultern, überquerte die Straße und verschmolz eilig mit den Schatten der ausgebombten Gebäude, immer darauf achtend, sich von den Hauptstraßen fernzuhalten.

Es war sicherer, nicht von den Russen gesehen zu werden. Die wahllosen Plünderungen, Morde und Vergewaltigungen waren für jeden eine Bedrohung, insbesondere jedoch für eine junge, hübsche Frau wie sie. Nach einem endlos lang erscheinenden Fußmarsch erreichte Marlene schweißgebadet die Bäckerei.

„Guten Morgen", begrüßte sie die Ehefrau des Bäckers. „Was haben Sie heute?"

„Kein Mehl, kein Brot", höhnte die große Frau. „Die *Iwans* haben alles mitgenommen. Ohne zu bezahlen natürlich."

„Das tut mir leid, es ist so furchtbar", sagte Marlene voller Mitgefühl.

Die Frau des Bäckers kniff die Augen zusammen und schaute unverhohlen auf Marlenes Schal. „Einen schönen Schal hast du da. Meine Mutter friert immer so."

Marlene hasste es, wie sich die Dinge entwickelt hatten, aber die Lebensmittelkarten waren schon lange nicht mehr das Papier wert, auf dem sie gedruckt wurden. Nur durch Tauschhandel hatten sie in den vergangenen Wochen überleben können. „Und meine Mutter hat immer Hunger."

Die Bäckersfrau nickte verständnisvoll. „Die *Iwans* haben vielleicht einen Laib übersehen. Er ist ein wenig hart, aber noch immer gut."

„Ich nehme ihn." Marlene zog den Schal aus und überreichte ihn im Tausch gegen einen steinharten Laib Brot. Sie würden ihn in Suppe tunken müssen, damit er genießbar wurde, aber er war kostbares Essen.

Sie steckte das Brot in ihre Umhängetasche und verließ gerade die Bäckerei, als ihr Blick auf eine platinblonde Frau fiel, die die Straße entlanglief, ganz so als ginge keinerlei Gefahr von den russischen Besatzern aus. Marlene sog die Luft ein, fassungslos, dass jemand so kühn sein konnte. Sie erwartete schon, dass sich jeden Moment ein Russe auf die Frau stürzen und die gefürchteten Worte *Komm Frau*! rufen würde.

Allein bei dem Gedanken lief es ihr eiskalt den Rücken hinunter. Im nächsten Augenblick schaute die Frau in ihre Richtung und Marlene stockte der Atem.

„Bruni? Bist du es wirklich?", fragte sie perplex.

„Marlene, was für eine Überraschung, dich hier zu sehen. Wie ist es dir ergangen?" Brunhilde von Sinnen, bei ihren Freunden bekannt als Bruni, sah aus wie das blühende Leben. Sie wirkte weder niedergeschlagen noch ängstlich wie alle anderen in diesem Trümmerhaufen, der einst Berlin gewesen war. Sie ging ein paar Schritte auf Marlene zu und umarmte sie fest. „Ist es nicht wunderbar, dass ich dich getroffen habe? Wie geht es dir?"

„So lala", antwortete Marlene. Doch im nächsten Moment wich die Begeisterung darüber, ihre Freundin wiederzusehen, der puren Panik. Ein finster dreinblickender russischer Soldat kam auf sie zu. „Bruni ... wir ... ein Iwan." Marlene stockte die Stimme.

Doch ihre Freundin drehte kaum den Kopf und sagte achselzuckend: „Oh, das ist Gregori. Er ist mein Aufpasser."

„Dein Aufpasser?" Marlene hatte ein Gefühl von Watte im Kopf und verstand beim besten Willen nicht, was das bedeuten sollte.

„Ja, du Dusselchen." Bruni hakte sich bei Marlene unter und sagte: „Lass uns eine Runde spazieren gehen."

„Spazieren gehen? Bist du verrückt?" Noch immer beäugte Marlene den Soldaten namens Gregori misstrauisch, aber er hielt sich in einigen Schritten Entfernung.

„Ganz und gar nicht, aber ich sterbe vor Neugier, alle Einzelheiten darüber zu erfahren, wie es dir ergangen ist."

Marlene seufzte und folgte Bruni. Vielleicht strahlte man gemeinsam mehr Stärke aus und zwei Frauen wären keinem so großen Risiko ausgesetzt wie eine Frau allein.

„Ist es nicht ein Traum? Der Krieg ist endlich vorbei und wir sind noch am Leben", sagte Bruni mit ihrer unglaublich melodischen Stimme.

„Eher ein Albtraum", widersprach Marlene und erzählte ihr von den grauenhaften Bedingungen im Keller, dass sie sich um ihre Eltern kümmern musste und von ihrer ständigen Angst und ihrem fortwährenden Kampf.

Bruni blieb stehen und blickte sie an. „Wann wirst du jemals lernen, dich um dich selbst statt ständig nur um andere zu kümmern, Süße? Schau dich an! In diese schrecklichen Lumpen gekleidet, dein schönes Haar unter einer schmierigen Kappe versteckt. Kein Wunder, dass es dir schlecht geht. Du musst dich an die Situation anpassen und dir einen Beschützer suchen."

„Einen Beschützer? So wie deinen Gregori?"

Bruni funkelte sie an. „Natürlich nicht. Gregori ist nur ein Fußsoldat, einer von der Sorte, vor der die Frauen hier Angst haben."

„Warum hast du keine?"

„Bist du wirklich so begriffsstutzig? Sobald klar war, wer die neuen Machthaber sein würden, legte ich Make-up auf, zog mein bestes Kleid an und stellte mich Hauptmann Fjodor Orlowski vor, Befehlshaber des technischen Korps in Berlin. Es gibt in

Berlin nur einen Mann, der mächtiger ist als er, und das ist General Sokolow persönlich."

„Du hast dich einem Russen an den Hals geworfen?", spuckte Marlene die Worte aus. Wie hatte Bruni so tief sinken können?

„Es ist nicht wichtig, mit wem wir uns verbrüdern. Entscheidend ist nur, warum wir es tun. Das sind keine normalen Umstände und ich teile lieber freiwillig das Bett mit nur einem Mann als unfreiwillig mit vielen. Um sicherzugehen, dass mir nichts passiert, hat Fjodor einen seiner Männer abgestellt, mir die ganze Zeit zu folgen."

„Oh, Bruni. Das tut mir so leid. Das ist so furchtbar." Marlene liebte ihre Freundin von ganzem Herzen, trotz ihrer vielen Charakterfehler.

„Es ist wirklich nicht schlimm. Fjodor ist ein ziemlich guter Liebhaber." Bruni machte ein verträumtes Gesicht. „Er hat die Ausdauer eines trainierten Soldaten und die Erfahrung eines—"

„Stopp. Bitte keine Einzelheiten." Marlene stieg die Schamesröte ins Gesicht. Sie war nicht wie Bruni und hatte sich ihrem Freund nur ein einziges Mal hingegeben, am Tag, ehe er an die Front geschickt worden war.

„Falls du jemals einen Rat in Frauendingen brauchst, führe ich das herzlich gerne weiter aus."

Mit hochrotem Gesicht ging Marlene weiter neben ihrer Freundin die Straße entlang und vergaß fast die in Berlin herrschende Tristesse, während sie über Brunis Pakt mit dem Teufel sinnierte. War es in Ordnung, seinen Körper einem Mann zu verkaufen, um zu verhindern, dass viele andere ihn sich raubten?

Sie bogen in Marlenes Straße ein und Bruni schnappte beim Anblick der zerstörten Gebäude nach Luft. „Wie kannst du nur so leben?"

„Es ist ja nicht so, als ob wir eine Wahl hätten", murmelte Marlene. Im nächsten Moment verkrampfte sich ihr Magen beim

Anblick von zwei betrunkenen russischen Soldaten auf Beutejagd. In ihrer Freude, Bruni wiederzusehen, hatte sie es versäumt, das Geschehen auf der Straße zu beobachten und sich rechtzeitig zu verstecken. Natürlich hatten sie die zwei jungen Frauen bereits entdeckt und ein lüsternes Grinsen machte sich auf ihren Gesichtern breit.

„O mein Gott", flüsterte Marlene und machte sich auf das Schlimmste gefasst.

Doch es dauerte nur wenige Sekunden, bis Gregori, der ihnen immer noch in wenigen Schritten Entfernung folgte, auf die zwei Männer zuging und sie auf Russisch anbrüllte. Sie machten ein verblüfftes Gesicht und auf dem Absatz kehrt.

„Siehst du jetzt, wie nützlich es ist, einen Beschützer zu haben?", fragte Bruni. „Falls du deine Meinung ändern solltest, kann ich dich mit einem mächtigen und anständigen Offizier bekannt machen."

Mit wackligen Knien verabschiedete sich Marlene und stieg in den Keller hinab, wo sie mit ihren Eltern hauste.

KAPITEL 3

Werner war unterwegs, um sich einen ersten Eindruck von der Berliner Universität zu verschaffen. Sowohl General Sokolow als auch Norbert Gentner hatten ihm klargemacht, wie wichtig es war, das Bildungssystem vor Beginn des neuen Schuljahrs im Oktober aufzubauen und einen geordneten Betrieb sicherzustellen. Und er war zum Leiter der Abteilung für Kultur und Erziehung benannt worden.

Eine Eliteuniversität ähnlich der in Moskau – die natürlich denselben politischen Philosophien folgte – war Stalins ausdrücklicher Wunsch. Und wer wäre schon so unverschämt, ihm seinen sehnlichsten Wunsch zu verweigern? Werner zumindest nicht.

Also machte er sich mit der Hilfe von zwei Männern, beides leidenschaftliche Kommunisten, die erst wenige Wochen zuvor aus einem Konzentrationslager befreit worden waren, an die Herkulesaufgabe.

Er hatte ein Gebäude ähnlich dem SMAD-Hauptquartier erwartet, weshalb ihm der Atem stockte, als er zum ersten Mal das Universitätsgebäude am Prachtboulevard Unter den Linden sah. Seine erste Reaktion war, sich zu weigern, auch nur einen Fuß in diese Ruine zu setzen, die aussah, als würde sie jeden Moment einstürzen.

„Bist du sicher, dass wir hier Vorlesungen abhalten sollen?", fragte er Friedrich Effner, einen ausgemergelten grauhaarigen Mann Anfang fünfzig, der das KZ nur dank seiner privilegierten Stellung als talentierter Buchhalter überlebt hatte.

„Ja, ich fürchte schon. Aber so schlimm sieht es doch gar nicht aus", antwortete Effner.

„Also gut, werfen wir einen Blick hinein." Drinnen entdeckten sie einige Menschen, die auf der Suche nach brauchbaren Gegenständen waren, die sie plündern könnten. Aber die Hörsäle und Seminarräume waren bereits jeglichen beweglichen Mobiliars beraubt worden. Nur die fest verschraubten Bankreihen mit den daran befestigten Sitzen waren noch vorhanden.

„Schaffen Sie alle hier raus, keine weiteren Plünderungen", rief Werner einem der Soldaten zu, die seinen Erkundungstrupp begleiteten.

Wie durch ein Wunder fanden sie ein kaum beschädigtes Hintergebäude und Werner wählte die zwei am besten erhaltenen Büroräume für sich selbst und Effner aus.

„Hiermit ernenne ich dich zum Dekan der neuen Berliner Universität", sagte er lachend und gab Effner mit einer Bewegung zu verstehen, dass er sein neues Büro beziehen sollte. „Ich werde der technischen Kompanie sagen, dass sie Möbel für uns requirieren sollen, dann können wir morgen mit den Vorstellungsgesprächen beginnen."

„Ja, Genosse Böhm", antwortete Effner.

Werner überreichte ihm eine Liste möglicher Professoren, die er vom sowjetischen Kulturministerium bekommen hatte. Für die antifaschistische Erziehung der Berliner durften nur die zuverlässigsten Personen rekrutiert werden. Das schloss die meisten der Professoren aus, die noch bis vor Kurzem hier gearbeitet hatten.

Nach einer langen Diskussion innerhalb der Gruppe Gentner war entschieden worden, dass die medizinische Fakultät als erste, und zwar noch vor der offiziellen Eröffnung im Januar nächsten Jahres, den Betrieb wieder aufnehmen sollte. Ärzte wurden dringend gebraucht, und Werner hoffte, ausreichend Professoren und Studenten zu finden, die nicht vom Nationalsozialismus verdorben worden waren.

„Überlegst du, auch die Studenten auf ihre politische Zuverlässigkeit zu überprüfen?“, fragte Effner.

In Moskau wurden Studenten selten wegen ihrer Leistungen ausgewählt, sondern meist aufgrund ihrer politischen Eignung. Natürlich wurde es nie offiziell zugegeben, aber Kinder von hochrangigen Parteifunktionären wurden in jeden Studiengang aufgenommen, ganz ungeachtet ihrer Noten oder persönlichen Eignung.

Doch das hier war Berlin. Und Stalin hatte sie damit beauftragt, eine entmilitarisierte, demokratische und antifaschistische Gesellschaft zu errichten.

Werner hatte oft überlegt, wie man die 1848 begonnene bürgerlich-demokratische Revolution am besten vollenden könnte. Eine Landreform, um alle Überreste des Feudalismus abzuschaffen, war eine Sache, doch einen demokratischen Staat mit Rechten und Freiheiten für das Volk aufzubauen, war ein viel wichtigerer und komplizierterer Schritt.

Er hatte die Fehler gesehen, die die Sowjets bei der Einführung des Kommunismus gemacht hatten. In dieser Hinsicht teilte er Anton Ackermanns Meinung, dass der Sozialismus in Deutschland ohne die vorherige Diktatur des Proletariats erreicht werden könnte. So wie der Gründer des Nationalkomitees Freies Deutschland glaubte Werner an einen „eigenen Weg Deutschlands" zum Sozialismus und lehnte eine Sowjetisierung des Landes ab.

Doch die Studenten nicht auf ihre politische Gesinnung zu überprüfen, könnte gefährlich werden. Was wäre, wenn einer von ihnen sich von imperialistischen Ideen beeinflussen ließe und einen Aufstand entfachte, um die junge Republik zu destabilisieren?

„Nun, ich denke, wir müssen sie auf faschistische Tendenzen überprüfen. Wir müssen unbedingt verhindern, dass gefährliche Nazi-Sympathisanten die Universität infiltrieren."

„Das ist eine hervorragende Idee, Genosse Böhm", meinte Effner. Wahrscheinlich hatte er genauso große Angst wie Werner, bei seiner neuen Aufgabe zu versagen, denn die Partei verzieh keine Fehler. „Wir könnten die angehenden Studenten ein Bewerbungsformular ausfüllen lassen, in dem sie nicht nur nach medizinischen Referenzen, sondern auch nach früheren Verbindungen zu Nazi-Organisationen gefragt werden."

„Genau. Wir werden die erste Gruppe Studenten auf Grundlage ihrer medizinischen Leistungen auswählen. Alle, die vorher schon studiert oder als Sanitäter gearbeitet haben, werden bevorzugt. Mit Ausnahme der Anhänger von faschistischem Ideengut. Erstell mir bis morgen ein Formular", sagte Werner, der froh war, diesen mühsamen Teil des Verfahrens delegieren zu können.

Er verließ das Büro und schritt durch die lange Eingangshalle des Hauptgebäudes. Er musste Büromöbel requirieren. Auf seinem Weg stieß er auf eine Gruppe Soldaten der technischen Kompanie, die Waschbecken zum Ausgang trugen.

„Was machen Sie da?", fragte Werner ihren Leiter.

„Waschräume demontieren für Reparationszahlungen", antwortete der Techniker.

„Nein. Das geht nicht. Das hier ist das Universitätsgebäude

und wir brauchen die Waschräume, wenn im Herbst die Vorlesungen wieder beginnen."

Der Techniker zuckte nur mit den Schultern. „Ich habe eine Aufgabe zu erledigen, und jetzt gehen Sie mir aus dem Weg."

Doch Werner würde nicht zulassen, dass seine eigenen Leute die Wiedereröffnung der Universität gefährdeten. Er stellte sich dem Mann entgegen, der mindestens doppelt so schwer war wie er. In barschem Ton erklärte er: „Genosse, ich bin Werner Böhm, Leiter der Arbeitsgruppe für Kultur und Erziehung unter Norbert Gentner."

Bei der Erwähnung Gentners horchte der Techniker kurz auf, zuckte dann aber erneut die Achseln. „Ich habe meine Anweisungen. Wenn sie Ihnen nicht gefallen, wenden Sie sich an General Sokolow, damit er neue erteilt. Und jetzt gehen Sie mir endlich aus dem Weg, damit ich meine Arbeit machen kann."

Werner musterte den kräftigen Mann und beschloss, es nicht auf eine Handgreiflichkeit ankommen zu lassen. Stattdessen eilte er zum nächstgelegenen Büro der Militärverwaltung und verlangte, das Telefon zu benutzen. Hektisch wählte er die Nummer von Norberts Büro und betete, dass sein Vorgesetzter dort sein würde.

„Gentner."

Gott sei Dank. „Norbert, hier ist Werner. Ich komme gerade aus dem Universitätsgebäude. Da ist eine Gruppe russischer Techniker und zerlegt das Gebäude."

„Was meinst du damit, dass sie es zerlegen?"

„Sie demontieren die Waschbecken und sogar die Toilettenschüsseln nehmen sie mit. Anscheinend ist das Teil der vereinbarten Reparationszahlungen an die Sowjetunion." Werner musste über die Absurdität der Situation fast lachen. Toilettenschüsseln demontieren und nach Moskau transportieren.

„Hast du mit dem befehlshabenden Offizier gesprochen?"

Norbert schien nicht sonderlich interessiert an dem Thema zu sein.

„Ja, er hat gesagt, es geschehe auf Anordnung von General Sokolow." Werner sah, wie eine weitere Gruppe Soldaten das Universitätsgebäude verließ und die Porzellanteile auf die Ladefläche eines wartenden Lasters warf. Dem Lärm nach zu urteilen, würden nicht viele Toilettenschüsseln Berlin in einem Stück verlassen. Seine Verzweiflung wuchs. Wenn die Partei den Menschen doch nur erlaubte, selbst zu denken.

Auch wenn er wusste, dass dies nur vorübergehend sein würde, bis das Proletariat gelernt hätte, komplexe Zusammenhänge zu begreifen, wuchs seine Wut. Er wünschte sich so sehr, diese Übergangsphase wäre genau jetzt beendet.

„Wenn Sokolow das unterzeichnet hat, können wir nichts machen."

„Du meinst, ich muss zulassen, dass sie alles mitnehmen, was wir für einen reibungslosen Betrieb der Universität brauchen?" Werner war kurz davor, die Geduld zu verlieren. Begriff Norbert nicht, wie sinnlos die gesamte Aktion war?

„Ich würde nicht so weit gehen, zu sagen, dass du nicht für einen reibungslosen Betrieb sorgen kannst, nur weil irgendwelche Techniker ein paar Gegenstände für Reparationszahlungen mitnehmen."

„Du meinst also, wir brauchen für die Professoren und Studenten keine Toiletten?" Werner fuhr sich mit der Hand durch die kurzen blonden Haare.

„Genosse, du verstehst mich absichtlich falsch. Die Techniker wurden von Sokolow beauftragt, also gibt es nichts, was wir dagegen tun können. Wenn ich du wäre, würde ich mich auf das konzentrieren, was von mir erwartet wird, statt mir Gedanken über die Ausstattung von Waschräumen zu machen."

Ungläubig und aufgebracht verzog Werner das Gesicht und

war froh, dass Norbert ihn nicht sehen konnte. Er zwang sich, seine Stimme ruhig klingen zu lassen, als er sagte: „Ich werde tun, was du vorschlägst. Danke für deinen Rat, Genosse."

Er hatte gerade aufgelegt und war noch sauer darüber, dass Norbert sich weigerte, ihm zu helfen, als ihm ein anderer Gedanke kam. Obwohl er es eigentlich besser wusste, konnte er nicht kampflos zulassen, dass diese Grobiane das Bisschen zerstörten, was von der Universität noch übrig war. Sogar der dümmste sowjetische Funktionär musste einsehen, dass es keinen Sinn ergab, das Gebäude zu demontieren, nur um das gestohlene Inventar wenige Wochen später wieder einzubauen.

Vielleicht würde Hauptmann Orlowski, der Kommandant der technischen Kompanie, es zu schätzen wissen, wenn er ihm die unnötige doppelte Arbeit ersparte. Er nahm wieder den Hörer in die Hand und wählte Orlowskis Nummer. Nach einem kurzen Gespräch willigte dieser ein, den Abbau zu unterbrechen, bis die beiden sich am Nachmittag treffen konnten.

Werner eilte ins SMAD-Hauptquartier und um Punkt zwei Uhr klopfte er an Orlowskis Bürotür.

„Ah ... Sie sind also Genosse Böhm. Ihr Ruf eilt Ihnen voraus. Ich habe mich schon gefragt, wann ich Gentners Protegé wohl kennenlerne, hätte aber nicht gedacht, dass es so bald sein würde", sagte Orlowski anstatt einer Begrüßung.

„Hauptmann Orlowski, das Vergnügen ist ganz auf meiner Seite. Bitte entschuldigen Sie, dass ich Sie mit diesem Thema belästige." Werner hatte gehört, dass Orlowski ein Techniker mit Leib und Seele war, ein intelligenter Mann, der immer ein offenes Ohr für Vernunft und Logik hatte. Falls er die richtigen Worte fand, konnte er den Mann bestimmt auf seine Seite ziehen.

„Ja, ja, lassen Sie uns zum Punkt kommen. Warum behindern Sie meine Männer dabei, die Reparationen mitzunehmen, die rechtmäßig dem sowjetischen Volk gehören?"

„Genosse, ich bin zwar gebürtiger Deutscher, aber im Herzen Russe. Darum bin ich der Erste, der die Reparationszahlungen an unsere geliebte Sowjetunion unterstützt. Die Faschisten haben unserem Land unermesslichen Schaden zugefügt und es ist nur recht und billig, dass die Deutschen für das, was sie getan haben, bezahlen müssen. Aber ich bin mir nicht sicher, ob das Demontieren von Waschbecken und Toilettenschüsseln tatsächlich dazu beiträgt, Russland wieder aufzubauen."

„Dies zu entscheiden, ist die Aufgabe von helleren Köpfen, als ich einer bin. General Sokolow hat es angeordnet und wer bin ich, dem zu widersprechen?" Hauptmann Orlowski verzog keine Miene, doch Werner glaubte, Frustration in seinen Augen aufblitzen zu sehen. Also stimmten die Gerüchte, dass Orlowski eine eigene Meinung hatte.

Aber ... Werner würde nichts erreichen, indem er Autoritäten herausforderte. Der Hauptmann war vielleicht offen für logische Argumente, aber dennoch ein gehorsamer Soldat.

Er zermarterte sich das Gehirn, um einen anderen Blickwinkel auf das Problem zu finden, und sagte schließlich: „Ich stimme absolut mit Ihnen überein, Genosse. Ich habe mich scheinbar falsch ausgedrückt. Reparationszahlungen müssen erfolgen. Und ich verstehe, dass das schnell vonstattengehen muss, weil die Aufgabe erfüllt sein soll, ehe die Amerikaner einen Fuß auf Berliner Boden setzen. Aber ich frage mich, ob Sie Ihre Quote für Badezimmerausstattungen nicht in anderen Gebäuden erfüllen könnten, und zwar insbesondere in den Bezirken, die den westlichen Alliierten zugeteilt wurden. Stattdessen könnten sie die Universität verschonen?"

Werner hoffte, Orlowski würde der Spur aus Brotkrumen folgen und zustimmen, dass es dringlicher war, die westlichen Sektoren auszurauben, bevor die Amerikaner die Stadt erreichten. Natürlich nur, falls sie wirklich jemals hier ankämen.

„Genosse Böhm, warum sollte ich das tun? In der Universität gibt es insgesamt 87 nicht zerstörte Waschbecken und 64 Toiletten in gutem Zustand. Das sind fast fünf Prozent meiner Quote. Sie werden mir sicherlich zustimmen, dass es weitaus effizienter ist, so viele Gegenstände in einem einzigen Gebäude abzubauen, als hundert Gebäude zu plündern und aus jedem nur ein Waschbecken hinauszutragen."

Werner nickte. Die Zahlen leuchteten ihm ein und er wusste, worüber sich Orlowski Sorgen machte. „Ich bin ganz Ihrer Meinung. Die Zahlen würden für jeden vernünftigen Menschen Sinn ergeben, aber es könnte für Sie dennoch nützlich sein, die Universität zu verschonen." Orlowski blickte ihn finster an, sodass Werner schnell hinzufügte: „Wissen Sie, ich erhalte meine Befehle auch von Sokolow. Stalin höchstpersönlich möchte eine Eliteuniversität haben, die der Prüfung durch den imperialistischen Westen standhält. Die neue Berliner Universität ist dazu bestimmt, eine herausragende Bildungseinrichtung ganz nach dem Vorbild der großartigen Universität von Moskau zu werden, an der sich schon bald alle deutschen Studenten einschreiben wollen."

Kalter Schweiß lief Werner über den Rücken. Es war nicht gelogen, denn Norbert hatte geprahlt, dass Stalin so etwas gesagt hatte. Seine nächsten Worte jedoch waren leicht übertrieben und er musste sie vorsichtig formulieren, um nicht in Teufels Küche zu kommen. „Meine einzige Sorge ist Ihr knappes Zeitbudget."

Orlowski hob die Augenbrauen. „Da bin ich mir sicher."

„Wenn Sie jetzt die Waschräume abbauen, muss ich in einer Woche einen Antrag auf neue Ausstattung stellen. Und dann müssen Ihre Männer, die so hart daran gearbeitet haben, alles mitzunehmen, zurückkommen und die Gegenstände wieder installieren, die sie zuvor entfernt haben. Dadurch wird Ihre Einheit Zeit verlieren ..." Werner hörte auf zu sprechen, damit der

Hauptmann seine eigenen Schlüsse ziehen konnte, welche Vorgehensweise für ihn vorteilhafter wäre. Sollte Orlowski seinem Ruf als effizienter Techniker gerecht werden, würde er die sinnlose Doppelarbeit verabscheuen.

Es folgte eine lange Pause, während der sich Orlowski das Kinn rieb. Schließlich erhob er wieder seine Stimme: „Ich weiß Ihre Sorge um meine Einheit zu schätzen. Wir sind durch die Situation hier in Berlin und weil wir die Amerikaner vor vollendete Tatsachen stellen müssen, maximal beansprucht. Darum werde ich Ihnen den Wunsch erfüllen, die Universität zu verschonen, in der Hoffnung, dass dies Ihnen und der antifaschistischen Umerziehung der Deutschen nützt."

Werner verstand, was von ihm erwartet wurde. „Danke für Ihr Wohlwollen, Genosse. Ich und die gesamte Bildungsabteilung stehen tief in Ihrer Schuld."

„Sonst noch etwas, das Sie besprechen wollen?"

„Nein, danke. Ich bin Ihnen wirklich sehr dankbar." Werner wusste, dass Orlowski irgendwann den Gefallen einfordern würde, den er ihm schuldete, doch das war es wert. Schließlich musste er in etwas weniger als einem halben Jahr die neue Berliner Universität einweihen. Auch wenn er noch keine Idee hatte, wie.

KAPITEL 4

Marlenes Mutter erhitzte auf einem Spirituskocher Wasser und gab ein paar verschrumpelte Kartoffeln hinzu. Zusammen mit etwas hartem Brot würde dies das Abendessen der Familie werden.

Wie immer lag Vater zusammengekauert auf dem Feldbett und verfluchte murmelnd sowohl die Russen als auch die deutschen Verräter, die die Kapitulation unterzeichnet hatten. Marlene warf einen Blick auf sein vor Hass und Kummer verzerrtes Gesicht. *Der Arme, er hat so viel verloren.*

Sie sorgte sich um den geistigen Zustand ihres Vaters, wusste aber nicht, wie sie ihm helfen sollte. Sogar Mutters Entschlossenheit schien von Tag zu Tag zu schwinden. Marlene glaubte, es lag daran, dass ihre Eltern sich nie nach draußen wagten. Wer könnte in diesem furchtbaren modrigen und dunklen Kellerloch schon bei klarem Verstand bleiben? Doch egal, wie sehr sie die beiden drängte, ins Freie zu gehen, sie weigerten sich stets. *Zu gefährlich.*

Allerdings war es da oben nicht viel gefährlicher als hier unten. Wenn die Iwans etwas wollten, hämmerten sie einfach an die Tür. Marlenes Gedanken wurden von genau solch einem Klopfen unterbrochen. Nervosität brach im Raum aus und drei Augenpaare starrten gebannt auf die Tür. Marlene hielt die Luft an.

Dies war ihr schlimmster Albtraum. Es war schon einmal geschehen und keiner der drei wollte daran erinnert werden. Angespannt wartete sie und hoffte, wer auch immer da war, würde wieder gehen. Doch kurz darauf klopfte es wieder, sehr zaghaft.

Marlene stand auf, aber ihre Mutter flüsterte: „Nicht! Die Soldaten!"

„Mutter, bitte. Soldaten würden die Tür halb einschlagen. Vielleicht braucht jemand unsere Hilfe."

„Das kannst du nicht wissen", protestierte ihre Mutter.

Von der anderen Seite der Tür waren ein Schlurfen und ein verzweifeltes hohes Stöhnen zu vernehmen. „Es ist eine Frau, ganz sicher", meinte Marlene. „Wir müssen die Tür öffnen." Sie schaute zu ihrem Vater, aber da er nicht in ihre Richtung blickte, verzichtete sie auf seine Zustimmung und machte die Tür auf.

„Oh Gott! Was ist mit Ihnen passiert?", entfuhr es Marlene, als die junge Frau in ihre Arme stolperte.

„Marlene", brachte sie kraftlos hervor.

Marlene erkannte die Stimme, brauchte aber etwas, um das Gesicht dieses armseligen Menschen mit ihrer Freundin aus Kindertagen in Verbindung zu bringen. „Zara? Bist du es wirklich?"

Ihr ehemals schönes hüftlanges schwarzes Haar sah aus wie ein verfilztes Vogelnest und in ihren braunen Augen stand die nackte Angst. Ein graugrünes Kleid, das in einem früheren Leben bestimmt modisch gewesen war, hing in Fetzen von ihrem Körper und sie war überall mit Schmutz und getrocknetem Blut verschmiert.

Zara nickte. Marlene merkte, dass die Beine ihrer Freundin gleich nachgeben würden, also fasste sie sie fest um die Hüfte und führte sie in das Kellerabteil. Marlenes Mutter hingegen beäugte die Besucherin kritisch.

„Was denkst du dir dabei, sie hier reinzubringen? Wer ist diese schmutzige Person überhaupt?“, schalt Mutter sie.

„Mutter, bitte, das ist Zara Ulbert. Erinnerst du dich nicht an sie?“, erwiderte Marlene, ignorierte den schockierten Gesichtsausdruck ihrer Mutter und führte Zara durch den Raum zu ihrem Feldbett.

„Du möchtest sie doch nicht ernsthaft hierbleiben lassen? Schau sie dir doch an! Wahrscheinlich ist sie voller Läuse und Gott weiß was noch alles.“

Fassungslos starrte Marlene ihre Mutter an. „Siehst du denn nicht, dass sie verletzt ist und unsere Hilfe braucht?“

„Ich kann das sehr wohl sehen. Aber wir können ihr nicht helfen, sie muss ins Krankenhaus.“

„Da du dich ja nie nach draußen wagst, scheint dir entgangen zu sein, dass es keine funktionierenden Krankenhäuser gibt. Zumindest nicht für gewöhnliche Sterbliche wie uns.“ Marlene wusste zwar, dass das keine Art und Weise war, mit ihrer Mutter zu sprechen, konnte sich aber nicht zurückhalten.

„Noch ein Grund mehr, sie nicht hereinzulassen. Was, wenn sie ansteckend ist? Fleckfieber hat? Sie ist eine Bedrohung für unsere Sicherheit.“ Mutter schürzte die Lippen und schaute hilflos zu ihrem Ehemann, der anscheinend zu vertieft in eine alte Zeitung war, um die Situation überhaupt zu registrieren. Schon lange war er nicht mehr das Familienoberhaupt.

„Mutter, Zara war in der Schule meine beste Freundin. Wie kannst du von mir erwarten, dass ich sie wegschicke, wenn sie Hilfe braucht? Zumindest muss ich ihre Wunden säubern“, flehte Marlene.

Zara, die bislang kein Wort gesagt hatte, erhob sich mühsam. Auf wackeligen Füßen stehend, sagte sie: „Es tut mir leid. Ich hätte nicht herkommen sollen."

„Richtig, hättest du nicht", mischte sich plötzlich Marlenes Vater in das Gespräch mit ein. „Dein Vater ist ein Kriegsverbrecher. Allein die Tatsache, dass du in unserem Haus bist, gefährdet uns. Am besten verschwindest du auf der Stelle wieder."

Marlene blickte zwischen ihren Eltern und Zara hin und her. Wann hatten sie sich in gefühlskalte Monster verwandelt? Hier war eine schwer verletzte Frau, die ihre Hilfe benötigte, und ihre Mutter machte sich Sorgen um Läuse, während ihr Vater Angst hatte, mit einem Nazi in Verbindung gebracht zu werden.

Zara war Marlenes beste Freundin gewesen, bis ihr Vater Karl Ulbert vor vier Jahren ins besetzte Polen abkommandiert worden war. Damals hatte Marlene nicht gewusst, dass er einer der führenden Köpfe der überall in Polen errichteten sogenannten Todeslager und später Kommandant des Vernichtungslagers Mauthausen gewesen war.

Nach der Kapitulation war er einer der meistgesuchten Kriegsverbrecher. Doch die Militärkarriere ihres Vaters war nicht Zaras Schuld. Genau wie Marlene war sie 1925 geboren und somit viel zu jung, um eine aktive Rolle gespielt zu haben. Ungläubig schüttelte Marlene den Kopf.

Anscheinend verstand Zara die Geste falsch und schlurfte mit hängenden Schultern zur Tür.

Ein eisiges Gefühl in den Gliedmaßen hinderte Marlene daran, sich zu bewegen, sodass sie zusah, wie ihre jämmerlich aussehende Freundin nach der Türklinke griff. Doch plötzlich wurde sie von einer Woge der Wut ergriffen und rief lauthals: „Nein, geh nicht!" Mit erhobenem Kopf schaute sie auf ihre Eltern. „Wir können sie nicht gehen lassen. Ohne unsere Hilfe wird sie sterben."

Es war schwer zu sagen, wer von Marlenes offener Auflehnung gegen den Willen ihrer Eltern geschockter war: ihre Eltern oder sie selbst. Zitternd vor Angst und Wut wischte sie alle Gedanken an die Konsequenzen beiseite und streckte Zara die Hand hin. „Bitte leg dich auf mein Feldbett. Ich hole einen Arzt."

„Danke", flüsterte Zara.

„Keine Sorge. Ich werde mich um dich kümmern." Die finsteren Blicke ihrer Mutter ignorierend, holte Marlene ein Glas Wasser und gab ihrer Freundin ein Schälchen Suppe. Dann deckte sie Zara zu und wagte sich hinaus, um Doktor Ebert zu holen, den langjährigen Hausarzt der Familie. Der Arzt hatte sie schon als Säugling gekannt und sie war sich sicher, dass er helfen würde.

Draußen wurde sie von der Frühsommerhitze empfangen, aber dennoch fröstelte sie. Vor ihrer Mutter hatte sie auf tapfer gemacht, aber in Wahrheit verspürte sie jedes Mal Todesangst, wenn sie den Keller verließ. Nie wieder wollte sie erleben müssen, was ihr kurz nach Ankunft der Russen in Berlin einer der Rotarmisten angetan hatte.

Doktor Ebert wohnte nur wenige Häuserblocks entfernt, doch sie brauchte fast eine Stunde, um dorthin zu gelangen, weil sie zweimal wegen unpassierbarer Trümmerhaufen einen Umweg gehen musste. Mit pochendem Herzen klopfte sie an seine Tür.

Seine alte Mutter öffnete und schenkte ihr ein zahnloses Lächeln: „Wenn das mal nicht Marlene Kupfer ist. Wie ist es dir ergangen, meine Liebe? Ist es nicht eine Schande, was mit unserem schönen Berlin passiert? Aber vielleicht verdienen wir das ja."

„Ja, Frau Ebert. Ist Doktor Ebert da? Eine Freundin von mir ist schlimm verletzt."

„Oh, Liebes, er ist nicht zu Hause. Er ist im Krankenhaus. Möchtest du auf ihn warten?"

Marlene war überrascht. „Er arbeitet in einem Krankenhaus?“

„Oh nein, nicht in einem echten wie vor dem Zusammenbruch. Es ist nur ein leeres Gebäude, wohin er die Schwerkranken bringt. Falls du dorthin gehen möchtest, es liegt nur zwei Häuserblocks die Straße hinunter.“

Marlene fand die Adresse mit Leichtigkeit. Wie Frau Ebert gesagt hatte, war es ein baufälliges Gebäude, in dem es wie durch ein Wunder fließendes Wasser gab. Sie fand den Arzt bis zu den Handgelenken in den Innereien eines Patienten steckend.

Ihr Magen rebellierte bei dem Anblick, doch als Doktor Ebert ihre Anwesenheit bemerkte, rief er ihr einen Befehl zu, ohne überhaupt einen Blick in ihre Richtung zu werfen: „Reichen Sie mir mal die Nadel dort!“

Sie schluckte die Übelkeit hinunter, die in ihr aufstieg, und tat wie ihr geheißen. Zwischen Abscheu und Neugier hin- und hergerissen, schaute sie lieber weg, als der Arzt die Person auf dem Feldbett zunähte.

„Stichwunde“, erklärte er und schaute Marlene schließlich an. „Jetzt den Verband, bitte.“ Er zeigte auf einen Tisch mit schmutzigen Bandagen, die eindeutig schon benutzt worden waren.

Sie nahm eine und reichte sie dem Arzt, der sie um die Taille der stöhnenden Frau wickelte.

„Pst, pst. Alles wird gut“, murmelte er mit sonorer, beruhigender Stimme. Dann ging er zum Waschbecken, um seine Hände zu waschen, und sagte zu Marlene: „So grausam es sich auch anhört, aber diese Frauen täten besser daran, sich den Russen nicht zu widersetzen, die sich ihnen aufdrängen.“

Marlene schluckte, weil sie nicht daran erinnert werden wollte. Dann fiel ihr der Grund für ihren Besuch wieder ein. „Doktor Ebert, könnten Sie bitte zu uns nach Hause kommen? Eine Freundin wurde schwer verletzt und ich fürchte, ohne Behandlung wird sie es nicht überstehen.“

Er ließ die Schultern sinken und Marlene sah in seinen Augen, wie erschöpft er war. Doch nur wenige Sekunden später riss er sich zusammen und nickte zustimmend. „Ich hole meine Tasche." Er legte ein paar Gegenstände in die große Arzttasche und warf sich einen dreckigen weißen Kittel mit einem roten Kreuz auf dem Rücken über.

„Der hat sich als recht nützlich erwiesen", erklärte er, während er ihr einen zweiten Kittel gab. „Sogar die Russen respektieren das medizinische Personal, weil sie uns vielleicht eines Tages selbst brauchen."

Gemeinsam eilten sie zu Marlenes Wohnblock und wie durch ein Wunder wurden sie auf dem Weg weder angehalten noch belästigt. Fünfzehn Minuten später standen sie vor der Kellertür und klopften dreimal. „Mutter, Vater, ich bin's, Marlene. Ich habe Doktor Ebert dabei."

Von der anderen Seite der Tür hörten sie ein Schlurfen und nur wenige Augenblicke später ließ ihre Mutter sie herein. Als sie den Arzt sah, lächelte sie. „Doktor Ebert, wie schön, dass Sie uns besuchen kommen."

Sichtlich verwirrt schaute der Arzt von Mutter zu Marlene. „Ich dachte, das sei kein privater Besuch?"

„Ist es auch nicht. Meine Freundin Zara Ulbert braucht Ihre Hilfe", sagte Marlene schnell. Dann bedeutete sie dem Arzt, ihr dorthin zu folgen, wo Zara bewegungslos und mit schmerzverzerrtem Gesicht auf dem Feldbett lag.

„Zara Ulbert? War ihr Vater nicht der Kommandant von Mauthausen?", wollte Doktor Ebert wissen.

„Ja, das ist ihr Vater", antwortete Marlene und Angst überkam sie. Würde der Arzt sich aufgrund der Verbrechen ihres Vaters weigern, Zara zu behandeln?

„Ich habe gehört, die halbe Rote Armee ist hinter ihm her", sagte er, als er sich neben Zaras Bett kniete.

„Wir haben sie nicht eingeladen, sie ist buchstäblich durch die Tür gefallen“, erklärte Mutter und folgte dem Arzt in die Ecke des Zimmers. „Und sie kann nicht hierbleiben. Wir hatten gehofft, Sie könnten sie mitnehmen.“

Doktor Ebert ignorierte sie und schaute sich Zara genauer an. „Ziemlich übel zugerichtet“, murmelte er und öffnete seine Tasche, um die junge Frau untersuchen zu können. Er verlangte nach Wasser, reinigte und nähte ihre Wunden, wobei der Gesichtsausdruck auf seinem Gesicht von Minute zu Minute sorgenvoller wurde.

Als er fertig war, drehte er sich um und sagte: „Zara hat hohes Fieber und einige der Wunden haben sich entzündet. Das Mädel hat viel durchgemacht und benötigt Pflege.“ Demonstrativ blickte er Marlenes Mutter an. „Frau Kupfer, ich gebe Ihnen zwar recht, dass sie in einem Krankenhaus besser aufgehoben wäre, aber es gibt keine Möglichkeit, sie dorthin zu bringen, selbst wenn wir ein Krankenhaus fänden, das sie aufnimmt. Soweit ich weiß, ist zurzeit nur die Charité in Betrieb, und die dort ein- und ausgehenden Russen hätten ihre wahre Freude an dieser jungen Frau.“

„Aber wir können sie nicht hierbehalten“, protestierte ihre Mutter. „Wir haben ja kaum genug Platz für uns, von Essen ganz zu schweigen.“

KAPITEL 5

Colonel Dean Harris wurde allmählich sauer. Er hatte den Auftrag, eine US-amerikanische Aufklärungseinheit nach Berlin zu bringen, um dort die ihnen zugeteilten Bezirke zu besetzen. Der Konvoi mit mehr als einhundert Fahrzeugen hatte bereits vor Stunden die Demarkationslinie an der Elbbrücke in Dessau erreicht.

Seine Vorgesetzten hatten ihn gewarnt, dass die Russen schwierig sein könnten, und ihm eingeimpft, diplomatisch zu bleiben, komme, was wolle. Doch bislang war genau das Gegenteil der Fall gewesen. Der russische Oberst Gorelik hatte sich benommen, als wären sie lange getrennte Freunde, die endlich wieder vereint waren, und hatte eine Willkommensfeier auf die Beine gestellt, die jede königliche Hochzeit in den Schatten gestellt hätte.

Erst vor wenigen Minuten hatte sich ein sowjetischer Feldwebel ans Klavier gesetzt und spielte nun eine schräge Melodie nach der anderen. Dean wollte schnellstmöglich seine Reise fortsetzen, denn von der Demarkationslinie bis nach Berlin waren es immerhin noch mehr als hundertfünfzig Kilometer.

Aus irgendeinem Grund spielten die Russen auf Zeit und schienen verhindern zu wollen, dass er weiterfuhr. Er wollte jedoch keinesfalls auch nur eine Minute länger als nötig in Dessau bleiben. Sein Auftrag lautete, eine Aufklärungseinheit nach Berlin zu führen, und das würde er auch tun. Egal wie.

Dean stand auf und ging zu seinem russischen Ansprechpartner, Oberst Gorelik. „Oberst, ich muss darauf bestehen, dass wir nun weiterfahren."

Gorelik sah ihn freundlich an. „Musik schön, ja?"

Dean vermutete, dass Goreliks Englisch in Wirklichkeit recht gut war und er nur so tat, als ob er ihn nicht verstünde. Er stöhnte innerlich und wünschte, sein Dolmetscher wäre dabei, doch die Russen hatten nur eine Handvoll Offiziere zur Willkommensfeier eingeladen. Der Rest seiner schätzungsweise fünfhundert Männer musste bei den Fahrzeugen warten. Dean kochte vor Wut und würde schon bald explodieren, wenn sich hier nichts tat.

„Dolmetscher!", verlangte er harscher als eigentlich gewollt.

Gorelik gab einem seiner Leute ein Zeichen, den russischen Dolmetscher zu holen, der praktischerweise vor einer halben Stunde verschwunden war. Drei grauenhafte Klavierstücke später tauchte der Mann endlich auf.

Mit dem letzten Quäntchen Geduld, das Dean übrighatte, erklärte er dem Mann, dass er auf der Stelle nach Berlin aufbrechen wollte.

„Natürlich, Colonel Harris. Wir verstehen Ihre Ungeduld, in der Hauptstadt anzukommen, und sie dürfen jederzeit weiterreisen."

„Hervorragend, danke", sagte Dean erleichtert.

„Doch eine Frage habe ich noch: Wie viele Offiziere, Soldaten und Fahrzeuge haben Sie dabei?"

Das war eine merkwürdige Frage, aber Dean hatte mittlerweile genügend Eigenarten der Russen erlebt, um sich etwas dabei zu denken. Ganz sicher hatten sie bereits mehrfach selbst nachgezählt, deshalb sah er keinen Sinn darin, der Frage auszuweichen. „Ungefähr fünfhundert Männer und einhundertzwanzig Fahrzeuge."

Als Deans Worte übersetzt worden waren, schüttelte Oberst Gorelik mit traurigem Gesichtsausdruck den Kopf und sagte etwas auf Russisch. Der Dolmetscher wiederholte das Gesagte auf Englisch: „Der Oberst ist untröstlich, aber das Protokoll erlaubt nur 37 Offiziere, 50 Fahrzeuge und 175 gewöhnliche Soldaten."

Was zum Teufel sollte das? Dean wollte dem verbohrten Bürokraten vor ihm am liebsten etwas Verstand einprügeln und konnte kaum seine Aggressionen zügeln, als er fragte: „Welches Protokoll?"

Die Russen genossen sichtlich seine Verwirrung und der Dolmetscher antwortete kühl: „Das Berliner Protokoll."

Dean zuckte nicht mit der Wimper, obwohl er noch nie von einem solchen Protokoll gehört hatte und auch ziemlich sicher war, dass es nicht existierte. Allerdings konnte man nie wissen, ob nicht doch ein paar leichthin gemachte diplomatische Äußerungen allzu wörtlich genommen worden waren, sodass es sich hierbei um ein Missverständnis handelte. Der Drang, sowohl seine Vorgesetzten als auch die Russen dafür zu erwürgen, dass sie ihn in eine so heikle Situation gebracht hatten, war so stark, dass die Ader in seiner Schläfe zu pochen begann.

„Es tut mir leid, aber ich weiß nichts über ein solches Protokoll", entgegnete er.

„Tja, ich schon", antwortete Gorelik.

Dean überlegte kurz, wie er sich am besten verhalten sollte. Er konnte schlecht zwei Drittel seines Konvois aufgrund eines mysteriösen Abkommens, von dem er noch nie gehört hatte, nach Hause schicken. Angesichts Goreliks siegessicheren Grinsens wandte er sich an den Dolmetscher: „Könnte ich bitte eine Kopie dieses Berliner Protokolls sehen?"

Der Oberst zögerte kurz und sagte dann: „Wir haben nur eine Kopie auf Russisch."

„Das reicht. Ich habe Leute, die Ihre Sprache lesen und sprechen können", antwortete Dean und wünschte, sein getreuer Dolmetscher Bob stünde ihm jetzt zur Seite. Wie viel einfacher die gesamte Konversation dann wäre.

Der Russe verzog kurz erschrocken das Gesicht, ehe er es wieder unter Kontrolle brachte. „Unter diesen Umständen muss ich das zuerst mit dem Hauptquartier abklären."

„Gut, dann klären Sie das mit dem Hauptquartier", fauchte Dean. Natürlich musste diese Marionette erst beim Hauptquartier nachfragen. Taten diese verdammten Russen jemals etwas, ohne zuerst jemand anderen zu fragen?

Er ballte die Hand zur Faust und wünschte, er hätte diese Mission niemals angenommen. Was ihn betraf, so entwickelte sie sich langsam zu einem wahren Albtraum.

„Wie Sie wünschen, Colonel Harris", sagte Gorelik. „Ich werde sofort einen Wagen in den nächsten Ort schicken."

„In den nächsten Ort?"

Der Russe zuckte mit den Schultern: „Da ist die nächstgelegene Telefonleitung nach Berlin."

Wie bitte? Dean schaffte es, die Schimpfwörter, die ihm auf der Zunge lagen, nicht laut auszusprechen, denn das wäre bei der wachsenden Spannung garantiert nicht förderlich. Er war sich sicher, dass es sich auch hierbei um einen Trick handelte. Die Russen waren seit fast zwei Monaten in Dessau und hatten es nicht geschafft, eine Telefonleitung zu ihrem Hauptquartier in Berlin zu errichten? Unmöglich.

Aber General Clay persönlich hatte Dean eingebläut, keine Probleme mit den Russen zu verursachen und unter allen Umständen dafür zu sorgen, dass die Mission friedlich verlief. Also wartete er zähneknirschend ab. Zwei Stunden lang. Zwei wertvolle Stunden, die er schon auf der Autobahn nach Berlin hätte sein können.

Wenigstens versorgten die Russen seine Delegation großzügig mit Champagner, Bier und Weißwein. Den ansonsten allgegenwärtigen Wodka boten sie ihnen allerdings nicht an und Dean überlegte, ob das als Affront gemeint war. Im Grunde war es ihm aber egal. Er wollte einfach nur diesen verdammten Ort verlassen und wieder auf der Straße sein.

Als eine Weile später immer noch niemand mit Neuigkeiten aus dem russischen Hauptquartier kam, platzte ihm schließlich der Kragen. „Ich habe den Befehl, nach Berlin zu fahren. Dieser Befehl ist klar und deutlich und schließt all meine Männer und Fahrzeuge mit ein. Der Befehl lautet allerdings nicht ‚Falls die Russen gewillt sind, euch durchzulassen‘. Verstehen Sie?"

„Ich fürchte, diesen Punkt werden Sie mit meinem Vorgesetzten diskutieren müssen, denn ich bin verpflichtet, mich an das Berliner Protokoll zu halten", antwortete Gorelik und fügte gnädig hinzu: „Ich werde ihn für Sie holen."

Es dauerte zermürbende fünfundvierzig Minuten, bis ein Ein-Sterne-General erschien und Dean aufs Allerherzlichste begrüßte. Doch anstatt wie angekündigt der Verantwortliche zu sein, wiederholte er den gleichen Blödsinn, den Oberst Gorelik von sich gegeben hatte, und beharrte darauf, dass laut dem ominösen Berliner Protokoll nicht mehr als die vorgegebene Anzahl Männer und Fahrzeuge durch die sowjetisch besetzte Zone fahren dürfte.

Dean konnte dem General nicht offen drohen, zeigte aber deutlich, was er davon hielt, und sagte: „Ich bin mir sicher, meine Vorgesetzten werden diesen Vorfall nicht gutheißen und er wird Konsequenzen haben. Unser Zugang zu Berlin wurde auf der Konferenz von Jalta beschlossen."

Der General nickte nur stoisch. Dean wusste keinen Ausweg. Er bat den General, unter vier Augen mit seinem Stellvertreter, Major Jason Gardner, zu sprechen, der im Auto wartete. Zusammen gingen sie die Optionen durch, von denen es nicht viele gab: nach Halle zurückkehren oder mit nur einem Drittel des Konvois weiterfahren.

„Ich sage, wir kehren um und warten auf weitere Befehle", meinte Jason.

Dean platzte beinahe vor Wut. „Auf keinen Fall lasse ich diese Mistkerle gewinnen. Wenn wir jetzt nachgeben, wer weiß, ob sie uns jemals nach Berlin fahren lassen."

„Dean, es gibt Übereinkommen ..."

„... die sie nach Belieben ignorieren und stattdessen irgendeinen erfundenen Scheiß anbringen, von dem noch nie jemand was gehört hat. Ich sag dir, es war ein Fehler, die Russen Berlin erobern zu lassen. Jetzt müssen wir ihnen jeden Zentimeter dieser verdammten Stadt aus ihren beschissenen Händen reißen."

„Was sollen wir deiner Meinung nach tun?" Wie immer war Jason die Ruhe selbst.

Ja, was sollten sie tun? Eher würde er seine rechte Hand abschneiden, als mit eingekniffenem Schwanz zu General Clay zurückzukehren. „Wir teilen uns auf. Ich bringe die erlaubte Anzahl Männer nach Berlin, während du mit dem Rest nach Halle zurückkehrst und denen im Hauptquartier mitteilst, was für verbohrte und hinterhältige Dreckskerle die Russen in Wirklichkeit sind."

„Sicher, dass du es in der Laune, die du gerade hast, mit den

Russen aufnehmen solltest?", foppte ihn Jason, dem vollkommen klar war, dass sein Vorgesetzter jeden Moment explodieren würde.

Dean grummelte vor sich hin und stieg aus dem Auto, um den Russen seine Entscheidung mitzuteilen, sich an das mysteriöse Berliner Protokoll zu halten. Falls der General das Gefühl hatte, gewonnen zu haben, war ihm dies nicht anzusehen. Dean war es mittlerweile auch einerlei, denn er wollte nur noch diesen Ort verlassen und vor Einbruch der Dunkelheit in Berlin sein.

Eine halbe Stunde später, nachdem sie alles neu verladen hatten, weil die Russen darauf pochten, dass sie keine Maschinengewehre mit sich führen dürften, sprang Dean lautstark fluchend in seinen Jeep.

„Zumindest fahren wir und du wirst sehen, Berlin erreichen wir auf der vierspurigen Autobahn im Nu", sagte sein Fahrer und Dolmetscher Bob.

Doch nach wenigen Kilometern fuhr der vorausfahrende russische Wagen von der Autobahn ab und führte sie über eine kopfsteingepflasterte Nebenstraße.

„Was zum Teufel machen die jetzt schon wieder?" Dean schlug seine Faust gegen die metallene Karosserie.

„Keine Ahnung."

Dean stoppte, winkte seine Eskorte heran und stieg aus dem Jeep, wobei seine Halsschlagader gefährlich pulsierte. Wenn die Russen nicht sofort mit ihren Sperenzchen aufhörten, müsste er ihnen wohl oder übel die Schädel einschlagen. „Warum fahren wir nicht wie geplant über die Autobahn?"

Der Russe zuckte mit den Achseln und tat so, als ob er ihn nicht verstünde.

„Autobahn?", fragte Dean, der immer verzweifelter wurde.

Erneut zuckte der Russe mit den Schultern und Dean juckte es in den Fingern. Er kannte durchaus Methoden, wie er den Mann zum Sprechen bringen könnte. Mit übermenschlicher Anstrengung schaffte er es irgendwie, diesen angeblichen Verbündeten nicht zu erwürgen und stattdessen Bob ein Zeichen zu geben, zu ihm zu kommen.

„Er sagt, die Autobahn wird gerade repariert, darum müssen wir über die Nebenstraße fahren", übersetzte Bob, während er Dean nervös beäugte. Er kannte das aufbrausende Temperament seines Vorgesetzten nur zu gut und fügte schnell hinzu: „Dean, du hast dem General versprochen, keinen diplomatischen Zwischenfall zu verursachen."

Dean biss die Zähne zusammen. Die Russen verursachten einen Zwischenfall, nicht er. Zurück im Jeep raunzte er: „Wir haben jedes Recht, unseren Konvoi nach Berlin zu bringen. Bisher habe ich alles klaglos ertragen, aber diese Dreckskerle sollen bloß nicht meinen, dass sie mich verscheißern können."

KAPITEL 6

„Bist du sicher, dass du laufen kannst?“, fragte Marlene. Sie mussten Zara bei der sowjetischen Verwaltung registrieren lassen, damit sie Lebensmittelkarten bekam.

„Ja“, presste Zara zwischen zusammengekniffenen Zähnen hervor. Ihr Atem ging schwer und sie hatte glasige Augen, obwohl das Fieber in der Nacht gesunken war.

„Sie kann nicht bei uns bleiben“, sagte Marlenes Mutter.

„Aber wo soll sie denn hin? Sie hat doch kein Zuhause mehr.“

„Das ist nicht unser Problem“, klinkte sich ihr Vater in die Diskussion ein. „Wir haben sie schon fünf Tage lang durchgefüttert. Jetzt muss sie gehen. Ihre bloße Anwesenheit stellt eine Gefahr für uns dar.“

Und was ist mit ihrer Sicherheit?, hätte Marlene am liebsten geschrien, aber es wäre eine unvorstellbare Respektlosigkeit gewesen, die Stimme gegen den eigenen Vater zu erheben. Darum nickte sie und antwortete: „Ja, Vater“, bevor sie mit Zara das Haus verließ.

Die Registrierung verlief ereignislos. Zara zuliebe ließ sie sich nichts anmerken, aber in Wahrheit machte sie sich große Sorgen. Auf der Straße würde ihre Freundin keinen Tag überleben. Als sie die zwei Blocks zur Anmeldebehörde gingen, zermarterte sie sich das Hirn, wo sie unterkommen könnte. Ihr fiel niemand anderes als Doktor Ebert ein. Seine behelfsmäßige Krankenstation war zwar ständig überfüllt, aber er würde Zara bestimmt nicht fortschicken, ehe Marlene eine andere Bleibe für sie gefunden hatte.

Doktor Ebert war nicht auf der Krankenstation, doch sie wurden von einem jungen Mann Mitte zwanzig mit dunklen Locken und warmherzigen braunen Augen begrüßt: „Kann ich Ihnen helfen?“

„Ich möchte zu Doktor Ebert“, sagte Marlene. Zara konnte sich kaum noch aufrecht halten und ließ sich gegen die Wand sacken. Sie war vollkommen erschöpft, nachdem sie ein paar Häuserblocks weit gelaufen war.

Der junge Mann warf einen Blick auf sie und schaute dann wieder Marlene an. „Es tut mir leid, Fräulein, aber er ist nicht hier. Ich heiße übrigens Georg Tauber. Ich helfe Doktor Ebert mit seinen Patienten.“

„Ich bin Marlene Kupfer und das ist meine Freundin Zara Ulbert.“ Bei der Erwähnung des Namens zuckte er sichtlich zusammen und Marlene zögerte. Bestimmt hatte er Zaras Nachnamen erkannt. Sie hatte das Gefühl, sich erklären zu müssen. „Doktor Ebert hat meine Zara vor ein paar Tagen bei uns zu Hause behandelt, aber sie kann nicht bei uns bleiben, darum dachte ich ...“ Von seinem sanften Blick ermutigt, sprach sie den Satz zu Ende: „Kann sie bitte hierbleiben? Nur für ein paar Tage, bis ich etwas anderes für sie gefunden habe.“

Er nickte und schenkte ihr ein Lächeln, das all ihre Sorgen verscheuchte. „Fürs Erste, ja. Aber die endgültige Entscheidung darüber trifft Doktor Ebert. Ich helfe nur aus." Er blickte mit unverhohlener Neugier zu Zara.

Marlene sah buchstäblich, wie sich die Worte auf seiner Zungenspitze formten, aber kein Laut kam aus seinem Mund. Stattdessen bat er: „Können Sie mir dabei helfen, sie da drüben auf ein Feldbett zu legen?"

„Natürlich, Herr Tauber."

Gemeinsam führten sie die vor Schwäche taumelnde Zara auf eine Pritsche am anderen Ende des Raumes. Das Laken war überraschend sauber und Marlene fragte sich, wo sie die Bettwäsche wuschen.

„Ihre Freundin ist in einem ziemlich schlimmen Zustand. Was ist passiert?", fragte er.

„Das Übliche." Marlene senkte den Blick, weil furchtbare Erinnerungen sie überkamen. Anscheinend begriff er, denn er legte ihr sanft die Hand auf die Schulter, als ob er die Last von ihr nehmen wollte. Dankbar lächelte sie ihn an. Schon lange hatte sie kein Mitgefühl mehr bekommen. Normalerweise war sie es, die andere Menschen tröstete.

Aus einem Drang heraus, der vollkommen untypisch für sie, aber zu stark war, als dass sie hätte Widerstand leisten können, schlang sie ihre Arme um seine Taille und presste ihr Gesicht gegen seine Brust. Es rollten keine Tränen über ihr Gesicht, aber ihr ganzer Körper wurde von trockenen Schluchzern geschüttelt, während er ihr tröstend mit der Hand über den Rücken fuhr.

„Bitte, Fräulein, nicht weinen. Es ist vorbei. Sie sind hier in Sicherheit", murmelte er immer wieder.

Sie wusste, dass er log, denn in Berlin war niemand in Sicherheit. Die Russen konnten tun, was immer sie wollten, auch wenn vor ein paar Tagen endlich die Amerikaner angekommen waren und zwei qualvolle Monate russischer Alleinherrschaft beendet hatten. Vielleicht hörten jetzt die ständigen

Vergewaltigungen, Plünderungen, Räubereien und Morde endlich auf.

Als ihre Schluchzer verebbten, wurde sie sich ihres beschämenden Verhaltens bewusst. Sich einem vollkommen Fremden an den Hals zu werfen, nur weil er ihr ein wenig Mitgefühl entgegengebracht hatte, von dem es heutzutage anscheinend viel zu wenig gab. Mit hochrotem Gesicht wand sie sich aus seinen Armen, strich ihren Rock glatt und sagte: „Bitte verzeihen Sie mir mein unangemessenes Verhalten, Herr Tauber."

Er schenkte ihr einen traurigen und wissenden Blick. „Machen Sie sich keine Gedanken, Fräulein Kupfer, wir alle brauchen ab und an eine Schulter zum Anlehnen. Aber bitte, nennen Sie mich Georg."

„Und ich bin Marlene." Sie inspizierte sein Gesicht und fragte sich, was ihm wohl widerfahren sein mochte. In seinen dunklen Augen lag nicht der gleiche trostlose Ausdruck, den mittlerweile fast jeder hatte. Stattdessen erkannte sie darin ein so großes Leid, dass es ihr in der Seele wehtat. Die Schatten seiner Qualen gingen weit über den Überlebenskampf hinaus, den jeder Bürger Berlins tagtäglich führte.

Er wand sich unter ihrem prüfenden Blick und sagte: „Wir schauen besser mal nach deiner Freundin."

Zara lag halb ohnmächtig und glühend heiß auf der Pritsche.

„Sie ist noch nicht über den Berg, das Fieber ist zurückgekehrt", sagte Georg. „Ich fürchte, sie hat sich eine Infektion zugezogen und wir brauchen Penicillin."

„Woher weißt du das alles?"

„Weil ich Medizin studiert habe. Ich war im sechsten Semester, als ich zur Wehrmacht eingezogen wurde."

„Oh", sagte sie, überrascht, dass er nicht in Kriegsgefangenschaft war.

Georg konnte anscheinend ihre Gedanken lesen, aber vielleicht war ihm diese Frage auch nur schon oft genug gestellt worden. „Ich habe rund ein Jahr lang als Sanitäter an der Ostfront gedient, ehe ich zurückkam, um mein Studium fortzusetzen. Aber die Nazis haben es nicht gutgeheißen, dass ich die in Russland von der Wehrmacht begangenen Gräueltaten angeprangert habe. Darum haben sie mich stattdessen ins KZ Mauthausen geschickt."

„Oh." Das erklärte sowohl den schmerzvollen Blick in seinen Augen als auch seine Reaktion auf Zaras Nachnamen. Was für ein herzensguter Mann er doch war, der Tochter des Mannes zu helfen, unter dem er selbst so sehr gelitten haben musste. Sie wusste nicht, was sie sagen sollte, denn sie hatte noch nie mit einem KZ-Überlebenden gesprochen. Tausende Fragen lagen ihr auf den Lippen. *War es so schlimm, wie man sich erzählt? Was haben sie dir angetan? Wie hast du überlebt?* Stattdessen starrte sie auf ihre Schuhspitzen und wäre am liebsten vor Scham im Erdboden versunken. Hätte sie es wissen können, gar wissen müssen? Hätte sie etwas tun können?

Rückblickend waren die Hinweise unübersehbar. Doch wie alle anderen hatte sie ihre Augen vor den Geschehnissen verschlossen. Sie konnte sich auch nicht damit rausreden, dass sie ja noch so jung gewesen war, als alles anfing. Trotz ihrer Jugend hätte sie es wissen und sich dagegen auflehnen können. Sie hätte ihre Eltern anflehen können, etwas zu unternehmen. Hatte sie aber nicht. Stattdessen hatte sie bequem in dem bescheidenen Luxus gelebt, den ihr Vater, ein Regierungsbeamter, ihnen geboten hatte.

Ein furchtbarer Gedanke überkam sie. Ihr Vater musste es gewusst haben, vielleicht war er bei den grauenvollen Aktionen sogar dabei gewesen. *Nein, nein, nein!* Vehement vertrieb sie den fürchterlichen Verdacht. *Nein!* Ihr Vater war ein guter Mann, der für das Reichsarbeitsministerium gearbeitet hatte. Nie hatte er diese Verbrechen erwähnt. Ihr Zuhause war immer eine Insel der Ruhe im Auge des Sturms gewesen und sie hatte nicht einmal bemerkt, dass sie sich im Krieg befanden, bis ihre beiden Brüder 1941 eingezogen wurden.

Ihr Bruder Kurt hatte begeisterte Briefe aus Paris geschickt, in denen sich der Krieg wie ein großartiges Fest anhörte. Sie war neidisch gewesen, bei dieser aufregenden Feier nicht dabei sein zu dürfen. Erst als die englischen und amerikanischen Bomber anfingen, Nacht für Nacht und Tag für Tag ihre tödliche Ladung über Berlin abzuwerfen, hatte sie begriffen, was Krieg tatsächlich bedeutete.

Krieg bedeutete Tod, Zerstörung, Leid, Trauer, Hunger, Schmerzen und Kälte.

„Marlene, geht es dir gut?", riss Georgs Stimme sie aus ihren Gedanken.

„Ja, ja, ich bin nur ...", seufzte sie. Es fühlte sich falsch an, über ihre Sorgen zu sprechen, insbesondere mit jemandem, der etwas durchgemacht hatte, was wahrscheinlich noch viel schlimmer war, als sie sich je vorstellen konnte. „Ich habe nur noch nie jemanden getroffen, der im KZ war."

Er schenkte ihr ein trauriges Lächeln. „Das ist nichts Erstrebenswertes."

„Es tut mir so leid", sagte sie.

Doch ehe sie das Gespräch fortsetzen konnten, betrat Doktor Ebert den Raum und rief: „Marlene, welch Überraschung! Wie geht es deiner Freundin?"

„Es ging ihr besser, aber der Weg hierher hat sie sehr erschöpft und das Fieber ist wieder zurück."

Doktor Ebert schüttelte den Kopf. „Ihr hättet nicht herkommen sollen. Das war in ihrem geschwächten Zustand zu anstrengend."

Georg schaltete sich ein: „Ich fürchte, sie hat sich eine Infektion zugezogen und braucht Penicillin."

„Und wo soll ich das bitte auftreiben?", murmelte Doktor Ebert leise. „Es ist ja schließlich nicht so, als ob ich einfach in eine Apotheke gehen und es kaufen könnte."

Marlene entwich ein nervöses Glucksen. Der Gedanke, etwas so Alltägliches zu tun, wie in eine Apotheke zu gehen, war angesichts der Tatsache, dass die Stadt vermutlich der Welt größter Trümmerhaufen war, einfach unvorstellbar.

„Auf dem Schwarzmarkt", sagte Georg.

„Zu gefährlich", winkte Doktor Ebert ab. „Von dort komme ich gerade. Die Russen führen überall Razzien durch, um Schieberei zu unterbinden. Wir müssen ein paar Tage warten, bis sich die Aufregung gelegt hat."

„Bis dahin könnte es zu spät sein."

Marlenes Herz setzte bei den Worten für einen Moment aus. Sie konnte nicht einfach abwarten und Zara sterben lassen. Sie musste etwas ... *Bruni!* Ihr neuer Liebhaber, der russische Hauptmann. Vielleicht konnte er helfen. Sicherheitshalber verriet sie den beiden Männern nichts von ihren Plänen.

„Ich habe vergessen, dass ich noch Besorgungen machen muss. Ich komme heute Nachmittag wieder", sagte sie und machte auf dem Absatz kehrt.

„Warte, ich schicke Georg mit dir", rief Doktor Ebert ihr nach, aber sie stürmte bereits zur Tür hinaus.

Bei der Fürsorglichkeit des Arztes wurde ihr ganz warm ums Herz. Er war heute bereits der zweite Mensch, der sich ehrliche Sorgen um sie machte. Ihre Eltern hingegen hatten schon lange aufgehört, sich um irgendjemand anderes als sich selbst zu kümmern. Sie schalt sich für diese unpassenden Gedanken. Viele Jahre lang hatte ihr Vater sich um die Familie gekümmert und er verdiente eine Pause. Es war nicht seine Schuld. Die hoffnungslose Situation traf jeden und demoralisierte sogar die Mutigsten und Stärksten.

Auch das Verhalten ihrer Mutter war verständlich, denn sie war voller Sorge über das Schicksal ihrer beiden Söhne. Plötzlicher Groll überkam Marlene. Ihre Mutter würde liebend gern Marlenes Leben für das ihrer Brüder hergeben, denn schließlich war sie nur ein Mädchen. Doch der Groll verebbte genauso schnell, wie er aufgeflammt war, und sie hatte sofort eine Entschuldigung für ihre Mutter parat. *Sie meint es nicht so. Sie ist überfordert, verrückt vor Sorge.* Aber ein bitterer Nachgeschmack blieb, während sie zu Brunis Wohnung eilte, in der Hoffnung, sie dort anzutreffen.

Bruni öffnete die Tür im Morgenmantel. „Was machst du hier zu dieser unchristlichen Uhrzeit?"

Marlene runzelte die Stirn, denn es war fast Mittag und jede anständige Person war längst wach. „Ich brauche deine Hilfe."

„Komm herein. Worum geht es diesmal?" Bruni hörte sich häufig unsympathisch an, aber Marlene wusste, dass ihre Freundin tief im Inneren ein gutes Herz hatte.

„Es geht um Zara, sie braucht Penicillin."

„Zara? Ich dachte, sie sei im besetzten Gebiet? Ach ja, die Gebiete sind ja gar nicht mehr besetzt. Zumindest nicht von uns", sagte Bruni und grinste zynisch.

„Zara stand vor rund einer Woche plötzlich vor unserer Tür, schlimm zusammengeschlagen, und ... du weißt schon ...", erklärte Marlene mit gesenktem Blick. „Jedenfalls hat sie eine Infektion und Doktor Ebert sagt, wenn sie nicht bald Penicillin bekommt, stirbt sie."

„Man kann nirgends in Berlin Penicillin bekommen. Es ist ja nicht so, als ob man einfach in eine Apotheke gehen und es kaufen könnte."

„Genau das hat Doktor Ebert auch gesagt. Ich dachte, vielleicht ... ich meine, dein russischer Hauptmann ... vielleicht kann er welches auftreiben."

„Er ist kein Sanitäter." Bruni zog die Augenbrauen hoch und ließ damit eindeutig erkennen, was sie von Marlenes Bitte hielt. Dann seufzte sie. „Nun gut, ich werde ihn fragen. Aber ich kann dir nichts versprechen."

„Ich danke dir. Ich danke dir so sehr."

KAPITEL 7

Werner betrat General Sokolows geräumiges Büro mit den dunklen Holzpaneelen an der Wand und der repräsentativen weißen Decke, die von goldfarben gestrichenen Holzbalken durchzogen war. Es musste ein wichtiger Anlass sein, denn alle hochrangigen russischen Offiziere und die Gruppe Gentner waren präsent.

„Genossen", erhob General Sokolow die Stimme, sodass alle Anwesenden ihre Aufmerksamkeit auf ihn richteten. „Die Reparationszahlungen gehen zu langsam voran. Das Ziel sind Reparationen im Wert von zehn Milliarden Reichsmark. Der derzeitige Betrag liegt weit unter dem, was Moskau erwartet. Sie müssen Ihre Anstrengungen verdoppeln und mehr wertvolle Gegenstände in die Sowjetunion verbringen."

Ein unbehagliches Gemurmel erhob sich im Raum. Es gab einen Grund dafür, warum sich die Reparationssendungen nach Russland verlangsamt hatten, aber niemand traute sich, es dem General zu sagen.

Letztlich ergriff Hauptmann Orlowski das Wort: „Genosse

General, wir stimmen Ihrer Meinung natürlich zu, aber die Amerikaner haben ihre Position nachdrücklich erklärt und lassen nicht zu, dass wir Gegenstände aus ihrem Sektor abtransportieren. Sie haben sogar unsere Lastwagen an der Sektorengrenze beschlagnahmt und uns gezwungen, die Reparationswaren wieder abzuladen."

Sokolow schlug mit der Faust auf den Tisch und seine zornerfüllte Stimme durchschnitt die Luft. „Das ist unrechtmäßig! Ein Affront gegen unsere Staatsgewalt! Wir haben ein Recht auf diese Reparationen. Sie wurden uns in der Potsdamer Konferenz zugesprochen."

Wiederum traute sich niemand, etwas zu sagen.

„Das ist ein unglaublich hinterhältiger Schachzug dieser Imperialisten, um unserem Volk zu schaden." General Sokolow tobte weiter über die verabscheuungswürdigen Amerikaner und wie viel besser die friedliche Welt ohne ihre ständige Kriegshetze dran wäre.

Werner hatte im Laufe der letzten Wochen einige Amerikaner kennengelernt. Zu seiner großen Überraschung waren die meisten freundliche, entspannte Zeitgenossen, die mit sich reden ließen. In diesem speziellen Punkt war er sogar auf ihrer Seite. Für den Wiederaufbau Berlins war es verheerend, ohne Rücksicht und Verstand zu demontieren, so wie es fast mit der Universität geschehen wäre. Natürlich verlor er niemals auch nur ein Wort über diese unbequeme Meinung.

Er war zwar nicht von allem überzeugt, was die sowjetische Führung beschloss, aber sie wusste es sicher besser als er, weil sie sich ein vollständiges Bild machen konnte. Es stand ihm als niedrigem Parteifunktionär nicht zu, die Entscheidungen infrage zu stellen, die weiter oben in der Hierarchie getroffen wurden.

„Wann wird der Radiosender anfangen zu arbeiten, Genosse Gentner?", wollte General Sokolow wissen. Das war eine weitere

Anordnung, die erst kürzlich erteilt worden war und innerhalb weniger Tage durchgeführt werden musste. Werner hatte das Pech, dass man ihn damit beauftragt hatte, ein Büro für den Sender zu finden.

„Genosse Böhm hat bereits einen passenden Standort in unserem Sektor gefunden", antwortete Norbert Gentner und wies damit klugerweise die Verantwortung von sich.

Kalter Schweiß bildete sich auf Werners Stirn. Er hatte noch etwas anderes finden wollen, weil er es nicht übers Herz brachte, die aktuellen Bewohner zu vertreiben.

„Hervorragend. Wann seid ihr eingezogen?", fragte Sokolow, woraufhin Norbert erwartungsvoll zu Werner blickte und ihm ein Zeichen gab, zu antworten.

„Sind wir noch nicht, Genosse General. Es gibt da ein Problem." Werner sah, wie es um Sokolows Auge zuckte. Ein untrüglicher Hinweis dafür, dass er verärgert war. „Es ist so, in dem Gebäude ist eine Krankenstation und ich dachte ..."

„Eine Krankenstation?"

„Eine nicht genehmigte Krankenstation, in der Deutsche behandelt werden. Sie wurde von einem deutschen Arzt errichtet", warf Norbert ein.

Sokolow machte eine Handbewegung, als würde er eine lästige Fliege vertreiben. „Hinauswerfen! Ich erwarte, dass die erste Folge Ende dieser Woche auf Sendung geht."

„Ja, Genosse General, natürlich", stimmte Werner zu und zog ein Taschentuch heraus, um sich die Schweißperlen von der Stirn zu wischen. So sehr er den Gedanken hasste, bettlägerige Patienten für einen Radiosender auf die Straße zu setzen, hatte er dennoch keine Möglichkeit, sich den Befehlen des Generals zu widersetzen.

Er tröstete sich mit dem Gedanken, dass es keine Unschuldigen treffen würde. Die Deutschen hatten den Krieg begonnen und verdienten alles, was ihnen nun widerfuhr. Erst nach einer gründlichen Umerziehung, an der er maßgeblich beteiligt sein würde, könnten sie sich das Vertrauen und die Freundschaft des sowjetischen Volkes verdienen.

Zum Glück ging General Sokolow zum nächsten Thema auf der Tagesordnung über und schien Werners Unzulänglichkeiten bereits vergessen zu haben.

So wie es üblich war, wenn die offiziellen Punkte abgearbeitet waren, begann der informelle Teil des Abends und der Wodka floss in Strömen, um das siegreiche Ende des Krieges zu feiern.

In den zwanzig Jahren, die Werner in Moskau gelebt hatte, hatte er nie verstanden, was die Russen an diesem Getränk fanden. Obwohl er gelernt hatte, wie ein Einheimischer zu trinken, bevorzugte er noch immer Wein oder Bier, was er aber aus naheliegenden Gründen niemals laut sagte. Die Partei erwartete absoluten Gehorsam, und sogar etwas so Harmloses wie die Tatsache, dass man keinen Wodka mochte, konnte, obwohl vielleicht nicht als Verrat, doch zumindest als ein Akt der Auflehnung angesehen werden.

„Hervorragendes Wässerchen, direkt aus Moskau geliefert", prostete Hauptmann Orlowski ihm mit vollem Glas zu.

„Unnachahmlich", antwortete Werner höflich, erhob sein eigenes Glas und leerte es in einem Zug. Der Wodka brannte sich sanft seine Kehle hinunter und verbreitete ein wohliges Gefühl in seinem Bauch.

„Mehr?", fragte ein anderer Offizier mit einer Flasche in der Hand.

„Ja, gerne", antwortete er und stürzte das zweite Glas genauso schnell hinunter wie das erste. Dank jahrelangen Trainings konnte er leicht eine halbe Flasche leeren, ohne eine Wirkung zu verspüren.

Orlowski nickte anerkennend. „Sie mögen zwar Deutscher sein, aber trinken können Sie wie ein Russe."

„Danke für das Kompliment, Genosse." Werner stellte das leere Glas auf die nächstverfügbare freie Fläche. „Das ist praktisch im Umgang mit westlichen Diplomaten. Ihre Zungen lösen sich spätestens nach dem zweiten Glas."

Die beiden russischen Offiziere lachten laut. Orlowski hielt sein Glas mit abgespreiztem kleinen Finger und fügte mit affektiertem französischen Akzent hinzu: „Besonders die Franzosen, die nur erlesenen Wein trinken." Schallendes Gelächter ertönte und Werner tat es ihnen gleich, wobei er nicht nur die Franzosen verspottete, sondern all die verhätschelten Westler, die keine harten Spirituosen vertrugen.

Sie betrunken zu machen, war eine beliebte Methode, um ihnen Informationen zu entlocken. Man musste die Ausländer nur bis zur Halskrause mit Wodka abfüllen und dann einfach zuhören, wie sie Staatsgeheimnisse verrieten. Rund eine Stunde später kam Norbert auf ihn zu und bat ihn um ein Gespräch unter vier Augen.

„Was sollte das vorhin? Du stellst mich in einem schlechten Licht dar, wenn du dich weigerst, Befehle zu befolgen", raunzte Norbert ihn an.

„Es tut mir leid. Es ist nur so, dass", wahrscheinlich sollte er seine Bedenken für sich behalten, aber der viele Alkohol hatte auch seine Zunge gelöst und er war geistig nicht mehr hellwach. „Ich mache mir Sorgen um unser Ansehen bei der deutschen Bevölkerung. Sie müssen durch unsere Truppen so Schlimmes erleiden, dass wir bei ihnen nicht wirklich beliebt sind. Ganz im Gegenteil, sie werfen sich mit offenen Armen den Amerikanern entgegen, die die Zivilbevölkerung weitaus freundlicher behandeln."

Viele Offiziere hatten in privaten Unterhaltungen angedeutet, dass sie das Verhalten ihrer Truppen nicht guthießen, und Werner glaubte, Norbert würde es ebenfalls so sehen.

Doch der sagte kalt: „Das ist kein Problem, über das du dir Gedanken machen musst. Moskau weiß, welches Verhalten angebracht ist und welches nicht. Wenn sie meinen, die Gewalt soll enden, wird sie enden." Er schaute den jüngeren Mann an und fügte hinzu: „In der Roten Armee gibt es nicht genug Frauen und unsere armen Jungs haben so hart gekämpft. Sie haben sich diese kleine Ablenkung wahrlich verdient."

„Du weißt genauso gut wie ich, dass es nicht die Kampftruppen sind, die sich so schlimm benehmen, sondern die frischen Truppen, die aus der Mongolei kommen und nichts für die Befreiung Berlins getan haben." Die Worte sprudelten aus Werner hervor, ehe er es verhindern konnte.

Norbert blickte ihn finster an. „Da liegst du falsch. Und ich rate dir, die Allwissenheit unserer Partei nicht infrage zu stellen. Statt dir Gedanken um die Zivilisten zu machen, solltest du dich lieber darauf konzentrieren, den Radiosender zum Laufen zu bringen. Überlass den Rest den Bürokraten in Moskau."

Werner schluckte eine harsche Bemerkung hinunter und sagte stattdessen: „Ja, Genosse, gleich morgen früh werde ich die Patienten aus der Krankenstation vertreiben, damit Platz für die Redaktionsräume ist."

Die Sache hinterließ einen schalen Nachgeschmack. Er liebte Russland und den Kommunismus, aber Stalins Interpretation des Leninismus-Marxismus bestand hauptsächlich aus Terror, Folter und Mord. Lenin würde sich im Grabe umdrehen, wenn er wüsste, welche Verbrechen in seinem Namen begangen wurden. *Nein, das ist nicht gerecht. Wir sind noch immer in der Übergangsphase, in der Opfer gebracht werden müssen.* Ausreden zu finden für ein Verhalten, das die Partei in anderen Ländern oder bei jeder anderen Person nicht tolerieren würde, war Werner so sehr in

Fleisch und Blut übergegangen, dass er es gar nicht mehr bemerkte.

Rund eine Stunde später wollte er die Feier verlassen. Er wusste, dass die Russen schon bald völlig betrunken sein würden, und wenn er nur eine Minute länger bliebe, hätte er keine andere Wahl, als es ihnen gleichzutun. Dann würde er irgendwann mit allen anderen in einem Raum einschlafen und nicht vor Mittag aufstehen, sodass er die Patienten der Krankenstation nicht rechtzeitig evakuieren könnte.

Doch als er am Ausgang angelangt war, forderte der Wachposten ihn auf, ihm zu folgen. Die nackte Angst ergriff ihn. So häufig verschwanden Menschen und man hörte nie wieder etwas von ihnen. Seine Eltern hatte dieses Schicksal ereilt, nachdem das NKWD ihnen einen mitternächtlichen Besuch abgestattet hatte.

Es war Werners Glück, dass er mit seiner Komsomoleinheit auf einer Exkursion war, denn ansonsten hätte er seine Eltern vermutlich auf ihrer Reise in eine unbekannte Zukunft begleitet. Gerüchten zufolge waren sie in ein schönes Dorf in Sibirien umgesiedelt worden. Er hatte sich an diese Geschichte geklammert, solange er konnte, aber als er jahrelang kein Lebenszeichen erhalten hatte, akzeptierte er schließlich, dass ihr wahres Schicksal wohl ein anderes gewesen war.

Der Wachmann führte ihn in Sokolows Privatbüro und forderte ihn auf, sich hinzusetzen, ehe er selbst den Raum verließ. Kalter Schweiß rann Werner über den Rücken und sein Herz raste. Er überlegte, wie hoch seine Chance war, es lebend aus dem Gebäude herauszuschaffen, falls er wegzurennen versuchte, und entschied dann, doch besser sitzen zu bleiben. Die furchtbare Zeit der Säuberungen war lange vorbei und er hatte nichts Falsches getan. Er hatte nichts zu befürchten.

Bewegungslos verharrte er auf seinem Stuhl und versuchte, zuversichtlich zu bleiben. Die Minuten verstrichen quälend langsam und er fing an, nervös auf seinem Stuhl herumzurutschen. Würden sie ihn für seine Kritik bestrafen? Ihn nach Moskau zurückschicken? Nach Sibirien? In einen Gulag?

Schweißtropfen bildeten sich auf seiner Stirn und er hätte sie gerne mit dem Taschentuch weggewischt, doch das wäre eine Bestätigung seiner Nervosität und man würde es als ein Schuldanerkenntnis ansehen. Ein Unschuldiger hätte keinen Grund, nervös zu sein. Ein Blick auf seine Armbanduhr verriet ihm, dass eine Stunde vergangen war, als sich schließlich die Tür öffnete und Sokolow eintrat.

Werner musste schlucken. Die Situation war ernster, als er gedacht hatte.

„Werner Böhm?", fragte Sokolow, als würde er ihn nicht kennen.

„Ja, Genosse General, der bin ich."

„Sie waren ein brillantes Mitglied des Komsomol und haben Ihr Studium der Philosophie, Politik und Fremdsprachen an der Universität Moskau mit Auszeichnung abgeschlossen."

„Ja, Genosse General. Es war eine außergewöhnliche Ehre, an einem so hervorragenden Institut studieren zu dürfen, und ich bin überaus dankbar für diese Gelegenheit." Werner tat, was von ihm erwartet wurde, und hoffte auf Milde für sein unangebrachtes Verhalten, das er zuvor gezeigt hatte.

„Nun, es ist sehr merkwürdig, dass Sie Ihre Dankbarkeit dadurch zeigen, genau jene Menschen zu kritisieren, die Ihnen das Studium ermöglicht haben." Der General kniff die Augen zusammen, konnte seinen nervösen Tic aber nicht unterdrücken.

Vor Panik gefror Werner das Blut in den Adern und er wünschte sich fast, auf der Stelle, hier im Büro des Generals, vom Blitz getroffen zu werden. Doch irgendwie schaffte er es, seine Stimme ruhig klingen zu lassen. „Es tut mir sehr leid, Genosse

General, es stand mir nicht zu, mich so zu äußern. Ich wurde von meinem Mitleid für die Patienten mitgerissen."

Sokolow zeigte keinerlei Emotionen. „Ich bin Ihre ständigen Nörgeleien satt. Sie scheinen zu glauben, dass Sie klüger sind als wir anderen, aber ich muss Ihnen sagen, da liegen Sie falsch. Sie sind ein Nichts. Weniger als ein Nichts, denn Ihre Eltern waren Verräter. Sie kamen in die Sowjetunion und gaben vor, Kommunisten zu sein, aber in Wahrheit waren sie Spione für die faschistischen Imperialisten."

Werner kochte vor Wut. Seine Eltern waren keine Faschisten und ganz sicher keine Spione oder Verräter.

„Nur dank Stalins Milde durften Sie in Moskau bleiben, weil er Sie für einen guten Studenten hielt. Hat Stalin sich geirrt, dass er Ihnen vertraut hat?"

Werner wurde bleich. Es gab nur eine einzige Möglichkeit, diese Frage zu beantworten. „Natürlich nicht, Genosse General, Stalin irrt sich niemals. Es ist allein meiner mangelnden Weitsicht zuzuschreiben, dass ich mich mit Fragen beschäftigt habe, die weit über die Fähigkeiten meines durchschnittlichen Gehirns hinausgehen."

„Nun ja, ich würde nicht sagen, dass Ihr Gehirn durchschnittlich ist. Sie sind ziemlich intelligent und anscheinend hält Genosse Gentner große Stücke auf Sie. Er ist der einzige Grund, warum ich Sie diesmal davonkommen lasse. Aber seien Sie sich sicher, das ist die einzige Verwarnung, die Sie jemals bekommen werden. Ab jetzt werden Sie weder die Befehle, die Sie erhalten, infrage stellen, noch die Parteilinie oder auch nur ein einziges Wort, das Sie auf dem Dienstweg hören. Sie werden voll und ganz hinter unseren Aktivitäten hier in Berlin stehen, ganz egal, ob es dabei um die deutsche Bevölkerung oder unsere sogenannten Verbündeten geht. Wenn ich noch einmal eine

Beschwerde oder einen Vorschlag von Ihnen höre, wird dies das Letzte sein, was die Welt von Ihnen gehört hat. Ist das klar?"

„Vollkommen klar, Genosse General. Ich danke Ihnen für die Gelegenheit, meine Hingabe für die kommunistische Sache zu beweisen." Die Selbsterniedrigung und Schleimerei fielen ihm nach jahrzehntelanger Übung leicht, auch wenn ein Gefühl der Übelkeit blieb. Die Befreiung Berlins hatte sich als große Enttäuschung entpuppt und bei Werner wuchs die Unzufriedenheit mit der herrschenden Doktrin.

Vorerst würde er sich an die Hoffnung klammern, dass sich die Dinge irgendwann ändern und die Deutschen die Vorteile des kommunistischen Systems erkennen würden. Sie würden die anfängliche grausame Behandlung durch die Rote Armee vergessen und ihre neue Freundschaft mit der Sowjetunion feiern. Schließlich waren die Russen in bester Absicht nach Berlin gekommen. Sie waren hier, um Deutschland Frieden, Reichtum und Demokratie zu bringen.

„Wegtreten!" General Sokolow drehte sich um und verließ den Raum; Werner folgte ihm ein paar Sekunden später. Auf dem kurzen Weg zum Wagen, der auf dem Parkplatz auf ihn wartete, schwor er sich, ab jetzt alle kritischen Gedanken zu unterdrücken und genau das zu tun, was man ihm befahl. Nicht mehr und nicht weniger.

Und anfangen würde er morgen mit der rücksichtslosen Vertreibung der Patienten auf der Krankenstation.

KAPITEL 8

Marlene hatte endlich eine sinnvolle Aufgabe gefunden. Ihre Eltern klagten ständig über die furchtbaren Umstände, und sie würde schreien, wenn sie es auch nur noch ein einziges Mal hören musste. Wie viel erfüllender war es doch, ihre Zeit damit zu verbringen, sich um schwer verletzte Menschen zu kümmern und ihre Dankbarkeit zu spüren.

Jeden Morgen eilte sie sofort nach dem Aufstehen ins Krankenhaus, doch heute erwartete sie eine böse Überraschung: Eine Gruppe russischer Soldaten war in das Gebäude eingedrungen, warf gewaltsam die Patienten hinaus und konfiszierte die Möbel. Sie presste sich mit dem Rücken gegen die Wand und wartete, bis zwei Soldaten an ihr vorübergegangen waren, ehe sie in das Gebäude schlüpfte, um Doktor Ebert zu suchen.

Ihr Blick fiel auf einen recht gut aussehenden jungen Mann, der den Soldaten auf Russisch Befehle erteilte. Allerdings trug er keine Uniform, was merkwürdig war. Stattdessen hatte er einen dunkelblauen Anzug an, der aus einer Hose mit Bügelfalte und einem adretten Jackett bestand.

Der Mann bemerkte sie und kam durch den Raum auf sie zu, sodass sie ausreichend Zeit hatte, ihn genauer zu betrachten. Er wirkte gebildet, selbstsicher und war definitiv für das zuständig, was hier gerade vor sich ging. Sein blondes Haar war kurz geschnitten und er hatte aufgeweckte grüngraue Augen. Sie schätzte ihn auf Ende zwanzig, doch heutzutage war das schwer zu sagen. Er konnte genauso gut deutlich jünger sein, denn er hatte nicht den erschöpften, kriegsverhärteten Ausdruck, den sogar die blutjungen Soldaten trugen.

Überhaupt sah er so gar nicht wie ein Russe aus. Sie hätte schwören können, dass er Deutscher war, aber das war absolut unmöglich. Ein Deutscher, der russischen Soldaten Befehle erteilte?

„Fräulein, sind Sie hier zuständig?", fragte er in perfektem, akzentfreiem Deutsch. Doch was sie am meisten überraschte, war sein sanfter Tonfall, der so ganz anders war als der Befehlston, in dem die Russen normalerweise mit der deutschen Bevölkerung sprachen.

„Nein, mein Herr, das ist Doktor Ebert. Ich bin nur eine Aushilfskrankenschwester."

Er lächelte und seine zuvor kalten Augen strahlten Wärme aus, als er ihr die Hand hinhielt. „Ich bin Werner Böhm, Vorsitzender der Arbeitsgruppe für Kultur und Erziehung unter dem sowjetischen Oberkommando."

„Marlene Kupfer", sagte sie, unsicher, was sie von ihm halten sollte. Dieser Herr Böhm schien nett zu sein, arbeitete aber anscheinend für die Russen.

„Ich freue mich, Ihre Bekanntschaft zu machen, Fräulein Kupfer. Trotz meiner Hochachtung für die Arbeit, die Sie hier leisten, erfordern meine Befehle leider, Sie darüber zu informieren, dass diese Krankenstation keine Genehmigung hat. Das Gebäude muss heute noch geräumt werden." Das Grün seiner

Augen verblasste zu einem kalten Grau, wenngleich es ihm tatsächlich leidzutun schien.

Marlene platzte heraus: „Keine Genehmigung? Wollen Sie mich auf den Arm nehmen?"

Mit hochgezogenen Augenbrauen antwortete er: „Fräulein Kupfer, ich kann Ihnen versichern, dass ich keine Scherze mache. Ihre illegale Krankenstation ist ein Hygienerisiko für die nationale Gesundheit. Meine Befehle lauten, dass sie sofort geschlossen werden muss."

„Ich kann nicht glauben, dass ihr grausamen Bestien bettlägerige Patienten aufgrund irgendwelcher erfundenen Regeln hinauswerft!", rief Marlene aufgebracht. Sie ballte ihre Hand zur Faust und wäre wohl auf Herrn Böhm losgegangen, wenn nicht Doktor Ebert eingeschritten wäre, der plötzlich wie ein Geist hinter ihr aufgetaucht war.

„Herr Böhm, ich entschuldige mich für das Verhalten meiner Krankenschwester. Sie ist noch jung und temperamentvoll. Ich werde dafür sorgen, dass Ihre Befehle befolgt werden. Aber wären Sie bitte so freundlich, Ihren Soldaten zu sagen, dass sie den Transport der Patienten uns überlassen sollen?" Doktor Ebert verzog keine Miene. Er hatte in seinem Leben schon alles gesehen und es gab vermutlich nichts, das ihn noch aufregen konnte.

Marlene warf dem armen Mann wütende Blicke zu, obwohl sie widerwillig einsehen musste, dass es sinnlos war, sich der Autorität der Besatzer entgegenzustellen. Sich zu widersetzen, machte die Dinge nur schlimmer. Davon konnten die meisten Patienten in diesem Raum ein Lied singen.

Auch wenn Herr Böhm sympathisch aussah, war er genauso ein Monster wie der Rest dieser russischen Barbaren. Die sogenannten Befreier benahmen sich schlimmer, als die Nazis es jemals getan hatten.

„Vielen Dank, Doktor Ebert. Um mich für Ihre Kooperation

erkenntlich zu zeigen, gebe ich Ihnen bis morgen früh Zeit, das Gebäude zu räumen", sagte Herr Böhm und schaute Marlene erwartungsvoll an.

Erwartete er etwa, dass sie ihm für seine Großzügigkeit dankbar war? Da müsste erst die Hölle zufrieren. Selbstgerechter Hundesohn. Aber ein Rippenstoß von Doktor Ebert erinnerte sie daran, gute Miene zum bösen Spiel zu machen. Freundlich lächelnd sagte sie: „Vielen Dank für dieses unglaublich menschliche und rücksichtsvolle Angebot. Es ist uns eine Ehre, die Befehle des allmächtigen sowjetischen Oberkommandos zu befolgen."

Herr Böhm schaute zunächst zufrieden, doch als er den giftigen Sarkasmus in ihrer Stimme bemerkte, sah er plötzlich aus, als hätte er in eine Zitrone gebissen.

Sie freute sich über den kleinen Sieg. Allerdings nicht lange.

Provozierend sah er sie an und sagte: „Wenn es Ihr Wunsch ist, dann bin ich mir sicher, dass einer meiner mongolischen Soldaten Ihnen gerne seine Aufmerksamkeit zukommen lässt, Fräulein Kupfer."

Blankes Entsetzen überkam Marlene und am liebsten wäre sie in einem Bombenkrater versunken. Diese Drohung konnte er doch nicht ernst meinen, oder? Glücklicherweise blieb ihr keine Gelegenheit, sich über die Ernsthaftigkeit von Herrn Böhms Worten Gedanken zu machen, denn Georg betrat den Raum.

„Was ist hier los?", fragte er mit sorgenvollem Gesicht.

„Wir werden von den Sowjets zwangsgeräumt, weil unsere Krankenstation nicht ordnungsgemäß genehmigt ist", erklärte Doktor Ebert.

Marlene bemerkte, dass sich Georgs Stirn in tiefe Falten legte, auch wenn seine Stimme ruhig klang. „Sie meinen das wirklich ernst, oder?"

„Es ist mir sehr ernst, genauso wie diesem Herrn hier", sagte

Doktor Ebert und zeigte auf Böhm. „Herr Böhm ist Mitglied der sowjetischen Militärregierung und Vorsitzender der Arbeitsgruppe für Kultur und Erziehung der Gruppe Gentner."

Mit ungläubigem Gesichtsausdruck drehte Georg seinen Kopf. Die beiden Männer hatten ungefähr das gleiche Alter, konnten aber nicht unterschiedlicher aussehen. Der Mann aus Russland war blond, groß und strahlte Autorität aus, während der Deutsche kleiner und dünner war, braune Haare und freundliche dunkle Augen hatte.

In den vergangenen Tagen hatte Marlene Georgs Warmherzigkeit und Freundlichkeit zu schätzen gelernt. Er hatte ein gottgegebenes Talent im Umgang mit den Patienten und wurde selbst in den schwierigsten Situationen niemals laut. Sie wusste, er würde ein großartiger Arzt werden, wenn er erst sein Studium wieder aufnehmen konnte.

Böhm schien das Gefühl zu haben, sich erklären zu müssen. „Mir tun diese Unannehmlichkeiten wirklich leid. Ich befolge nur meine Befehle und vertraue darauf, dass Sie dieses Gebäude bis morgen früh geräumt haben."

Marlene starrte ihn an, war aber klug genug, ihn nicht wieder herauszufordern. Er war ein Monster. Wie alle Russen.

„Warum tut die sowjetische Regierung so etwas?", fragte Georg, sobald Herr Böhm gefolgt von den Soldaten das Gebäude verlassen hatte. „Sie scheint sich der katastrophalen Situation nicht bewusst zu sein."

Georg war ein kluger junger Mann, aber viel zu vertrauensselig. Er glaubte immer an das Gute im Menschen. Es gab dabei nur ein Problem — die sowjetischen Besatzer waren keine guten Menschen. In Marlenes Augen waren sie machtbesessene Unmenschen und scherten sich wenig um das Leben eines Einzelnen.

„Was machen wir jetzt?", fragte sie.

„Ich weiß es nicht." Doktor Ebert ließ die Schultern sinken und wirkte plötzlich um Jahre gealtert. Nachdem Brunis Liebhaber das Penicillin organisiert hatte, hatte er ein Wunder vollbracht und Zara auf den Weg der Besserung gebracht. Marlene stand für immer in seiner Schuld und wünschte, sie könnte ihn trösten und ihm sagen, dass alles gut werden würde.

„Ich habe vielleicht eine Idee", sagte Georg. „Aber zuerst muss ich etwas klären. In einer Stunde bin ich zurück." Noch ehe er zu Ende gesprochen hatte, rannte er aus dem Gebäude und ließ Marlene und Doktor Ebert verwundert zurück.

Wie versprochen kehrte er rund eine Stunde später mit einem breiten Grinsen zurück. „Ich habe einen Raum gefunden!", sprudelte er hervor. „Er liegt im amerikanischen Sektor und ist perfekt. Es gibt sogar fließendes Wasser. Und Strom. Der Raum ist so viel besser als dieser hier und ich habe schon mit der amerikanischen Verwaltung gesprochen. Sie sind einverstanden, dass wir die Eingangshalle für unsere Krankenstation benutzen."

„Das sind großartige Neuigkeiten." Marlene umarmte Georg und sogar Doktor Ebert brachte ein Lächeln zustande.

„Wir sollten sofort umziehen. Besser, wir laufen diesen Verbrechern morgen nicht mehr über den Weg", schlug Marlene vor.

„Nicht alle Sowjets sind schlechte Menschen. Berlin ist das reinste Chaos und sie müssen sich auch erst eingewöhnen." Georg versuchte immer, in jedem das Positive zu sehen.

„Sie hätten sich auch eingewöhnen können, ohne über jede Frau in der Stadt herzufallen und jeden noch so wertlosen Gegenstand zu stehlen", knurrte Marlene. So nett Georg war, warum um Himmels Willen musste er die russischen Bestien verteidigen?

„Da stimme ich dir zu, das war nicht angemessen, aber dieses

Verhalten hat inzwischen aufgehört. Die sowjetische Regierung wusste wahrscheinlich nicht, dass ihre Truppen so wüteten."

Marlene starrte ihn fassungslos an. „Warum glaubst du noch immer, dass die Russen auch nur einen einzigen Funken Gutes in sich tragen? Es gibt schließlich genug Beweise für das Gegenteil."

„Wir müssen ihnen eine Chance geben. Sie sind hier, um eine antifaschistische und demokratische Regierung aufzubauen. Das kann nicht in wenigen Wochen geschafft werden, deshalb müssen wir geduldig sein. In zwei oder drei Jahren können wir dann ihre Leistungen beurteilen."

Marlene wollte allerdings nicht so lange warten. Sie hatte ihre Meinung in dem Moment gebildet, in dem die Amerikaner angekommen waren, die sich wie durch ein Wunder wie anständige Menschen verhalten hatten. Obwohl auch sie eine unwillkommene Besatzungsmacht waren. Wenn es nach ihr ginge, sollten sie Berlin lieber heute als morgen verlassen, doch bei ihnen musste sie sich zumindest keine Sorgen um ihre körperliche Unversehrtheit machen.

KAPITEL 9

Dean verabscheute die Treffen in der Alliierten Kommandantur. Die regierende Behörde Berlins bestand aus den Stadtkommandanten der vier Siegermächte und ihren Stellvertretern.

Er hatte keine Zweifel an den guten Absichten der Staatsmänner, die bei der Konferenz von Jalta beschlossen hatten, das aufgeteilte Berlin einstimmig zu regieren. Die Russen hatten jedoch die Institution in ein wahres Schlachtfeld verwandelt, wobei sie auf der einen Seite standen und jegliche Vernunft auf der anderen.

Auch an diesem Tag war es nicht anders, als General Sokolow sich beschwerte: „Dieses Verhalten ist ein Affront gegen unsere Souveränität und darf nicht ungesühnt bleiben!"

Dean spürte seinen Puls in der Schläfe pochen und fragte seinen Dolmetscher flüsternd: „Was will er diesmal?"

„Höhere Reparationszahlungen", gab Bob leise zurück.

„Oh nein! Nicht wieder die Reparationen. Haben sie nicht schon alles gestohlen, was nicht niet- und nagelfest ist?" Dean ließ sich im Stuhl zurücksinken. Sokolow redete sich gerade in Fahrt und das bedeutete weitere endlose Stunden der Qual. Warum hatte sich Eisenhower bloß geweigert, Berlin anzugreifen und den Russen den Vortritt gelassen?

Wie Dean erwartet hatte, erging sich Sokolow in einer langatmigen Tirade über die Großartigkeit der Sowjetunion und den Mut ihrer Kriegshelden, die die Hauptlast der Naziangriffe getragen und quasi im Alleingang den Krieg gewonnen hatten. Er ließ sich darüber aus, wie die Rote Armee der Wehrmacht in Stalingrad das Rückgrat gebrochen habe und ihr darum sämtliches Lob gebühre, während die westlichen Alliierten im Grunde wenig bis gar nichts getan hätten. Lediglich in den letzten Kriegstagen hätte ihr Einsatz das Ganze höchstens um ein paar Wochen verkürzt.

Jeder im Raum, sogar Sokolow selbst, wusste, dass das nicht stimmte. Es war das amerikanische Leih- und Pachtgesetz aus dem Jahr 1941, durch das die Russen Tausende Loks, Triebwagen, Flugzeuge, Lastkraftwagen, Maschinengewehre, Munition, Medikamente und so weiter bekommen hatten, was den Sieg bei Stalingrad überhaupt erst ermöglicht hatte.

„Es ist nicht hinnehmbar, dass unsere Militärangehörigen an den Sektorengrenzen festgehalten und unsere Lastkraftwagen durchsucht werden, ehe sie passieren dürfen.“ Sokolow schaute dabei Dean herausfordernd an und mit einem Dokument winkend fuhr er fort: „Hier drin steht schwarz auf weiß, dass sich Militärangehörige der Siegermächte in *ganz* Berlin frei bewegen dürfen.“

Dean seufzte. Er wusste, er würde eine Ansage von General Clay bekommen, sobald die Russen dies an den übergeordneten Alliierten Kontrollrat herantrugen, der die gleiche Funktion für Gesamtdeutschland hatte wie die Kommandantur für Berlin.

„General, bitte halten Sie sich an die Fakten. Sie hatten zwei

Monate Zeit, um sich jeden einzelnen Wertgegenstand in Berlin unter den Nagel zu reißen.“ Erfreut beobachtete Dean, wie Sokolow rot anlief. „Und in Ihrem Sektor können Sie damit auch weitermachen. Aber ich habe Sie schon vor Wochen gewarnt, dass Ihre Soldaten in unserem Sektor nicht willkommen sind und wir nicht zulassen, dass sie stehlen, was uns gehört.“

„In der Konferenz von Jalta wurden uns zehn Milliarden Reichsmark zugesprochen!“, brüllte Sokolow.

Ich bin mir sicher, dass Ihr bereits mehr als das geklaut habt, ihr verlogenen Gauner. Dean war klug genug, nicht laut auszusprechen, was er dachte, denn er wollte keine unnötigen Probleme heraufbeschwören. Seine eigene Regierung war voll von Stiefelleckern, die sich jeder Laune der Russen unterwarfen. Sie schienen zu hoffen, die Sowjets würden sich schon ändern und vorbildliche Weltbürger werden, wenn sich die westliche Welt nur ausreichend ihren Wünschen fügte.

Hatten diese Duckmäuser ihre Lektion bei Hitler nicht gelernt? Die Russen waren die größten Lügner, Erpresser und Halsabschneider der Welt, jederzeit bereit, ihre Handelspartner bei lebendigem Leib zu häuten. Man konnte ihnen nicht trauen, denn sie versprachen einem das Blaue vom Himmel und brachen das Versprechen, sobald es ihnen nicht mehr in den Kram passte.

„Niemand hat gesagt, dass Sie den kompletten Betrag auf einmal bekommen würden. Und sicherlich nicht, indem Sie aus unserem Sektor Materialien stehlen, die wir für den Wiederaufbau der Stadt brauchen. Ich werde Ihre Lastwagen so lange an der Sektorengrenze durchsuchen lassen, bis Sie damit aufhören, uns zu beklauen“, sagte Dean und nahm erfreut Sokolows hilflosen Gesichtsausdruck zur Kenntnis.

Der französische und der britische Befehlshaber mischten sich wie erwartet nicht ein. Der Franzose sagte sowieso selten etwas und falls doch, dann nur, um diplomatisch die Wogen zu glätten.

Der Engländer schimpfte zwar hin und wieder wütend vor sich hin, ließ sich aber niemals auf eine offene Konfrontation mit Sokolow ein.

Dean fühlte sich oft als die letzte Instanz, die der russischen Herrschaft über Gesamtberlin im Weg stand, und diese Last wog schwer auf seinen Schultern. Er lag nachts lange wach, weil er sich den Kopf darüber zerbrach, wie er verhindern konnte, dass die Russen ihm die Stadt unter dem Hintern wegklauten. Mittlerweile schlief er sogar mit der Pistole unter dem Kopfkissen, weil er anonyme Drohungen erhalten hatte und jemand Telefonterror bei ihm machte, wofür er die Russen verdächtigte.

Aber wenn Sokolow gedacht hatte, er könne ihn mürbe machen, hatte er sich den falschen Gegner ausgesucht. Nicht ohne Grund sagte man über Dean, er sei ein Sturkopf, und je mehr Knüppel ihm Sokolow zwischen die Beine warf, desto stärker wurde sein Drang, den verhassten Gegner in die Schranken zu weisen.

* * *

Dean befahl seinem Fahrer, ihn zum Café de Paris zu bringen. Der Nachtklub lag im französischen Sektor und stand im Ruf, dass es dort das beste Essen, die talentiertesten Sängerinnen, die hübschesten Kellnerinnen und jede Menge attraktiver Frauen gab, die einem alliierten Offizier bereitwillig Gesellschaft leisteten. Genau das, was er nach zehn zermürbenden Stunden in der Kommandantur, in denen man in keinem einzigen Punkt Übereinstimmung gefunden hatte, brauchte.

Das Café de Paris enttäuschte nicht. Er hatte sich gerade an einem Tisch mit einer Gruppe ihm bekannter französischer Offiziere niedergelassen, als eine neue Sängerin die Bühne betrat. Angekündigt wurde sie als Fräulein von Sinnen und sie sah atemberaubend aus mit ihrem glänzenden platinblonden Haar, das sorgfältig zu zwei Wellen gekämmt war. Ihr hübsches Gesicht mit den blauen Augen war perfekt geschminkt und sie hatte alle Tricks der Frauen angewandt, um ihre Augen groß und leuchtend aussehen zu lassen. Sie trug ein langes silbernes Glitzerkleid, das mit Tausenden Pailletten besetzt war und ihre weibliche Figur umschmeichelte – sowohl das Kleid als auch ihre üppigen Kurven waren ein seltenes Überbleibsel der Berliner Grandezza aus der Zeit vor der Kapitulation.

Er fragte sich, welchen Hintergrund Fräulein von Sinnen wohl haben mochte und wie sie es geschafft hatte, sich über Millionen armselige, hungernde Frauen in der Hauptstadt zu erheben.

In der Stadt gab es einfach nicht genug Lebensmittel, um die Bevölkerung richtig zu ernähren, nicht einmal, wenn man den Schwarzmarkt hinzuzählte.

Offiziell missbilligte Dean den Schmuggel, aber selten unternahm er etwas dagegen, insbesondere nicht mehr, seit sein Erzfeind Sokolow die Lebensmittelsituation noch verschlimmert hatte. Die landwirtschaftlichen Erzeugnisse aus den benachbarten Ländern Brandenburg und Mecklenburg wurden nämlich auf seinen Befehl für die Ernährung der Roten Armee herangezogen, statt sie den Berlinern zur Verfügung zu stellen. Das war ein weiterer Punkt in der langen Liste, in dem er nicht mit Sokolow einer Meinung war.

Fräulein von Sinnen stimmte ein Lied von Zarah Leander an und Deans unerfreulicher Tag geriet immer mehr in Vergessenheit. Fasziniert von ihrer außergewöhnlichen Stimme lauschte er jedem Ton und wünschte, er könnte seine Tage mit ihr verbringen, statt sich mit Sokolow in der Kommandantur herumzustreiten.

Nach ihrem Auftritt bat er die Kellnerin, ihr eine Flasche

Champagner mit seinen Komplimenten zu schicken und sie zu fragen, ob sie ihm an seinem Tisch Gesellschaft leisten würde.

Die Kellnerin kehrte mit einer höflichen Absage zurück. Später sah er dann, wie Fräulein von Sinnen den Nachtklub in Begleitung von Hauptmann Orlowski verließ. Noch ein Russe, den er zum Teufel jagen wollte.

KAPITEL 10

In seinem mittlerweile vollständig möblierten Büro im Universitätsgebäude lehnte sich Werner auf seinem Sessel zurück. Sie waren von Bewerbungen überflutet worden, hatten aber fast zwei Drittel der Bewerber ablehnen müssen.

Offiziell sollten sie nur unverbesserliche Nazis aussortieren, aber Norbert hatte ihm die Anweisung gegeben, Mitglieder der kommunistischen und sozialdemokratischen Parteien zu bevorzugen. Er war der Ansicht, dass es mit Studenten, deren politische Überzeugungen denen der Sowjetunion zumindest ähnelten, weniger Ärger geben würde.

Die wachsende Unzufriedenheit der Berliner mit ihren sowjetischen Besatzern war ein häufiges Gesprächsthema in der Gruppe Gentner, wobei Werner einer der wenigen war, der sich für einen nachsichtigeren und freundlicheren Umgang mit den Deutschen aussprach, um ein stabiles Verhältnis aufzubauen, das auf Vertrauen statt auf Angst basierte. Doch fast alle anderen, einschließlich Norbert, plädierten stattdessen dafür, politisch zuverlässigen Personen Gefallen zu erweisen und alle anderen im

Grunde vom öffentlichen Leben auszuschließen – wie es schon die Nazis gemacht hatten.

Auch wenn Werner die Strategie der Sowjetunion für gefährlich hielt und fürchtete, sie würde in einer Art faschistischem Regime enden, wie sie alle es hassten, teilte er seine Befürchtungen mit niemandem.

Nach General Sokolows Warnung hütete er sorgsam seine Zunge und übte an keiner einzigen Anordnung Kritik. Sogar Norbert hatte ihn für sein Verhalten gelobt und einen Vorzeigekommunisten genannt.

Warum war Werner dann so verärgert über sich selbst? Er ahnte, dass er den Grund tief im Inneren kannte, aber zu feige war, es sich einzugestehen. Einst war er ein hoffnungsvoller, enthusiastischer Student gewesen, der an die Sache und die Verdienste des Kommunismus glaubte – eine Revolution des Volkes, die Reichtum, Freiheit und Anerkennung für alle bringen würde.

Doch mittlerweile war er nicht mehr so überzeugt. Die fruchtbaren Diskussionen über Theorien und Grundsätze, die er so sehr genossen hatte, gab es heutzutage so gut wie nicht mehr. Im Nachhinein erkannte er sogar, dass es eine wahre Diskussion niemals gegeben hatte. Die Professoren in Moskau hatten die Studenten des Teufels Advokat spielen lassen, solange die Argumente des Teufels in sich fehlerhaft waren, und schlussendlich alle zu dem Resultat kamen, dass Stalin unfehlbar war.

Welch ein Hohn – vorgetäuschte Diskussionen! Junge, formbare Menschen, die von erfahrenen Männern so gelenkt wurden, dass sie letztlich komplett aufgehört hatten, für sich selbst zu denken. Beschämenderweise musste er zugeben, dass er der gleichen überheblichen Allwissenheit zum Opfer gefallen war – bis er nach Berlin gekommen war und das wahre Leben kennengelernt hatte. Die Dinge waren nicht so, wie Moskau alle glauben machen wollte.

Werner zuckte bei der Erinnerung an die hübsche brünette Krankenschwester zusammen, die ihn mit ihren ausdrucksstarken Augen angeschaut und angebrüllt hatte, er sei eine grausame Bestie, die ihrem Volk seine Lügenpropaganda aufzwang.

Sie hatte sogar recht. Ab dem Moment, in dem General Sokolow den neuen Radiosender *Rundfunk Berlin* mit den Worten „Hier spricht Berlin" eingeweiht hatte, tat der Sender nichts anderes, als die Wahrheit zu verdrehen, eklatante Lügen zu verbreiten, voreingenommene oder vollkommen falsche Nachrichten zu berichten und die Amerikaner zu verunglimpfen. Und das alles zum alleinigen Zweck, den Hass der Berliner auf ihre sowjetischen Unterdrücker mit süßen Worten zu mindern.

Seine Gedanken wurden von einem Klopfen unterbrochen. Ein ihm bekannt vorkommender Mann Ende zwanzig betrat das Büro.

„Guten Tag, Herr Böhm, ich bin Georg Tauber", sagte der Mann und überreichte ihm eine Studienbewerbung. Werner war sich sicher, dass er den Namen noch nie zuvor gehört hatte, doch das Gesicht kam ihm merkwürdig bekannt vor.

„Bitte setzen Sie sich." Er wies auf den Stuhl vor seinem Schreibtisch und blätterte das Bewerbungsformular durch. „Sie möchten also Medizin studieren?"

„Ja, Herr Böhm."

„Haben Sie schon Vorkenntnisse?" Er schaute den jungen Mann mit den braunen Locken an, der etwa in seinem Alter war.

„Ja, habe ich. Vor dem Krieg habe ich hier in Berlin fünf Semester Medizin studiert." Georg Tauber schien sich nicht sicher zu sein, ob er noch mehr über sich preisgeben sollte, weshalb Werner ihn ermunterte: „Bitte, fahren Sie fort und geben mir eine kurze Zusammenfassung dessen, was anschließend passiert ist."

„1941 wurde ich von den Nazis eingezogen und an die Ostfront geschickt. Als ich zurückkam, durfte ich mein Studium nicht fortsetzen, weil ich mich weigerte, der NSDAP beizutreten. Wissen Sie, ich war Mitglied der christlichen Zentrumspartei."

Werner spitzte die Ohren. „Und was passierte dann?"

„Nun", antwortete Georg Tauber zynisch lächelnd. „Die Nazis ließen mich in einer Munitionsfabrik arbeiten. Sie waren aber nicht sonderlich erfreut, als sie herausfanden, dass ich den zivilen Arbeitern von den Gräueltaten erzählte, die an der Ostfront verübt wurden. Ehe ich mich versah, war ich auf dem Weg ins KZ Mauthausen, wo ich Anfang dieses Jahres von amerikanischen Truppen befreit wurde. Ich bin erst seit Kurzem wieder in Berlin und helfe jetzt einem Arzt mit seinen Patienten."

Werner warf einen Blick auf die zwei russischen Wachmänner in ihren jeweiligen Ecken des Raumes. Es war die Regel, dass nie jemand allein mit Leuten sprach, deren politische Zuverlässigkeit nicht bestätigt worden war. Allerdings bezweifelte er, dass die Wachmänner ausreichend Deutsch verstanden.

„Das ist ein ziemlich beeindruckender antifaschistischer Lebenslauf. Sie werden verstehen, dass ich ihre Angaben überprüfen lassen muss, aber falls sie sich als wahr herausstellen, möchte ich Sie für die Studentenvertretung vorschlagen. Wir brauchen beherzte Antifaschisten wie Sie für den Entnazifizierungsprozess. Und ich kann mir für diese Position niemand Besseres vorstellen als einen tapferen Mann, der sich den Nazis ungeachtet der persönlichen Konsequenzen von Anfang an entgegengestellt hat."

„Vielen Dank, Herr Böhm. Es wäre mir eine Ehre, in der Studentenvertretung zu sein."

Werner freute sich. „Ich werde meinen Vorgesetzten davon in Kenntnis setzen. Würden Sie bitte draußen warten?"

Als Georg Tauber den Raum verlassen hatte, schaute Werner

auf seine Armbanduhr. Es war schon früher Nachmittag. Während er normalerweise zu deutschen Bürozeiten arbeitete, hatte Norbert die Angewohnheit der Russen übernommen, nicht vor Mittag bei der Arbeit aufzutauchen.

Er nahm den Telefonhörer ab und wählte die Nummer von Norberts Büro. „Guten Tag, Genosse Gentner. Ich habe gerade mit einem Bewerber gesprochen, der offenbar ein KZ-Überlebender ist. Ich finde, du solltest dich mal mit ihm unterhalten. Er wäre der perfekte Kandidat für die Studentenvertretung."

„Ist er ein Kommunist?"

„Nein, ein Christdemokrat." Sogar durch das Telefon konnte Werner quasi sehen, wie Norbert das Gesicht verzog, und er fügte schnell hinzu: „Er ist überzeugter Antifaschist und wie du selbst gesagt hast, müssen wir dafür sorgen, dass unsere Institutionen demokratisch wirken – den anderen Alliierten zuliebe. Darum dachte ich, es sei eine gute Idee, sicherheitshalber auch ein paar Nichtkommunisten in der Studentenvertretung zu haben."

„Hm, das ist sogar ziemlich klug, Werner. Du hast wirklich etwas gelernt. Ich bin froh, dass deine kleine Unterhaltung mit General Sokolow dir den Kopf zurechtgerückt hat."

Werner fragte leicht säuerlich: „Wirst du mit dem Bewerber sprechen?"

„Ja, er soll bitte in einer Stunde in mein Büro kommen."

„Danke." Werner beendete das Telefonat und hieß dem russischen Wachmann, Georg Tauber wieder hereinzubringen. Dann sagte er: „Herr Tauber, mein Vorgesetzter, Norbert Gentner, möchte Sie kennenlernen und die weiteren Schritte mit Ihnen persönlich besprechen."

Er erklärte ihm den Weg zu Norberts Büro in der Prinzenallee 80 und sagte: „Ich hoffe, Sie bald in der Studentenvertretung begrüßen zu dürfen." Dann winkte er den nächsten Bewerber herein.

Der Nachmittag verging und Werner war neugierig, ob Georg Tauber den Test bestanden hatte. Falls sich der junge Mann als Fehlgriff herausstellte, würde Norbert ihm das den Rest seines Lebens unter die Nase reiben. Andererseits läge die Verantwortung nicht mehr in Werners Händen, sobald Norbert der Nominierung zugestimmt hatte. Manchmal war es sehr angenehm, sich an die Regeln zu halten.

Spät am Abend, nachdem er mit Dutzenden potenziellen Studenten gesprochen hatte, nahm er endlich seinen Hut und schloss die Tür hinter sich ab. Gerade als er auf die Straße trat, hielt am Bordstein ein Wagen und Norbert stieg aus, was sehr ungewöhnlich war.

„Du wolltest nicht schon gehen, oder?"

Werner seufzte. Die Russen machten ständig die Nacht zum Tag und standen selten vor Mittag auf, aber er hielt sich an den deutschen Neun-bis-fünf-Rhythmus, auch wenn dieser in seinem Fall häufiger von neun bis neun ging. „Doch, wollte ich, weil ich die letzten zwölf Stunden lang potenzielle Studenten befragt habe."

Norbert ging nicht darauf ein, sondern sagte: „Steig in meinen Wagen." Als beide auf dem Rücksitz Platz genommen hatten, befahl Norbert dem Fahrer, sie ins Café de Paris zu bringen, und meinte dann: „Georg Tauber ist ein guter Fund. Zu einhundert Prozent ein Antifaschist und leidenschaftlicher Nazihasser. Er glaubt an eine soziale Demokratie und hat das Potenzial, ein guter Anführer zu werden."

Werner wurde es vor Stolz ganz warm ums Herz. Er hatte ihn entdeckt, und wenn Tauber für die kommunistische Partei von Nutzen wäre, würde das Werners eigene Position stärken.

„… aber diese christliche Zugehörigkeit könnte ein Problem darstellen. Du weißt ja, was Stalin von Religion hält."

Natürlich wusste er das und nickte.

„Darum möchte ich, dass du dich mit ihm anfreundest und ihn im Auge behältst, um sicherzugehen, dass er weiß, welche Loyalität in seinem besten Interesse ist." Norbert wirkte mit sich selbst äußerst zufrieden; Werner hingegen weniger. Sich mit einem Deutschen anzufreunden, war normalerweise von der sowjetischen Verwaltung nicht gerne gesehen. Schließlich waren das die Untergebenen.

„Wenn das dein Wunsch ist, werde ich mich natürlich mit ihm anfreunden", sagte Werner und spürte plötzlich eine schwere Last auf seinen Schultern. Zum Glück kamen sie kurz darauf beim Café de Paris an und er beschloss, es wie die Russen zu tun und sich bis zum Umfallen zu betrinken.

KAPITEL 11

Zara war vollständig genesen, weshalb Doktor Ebert ihr sagte, sie könne nicht länger auf der Krankenstation bleiben, denn er benötige das Bett für andere Patienten.

„Was soll ich jetzt machen?", sagte sie zu Marlene.

„Es tut mir so leid. Du weißt, dass ich dich nicht mit zu uns nehmen kann, weil meine Eltern es niemals erlauben würden", antwortete sie und runzelte nachdenklich die Stirn. „Wir könnten Bruni fragen."

„Bruni? Nur über meine Leiche! Sie lebt doch mit diesem russischen Hauptmann zusammen, oder?" Zara zitterte vor Angst.

Marlene schaute ihre Freundin voller Mitgefühl an. Zara hatte das traumatische Erlebnis noch nicht überwunden. „Sie lebt nicht mit ihm zusammen, aber er besucht sie regelmäßig."

„Ich setze keinen Fuß in dieselbe Wohnung wie eine dieser abscheulichen Bestien", sagte Zara mit zusammengepressten Lippen.

„Ich werde sie fragen, ob sie vielleicht etwas für dich weiß.

Du kennst ja Bruni, sie hat überall ihre Verbindungen." Zara zuckte hilflos mit den Schultern und Marlene wusste sofort, dass sie von der Idee überhaupt nicht begeistert war. Allerdings war sie auch nicht in der Position, zu stolz dafür zu sein, sich von Bruni helfen zu lassen.

Nach der Arbeit eilte Marlene in den französischen Sektor, wo Bruni lebte. Ihre Freundin öffnete die Tür in einem langen glänzenden Kleid, von dem andere Frauen nur träumen konnten. Einen Moment lang klappte Marlene die Kinnlade herunter, sodass sie kein Wort herausbrachte.

„Was für eine Überraschung!" Bruni umarmte sie und der Duft teuren Parfums lag in der Luft. „Wie geht es dir?"

„Könnte nicht besser gehen", antwortete Marlene achselzuckend. Sich über die furchtbaren Lebensbedingungen in Berlin zu beschweren, machte die Sache nur noch schlimmer.

Bruni lachte laut auf. „Süße, ich komme zu spät zur Arbeit. Kommst du mit mir? Dann können wir plaudern."

Gemeinsam gingen sie zum Café de Paris. Marlene war noch nie in einem Nachtklub gewesen, hatte aber schon viele Gerüchte gehört. Es war definitiv kein Ort für anständige Frauen. Ihr Herz schlug schneller und unbewusst schloss sie die Knöpfe ihres Mantels, obwohl es ein warmer Abend war.

Bruni bemerkte ihr Unbehagen und sagte: „Mach dir keine Gedanken. Mit mir bist du sicher."

Manchmal fragte sich Marlene, woher Bruni ihre außergewöhnliche Selbstsicherheit hatte. Sie war so anders als alle anderen. Während viele Menschen sie für selbstsüchtig und oberflächlich hielten, wusste Marlene, dass sie ein großes Herz für ihre Freunde hatte.

Sie betraten den Nachtklub und gingen zur Garderobe hinter der Bühne. Als Bruni vor einem riesigen, hell erleuchteten Spiegel saß und ihre langen Wimpern mit einer Wimpernzange bearbeitete, platzte es aus Marlene heraus: „Zara weiß nicht, wo sie wohnen soll."

Brunis Arm verharrte einige Sekunden mitten in der Luft, dann setzte sie ihr Schönheitsprogramm fort und starrte Marlene im Spiegel an. „Du erwartest nicht, dass ich sie aufnehme, oder?"

„Ehrlich gesagt, hatte ich das gehofft." Marlene ließ unerwähnt, dass Zara diese Möglichkeit bereits abgelehnt hatte.

„Auf gar keinen Fall. Fjodor würde das niemals billigen." Bruni war fertig damit, ihre Wimpern in Form zu biegen, und ging nun dazu über, ihre gezupften Augenbrauen zu einem perfekten Bogen anzumalen.

„Du brauchst seine Erlaubnis, um eine Freundin bei dir einzuquartieren?"

„Natürlich nicht. Aber er hat die Wohnung organisiert, darum sollte ich ihn besser nicht verstimmen. Außerdem, wie sollen wir es treiben, wenn Zara dabei ist? Ich glaube nicht, dass sie zuschauen möchte."

Marlene fühlte, wie ihr die Röte ins Gesicht stieg. Sie konnte immer noch nicht begreifen, dass Bruni im Grunde ihren Körper für Essen, ein Dach über dem Kopf und Kleidung verkaufte.

„Nur für ein paar Tage, bis sie etwas anderes gefunden hat. Bitte", bettelte Marlene.

„War ihr Vater nicht der Kommandant von Mauthausen?" Bruni spitzte die Lippen, um einen knallroten Lippenstift aufzutragen – ein weiteres Überbleibsel einer ruhmreicheren Vergangenheit, das nicht viele Frauen in Berlin besaßen.

„Ja, aber was hat das mit ihr zu tun?" Langsam wurde Marlene wütend.

„Es ist nur so, dass sie bei mir nicht sicher wäre. Zumindest nicht, wenn Fjodor es herausfindet. Die Russen glauben an die Sippenhaft und würden sie sofort in ein Gefängnis verfrachten. Und ehe du jetzt irgendwas sagst: Fjodor könnte nichts dagegen tun. Er ist nur ein Hauptmann." Bruni machte ein trauriges Gesicht, als ob sie plötzlich die Wahl ihres männlichen Begleiters bedauerte. Dann lächelte sie in den Spiegel und zwinkerte Marlene zu. „Aber ich werde mich umhören."

Marlene seufzte.

„Guck nicht so traurig. Warum schaust du dir nicht mal mit Zara meine Vorstellung an? Ich verspreche dir, wir werden jede Menge Spaß haben."

„Danke, Bruni, wir werden bestimmt vorbeikommen."

„Falls du jemals deine moralischen Vorstellungen änderst, kann ich dich und Zara ein paar feschen Offizieren vorstellen", bot Bruni großzügig an.

„Danke, aber nein danke."

„Du verpasst was. Ich muss los." Bruni lachte und warf ihr eine Kusshand zu. „Bis demnächst."

Marlene schüttelte den Kopf. So sehr sie ihre Freundin liebte, sie hoffte dennoch, Bruni würde eines Tages erwachsen werden und das Leben ernst nehmen. Vielleicht würde sie sogar, wenn sie einen Mann fand, der sie wirklich liebte, aufhören, die Männer für ihre Zwecke zu benutzen. Auf dem Nachhauseweg wurde Marlene immer verzweifelter. Was sollte sie machen, wenn sie ihre Eltern nicht überzeugen konnte, Zara vorübergehend bei ihnen wohnen zu lassen?

Wie sie befürchtet hatte, wollten ihre Eltern nichts davon wissen. Ihre Mutter war unnachgiebig und ihr Vater beendete die Diskussion mit nur einem Satz: „Ich erlaube nicht, dass diese Frau jemals wieder unser Haus betritt."

Marlene war den Tränen nahe. Gab es in dieser Welt denn gar keine Barmherzigkeit mehr?

In dieser Nacht wurde sie von Albträumen heimgesucht und wachte frühmorgens wie gerädert auf. Sie nahm sich ein Stück Brot von dem kleinen Tisch, den sie als Küche verwendeten, und floh vor der bedrückenden Anwesenheit ihrer Eltern. Sie verstand sie nicht mehr und konnte auch nicht begreifen, wie sie sich von liebenden, sorgenden Menschen in wehleidige, hartherzige Nörgler verwandelt hatten.

Zwei Häuserblocks von der Krankenstation entfernt, traf sie auf Georg und brummte: „Morgen."

„Hallo Marlene, du siehst furchtbar aus", sagte er.

Bei seiner Ehrlichkeit musste sie unwillkürlich lachen. „Das liegt daran, dass ich schlecht geschlafen habe. Doktor Ebert hat Zara gesagt, dass sie die Krankenstation verlassen muss. Aber jetzt weiß sie nicht, wohin. Sogar meine Eltern weigern sich, sie bei uns aufzunehmen."

Georgs Blick wurde nachdenklich. „Ich könnte meine Cousine fragen. Sie lebt im amerikanischen Sektor und ich bin mir sicher, dass sie Zara bei sich einquartieren würde. Aber ich muss dich vorwarnen, ihre Wohnung ist der reinste Trümmerhaufen."

„Welche Wohnung ist das nicht?", fragte Marlene, der plötzlich viel leichter ums Herz war.

„Sogar für Kriegsverhältnisse ist sie grauenhaft." Sie waren bei der Krankenstation angelangt und er öffnete ihr die schwere Tür.

„Ich bin mir sicher, dass es Zara nichts ausmachen wird. Solange die Wohnung ein Dach und vier Wände hat, wird sie zufrieden sein."

„Dann los, wir sagen es ihr."

Marlene blieb stehen. „Sollten wir nicht zuerst deine Cousine fragen?"

„Nein. Sie würde niemals jemanden in Not wegschicken. Außerdem ist Zara eine Freundin." Georgs Lächeln erhellte den Raum und wärmte Marlenes Herz.

Sie mochte seine Cousine auf der Stelle. Und ihn gleich mit.

KAPITEL 12

Die Freundschaft entwickelte sich wie geplant. Werner mochte Georg sogar sehr, denn er war intelligent, ein guter Gesprächspartner, hatte Humor, hasste die Nazis und strahlte natürliche Autorität aus.

Auch wenn sie in etwa gleich alt waren, sah Werner in Georg häufig sein jüngeres Ich, ehe ihn die Ernüchterung über die proletarische Revolution überkommen hatte. Verglichen mit dem idealistischen Georg war Werner ein alter Zyniker.

Er zuckte mit den Schultern. *Realistisch, nicht zynisch. Die revolutionäre Heißblütigkeit der Jugend muss durch Lebenserfahrung in die richtigen Bahnen gelenkt werden.* Belustigt von seinem eigenen inneren Monolog verzog Werner das Gesicht. *Was für ein Mann erzählt sich selbst Parteipropaganda – und erwartet, dass er sie glaubt?* Er schüttelte den Kopf und wandte seine Gedanken lieber Georg zu als seinen eigenen Schwächen.

Die anderen Studenten suchten Georgs Führung. Mit ein klein wenig Umerziehung würde er ein wertvolles Mitglied für den Plan zur Bildung einer langfristig rein kommunistischen Studentenvertretung. Denn egal, was Norbert und die anderen möglicherweise immer noch von Stalins Wunsch für ein entmilitarisiertes und demokratisches Deutschland hielten, für Werner war das Ganze mittlerweile reine Augenwischerei. Zu groß waren die Unterschiede zwischen der sowjetischen und der westlichen Lebensweise. Ein friedliches Zusammenleben war unmöglich.

Ein paar Tage später waren Georg und er auf dem Weg zurück zur Universität, nachdem sie sich mit einem amerikanischen Bildungsbeauftragten im amerikanischen Sektor getroffen hatten.

„Die Besprechung verlief ganz gut", sagte Werner gerade, als sich zwei sichtlich betrunkene russische Soldaten mit den Worten *Komm Frau* einer jungen Frau näherten. Instinktiv schaute Werner weg, denn er wollte mit diesem schändlichen Verhalten nichts zu tun haben.

Doch Georg stieß ihn mit dem Ellbogen an. „Sie werden ihr Gewalt antun. Du musst irgendwas unternehmen."

„Ich kann nichts dagegen machen", erwiderte Werner, dem die Schamesröte ins Gesicht stieg. Sie beide wussten, dass sich Georg als deutscher Staatsbürger einem alliierten Soldaten nicht in den Weg stellen durfte, wohingegen Werner der Besatzungsmacht angehörte.

„Aber du bist doch ein sowjetischer Regierungsbeamter!", rief Georg.

„Ja, aber ich bin kein Mitglied der Roten Armee. Diese Männer befolgen nur Anweisungen von ihren Vorgesetzten." Werner blickte weg, als die zwei Russen die junge Frau am Arm packten und in ein nahe gelegenes Gebäude zerrten. Zumindest würden sie ihr grässliches Vorhaben nicht in der Öffentlichkeit durchführen, wo jeder zuschauen konnte und wodurch die arme Frau noch mehr gedemütigt würde.

„Du erbärmlicher Feigling! Ich werde nicht danebenstehen und zuschauen", brüllte Georg ihn an und rannte weg. Obwohl er es besser wusste, eilte Werner seinem Freund hinterher. Rund einen Block weiter traf Georg auf eine Gruppe Amerikaner und rief außer Atem: *„Rape. Russian. There."*

Die GIs kannten solche furchtbaren Ereignisse nur zu gut. Trotz Georgs schlechtem Englisch reagierten sie innerhalb von Sekunden und rannten in die angezeigte Richtung.

Während Georg sich vornüberbeugte und nach Luft schnappte, zeigte Werner wortlos auf das Gebäude, in das die Russen ihr Opfer gezerrt hatten, ging selbst aber nicht hinein. Er war unschlüssig, ob er bleiben und abwarten oder still und heimlich verschwinden sollte, denn er wollte sich auf keinen Fall einmischen.

Während er noch überlegte, hallten mehrere Schüsse durch die Luft und verschlimmerten sein Dilemma. *Verdammt, Georg, musstest du die Amerikaner da unbedingt mit reinziehen?*

Er wollte keinesfalls in einen diplomatischen Konflikt verwickelt werden, weshalb er sich verstohlen umblickte, ehe er wegging und in der nächsten U-Bahnstation verschwand. Auf dem gesamten Heimweg hatte er das ungute Gefühl, dass dieser Vorfall Konsequenzen haben würde. Da er nicht riskieren konnte, mit einem Übergriff der Russen im amerikanischen Sektor in Verbindung gebracht zu werden, brauchte er ein Alibi. Das Erstbeste, was ihm einfiel, war das Café de Paris.

Der rauchgeschwängerte Nachtklub strotzte nur so vor Männern in Uniform. Werner war froh darüber und blickte sich mit zusammengekniffenen Augen nach einem bekannten Gesicht um. Schöne Frauen waren reichlich anwesend und konkurrierten um die Aufmerksamkeit der Männer.

Werner interessierte sich jedoch nicht für die Frauen, die sich auf ihn stürzen wollten, und schaute sich weiterhin nach jemandem um, den er kannte. Der Raum füllte sich mit Applaus für die Sängerin, die gerade die kleine Bühne betreten hatte. Im Licht eines Scheinwerfers erkannte er Hauptmann Orlowski mit einer Gruppe Russen und zwängte sich durch die Menge zu ihrem Tisch.

„Ah, Genosse Böhm, Sie wollen nicht schon gehen, oder?", fragte Orlowski.

„Ich bin seit über einer Stunde hier, aber meine Bekannten mussten noch zu einer anderen Feier", log er.

„Deren Pech. Der Abend hat gerade erst begonnen. Setzen Sie sich doch zu uns", sagte Orlowski.

„Vielen Dank, Genosse Orlowski, es ist mir ein Vergnügen." Werner ließ sich in einen Plüschsessel neben Orlowski fallen, der ihn seinen Begleitern vorstellte. Die Sängerin auf der Bühne wurde angepriesen als „die wunderbare Chansonnette Fräulein von Sinnen".

Sobald sie zu ihrem ersten Chanson ansetzte, wurde die lärmende Menge mucksmäuschenstill und alle anwesenden Männer waren von ihrer Schönheit und eindrucksvollen Stimme fasziniert. Als sie mit dem Lied fertig war, erfüllte ohrenbetäubender Applaus den Saal. In der kurzen Pause kam eine junge Kellnerin zu ihnen: „Champagner?"

„Ja, bitte", sagte Werner.

Einer der Russen lachte laut auf. „Die Tunte hier sagt bitte, habt ihr das gehört? Die Fräuleins hier mögen's etwas handfester." Um seine Worte zu unterstreichen, kniff er der Kellnerin in den Hintern.

Pflichtgemäß fiel Werner in das Gegröle mit ein, obwohl er sich innerlich dafür schalt, ein elender Speichellecker zu sein.

Nach ihrem Auftritt stieg die Sängerin von der Bühne, nahm anmutig den tosenden Beifall entgegen und warf Kusshändchen in die Menge. Alle Köpfe drehten sich nach ihr um, als sie in ihrem figurbetonten grünen Kleid mit zarten Trägern über den geschmeidigen Schultern direkt auf Werners Tisch zukam. Übereifrige Männer verwies sie auf ihren Platz, indem sie einfach nur die Augenbraue hochzog und ihnen einen vernichtenden Blick zuwarf.

„Bruni", sagte Orlowski und stand auf. In seinen Augen lag Stolz, als die Sängerin ihn auf die Wange küsste und anmutig ein Glas Champagner entgegennahm. „Darf ich dir Werner Böhm vorstellen? Er ist für Kultur und Erziehung in der Stadtverwaltung verantwortlich."

Sie streckte ihm eine perfekt manikürte grazile Hand entgegen. „Ganz meine Freude, Herr Böhm."

Wohlerzogen stand Werner auf und deutete einen Kuss auf ihren Handrücken an. „Ich bin beeindruckt von Ihrem Talent. Sie haben eine Stimme, die man nicht so leicht vergisst."

Sie lächelte ihn huldvoll an und nahm dann den Platz neben Orlowski ein, wobei sich Werner fragte, wie vertraut die beiden miteinander waren.

„Wie läuft es mit der Universität?", wollte Orlowski wissen, als er mehr Champagner in die halb leeren Gläser füllte.

„Gut, dank Ihrer Hilfe." Werner blickte zu Fräulein von Sinnen und fügte hinzu: „Der Hauptmann hat mich aus einem ziemlichen Schlamassel gerettet."

Beim Geplauder, mehr Champagner und jeder Menge Wodka verging die Zeit und es war bereits nach Mitternacht, als zwei weitere Russen ankamen.

„Warum so spät?", lallte einer der Offiziere an Werners Tisch und gab den Neuankömmlingen ein Zeichen, sich zu setzen.

„Scheiß Amerikaner, die ihre Nase ständig in unsere Angelegenheiten stecken", sagte Petrow, ein stämmiger Kerl mit einem Schnurrbart wie Stalin.

„Was haben sie jetzt schon wieder getan?", fragte Orlowski,

kippte den Rest seines Wodkas hinunter und gab der Bedienung zu verstehen, ihm eine weitere Flasche zu bringen.

Petrow sog die Luft ein. „Ja, was? Sie haben nur aufgrund falscher Beschuldigungen zwei unserer Soldaten erschossen!“

„Erschossen? Falsche Beschuldigungen?“ Werner musste nicht schauspielern, um geschockt zu wirken. Er konnte nicht mit Sicherheit wissen, dass sie über den Vorfall dieses Nachmittags sprachen, aber es war sehr wahrscheinlich.

Fräulein von Sinnen rollte mit den Augen, als wollte sie sagen: „Mich legst du mit deiner vorgetäuschten Empörung nicht rein.“ Dann flüsterte sie Orlowski etwas ins Ohr und betrat wieder die Bühne. Dieses Mal ging ihre liebreizende Stimme an Werners Tisch jedoch in der hitzigen Diskussion unter, weil sie sich über den Mord an zwei unschuldigen russischen Soldaten durch die niederträchtigen, aggressiven Amerikaner aufregten.

Werner hörte schweigend zu, während die anderen ihrer Empörung Luft machten. Dass die russischen Soldaten dabei erwischt worden waren, wie sie eine deutsche Frau vergewaltigten, interessierte die Männer wenig, wohingegen sie die Erschießung der Angreifer aufs Heftigste verurteilten.

„Laufen wir etwa herum und erschießen Amerikaner? Nein! Welches Recht dazu haben diese Arschlöcher also? Verfluchte imperialistische Scheißkerle!“ Petrow schlug mit der Faust auf den Tisch.

„Und wofür? Ich wette, für die deutsche Schlampe war es nicht das erste Mal, wahrscheinlich hat sie es schon mit der ganzen Brigade getrieben!“

„Genau! Seit wann haben die Deutschen auf einmal irgendwelche Rechte? Wir sind die Sieger und können tun, was wir wollen.“ Petrow redete sich selbst in Rage und sogar die Frauen im Nachtklub, die normalerweise an jedem allein sitzenden Mann hingen, flohen aus der Umgebung ihres Tisches.

„Hast du nicht gesagt, es sei im amerikanischen Sektor passiert?", warf Werner ein, in der Hoffnung, die überschäumenden Emotionen abkühlen zu können. „Es ist nicht das erste Mal, dass die Amerikaner uns gewarnt haben, dass sie diese Dinge in ihrem Sektor nicht dulden."

Lautstark machten die Männer ihrem Missfallen und ihrer Wut Luft und widersprachen seiner Äußerung heftig.

„Bist du etwa ein Freund der Imperialisten, Böhm?", erwiderte Bagrow, ein rotgesichtiger Mann, scharf. „Vielleicht warst du es ja, der unsere Soldaten den Amerikanern gemeldet hat."

„Was für eine Beleidigung einem Genossen gegenüber", gab Werner heftig zurück, stand auf und machte sich daran, zu gehen.

„Kommt, Genossen, beruhigt euch", sagte Orlowski. „Wir haben genug Feinde, da müssen wir uns nicht untereinander zerfleischen."

Bagrow knurrte: „Du hast leicht reden, der erschossene Genosse war ja nicht dein Bruder." Entsetztes Schweigen breitete sich aus und Werner befürchtete, der Mann könne in ihn hineinblicken und sehen, dass er dort gewesen war. Er hatte die Soldaten, die jetzt tot waren, zwar nicht persönlich angeschwärzt, aber er hatte Georg auch nicht davon abgehalten, es zu tun. So oder so, er war so gut wie tot, sollte Bagrow es jemals herausfinden.

„Ich schwöre, dass ich den Denunzianten mit bloßen Händen erwürgen werde. Mit den Amerikanern kollaborieren, um unsere Kriegshelden zu erschießen!"

„Vielleicht können wir aus diesem Vorfall etwas lernen", sagte Werner, obwohl er wusste, dass er sich besser mit der Entschuldigung, müde zu sein, zurückziehen sollte. Müde war er schließlich. Körperlich und geistig.

„Aus einem kaltblütigen Mord lernen?" Bagrow wurde wieder hitzig.

„Die Amerikaner haben einen Weg gefunden, sich bei den Deutschen beliebt zu machen, indem sie diese Dinge stoppen und sich auf die Seite der Bevölkerung stellen“, versuchte Werner den betrunkenen Männern seine Sichtweise zu erklären. „Ihre Strategie funktioniert bestens, während wir mit jedem Tag mehr gehasst werden. Findet ihr nicht, dass es da eine Lektion gibt, die wir lernen sollten?“

„Dass wir keine Zeugen haben dürfen?“, meinte Petrow.

„Das ist das Problem mit den Intellektuellen, sie denken einfach zu viel“, sagte Bagrow und die anderen brachen in Gelächter aus. „Böhm, du solltest diese Dinge der Armee überlassen und dich an das halten, was man dir aufgetragen hat. Hoffen wir mal, dass du mit der Aufgabe überhaupt zurechtkommst.“

Werner wurde durch die Ankunft des wunderschönen Fräuleins von Sinnen davor bewahrt, antworten zu müssen. Sie nickte in Orlowskis Richtung und der Hauptmann entschuldigte sich, um mit der Dame im Schlepptau den Nachtklub zu verlassen. Werner stand ebenfalls auf, denn er hatte genug Zeit mit diesen Zeugen verbracht, um nötigenfalls ein Alibi zu haben.

KAPITEL 13

Dean war auf dem Weg zur Kommandantur und hoffte auf einen gut gelaunten Sokolow. Der General litt an einem Magengeschwür und an den Tagen, an denen es ihn besonders piesackte, ließ er die anderen Anwesenden dafür büßen.

Manchmal wünschte Dean, er könnte das Problem auf die gute altmodische Art und Weise lösen, indem er Sokolow eins auf die Mütze gab. Aber leider war der Krieg vorbei und körperliche Gewalt war verpönt, zumindest in der *US Army*.

Der erste Punkt auf der Tagesordnung war das Flüchtlingsproblem. Berlin war ein einziger Trümmerhaufen, Lebensmittel waren knapp und die Wohnungssituation hoffnungslos. Der Zustrom Hunderttausender deutscher Flüchtlinge, die aus Russland, Polen und der Tschechoslowakei vertrieben wurden, sowie die heimkehrenden Wehrmachtssoldaten verschlimmerten die Situation und insbesondere die Probleme beim Gesundheitswesen. Viele der ankommenden Menschen waren voller Läuse, hatten Typhus, Fleckfieber, Tuberkulose und andere ansteckende Krankheiten.

Die Soldaten waren ein besonders kläglicher Anblick und Deans Herz zog sich jedes Mal zusammen, wenn er einen von ihnen sah. Er war darüber erzürnt gewesen, wie furchtbar seine gefangen genommenen Landsmänner von den Nazis behandelt worden waren, aber was die Russen mit den deutschen Kriegsgefangenen gemacht hatten, war mindestens ebenso schlimm.

Bemitleidenswerte, dreckige, hohläugige und verwahrloste Männer schleppten sich in zerschlissenen Uniformen in die Hauptstadt. Ihre einzige Habseligkeit, eine Blechtasse, trugen sie an einem Riemen um den Hals. Und das waren die Gesunden. Die Kranken und Verletzten humpelten an Holzkrücken und trugen schmierige Bandagen um Kopf, Arme oder Beine. Schuhe waren ein seltener Anblick und viele Soldaten hatten sich alte Zeitungen oder Lumpen um die Füße gewickelt oder Holzbretter untergeschnallt. Nie zuvor hatte Dean mehr niedergeschlagene, mutlose und verelendete Soldaten gesehen, die solch abgrundtiefe Verzweiflung ausstrahlten.

Er hatte ein paar Ideen, was man tun konnte, um die Menschen davon abzuhalten, nach Berlin zu kommen und stattdessen ihr Glück in den weniger überfüllten kleinen Städten und Dörfern zu suchen.

Die erste Maßnahme, keine Aufenthaltsgenehmigungen auszustellen, war nicht sonderlich erfolgreich. Er hatte bereits zu seinem französischen und britischen Kollegen gesagt, dass sie etwas Drastisches bräuchten, und jetzt hoffte er, General Sokolow von einer gemeinsamen Presse- und Radiokampagne im gesamten sowjetischen Sektor überzeugen zu können. Den Flüchtlingen sollte klargemacht werden, dass es sinnlos war, nach Berlin zu kommen, weil sie dort nur Krankheit und Hunger erwartete.

Doch als er in der Kommandantur ankam, wischte Sokolow das Flüchtlingsproblem beiseite und bestand darauf, sich einem dringenden Notfall zu widmen: dem kaltblütigen Mord zwei seiner Männer im amerikanischen Sektor am Nachmittag zuvor.

Dean stöhnte innerlich. Es war nicht das erste Mal, dass so etwas passierte, und sicherlich würde es nicht das letzte Mal sein, wenn die verdammten Russen nicht endlich anfingen, ihre Truppen zu disziplinieren und zu kontrollieren. Er schaute zu seinem Stellvertreter Major Gardner, der bereits den Polizeibericht angefragt hatte und Dean auf den neuesten Stand brachte. Eine versuchte Vergewaltigung, ein deutscher Informant, zwei amerikanische Militärpolizisten, die dem Mädchen helfen wollten, und zwei überhebliche Russen, die sie mit dem Gewehr bedroht hatten.

Das würde ein langer Tag werden.

Sokolow begann mit seiner üblichen Hasstirade auf die westlichen Imperialisten und forderte dann Genugtuung, indem die Mörder einem sowjetischen Gericht übergeben werden sollten. Natürlich wusste jeder im Raum, dass das vollkommen unmöglich war, aber vermutlich wollte Sokolow nur seine Sichtweise klarstellen: die mangelnde Kooperation seitens der Amerikaner bei der Wahrung von Recht und Ordnung.

„General Sokolow, ich fürchte, Ihre Fakten sind vollkommen falsch", sagte Gardner und las die Einzelheiten des Vorfalls aus dem Polizeibericht vor. Sokolows Gesicht wurde immer wutverzerrter und Dean hoffte im Stillen, er würde zerplatzen, sodass seine Eingeweide hervorquollen.

„Vielleicht haben sie einen über den Durst getrunken und dann etwas über die Stränge geschlagen. Aber das ist kein Grund, unsere Männer zu erschießen", gab Sokolow zu.

„Normalerweise erschießen wir Ihre Männer ja auch nicht, aber in diesem Fall haben ihre Soldaten zuerst die Waffen gezogen und unsere Männer bedroht", sagte Gardner.

Sokolow schien sich gründlich unwohl zu fühlen. „Nun, Sie

sollten wissen, dass das nur symbolisch gemeint war, sie hatten niemals vor, Ihre Männer wirklich zu töten."

Dean fiel es schwer, ein Lachen zu unterdrücken. Er war vor Kurzem zu dem Schluss gekommen, dass das der grundlegende Unterschied zwischen den beiden Armeen war. In einer Auseinandersetzung mit den westlichen Alliierten zogen die Russen normalerweise ihre Waffen, um zu drohen oder zu beeindrucken. Häufig gaben sie auch Warnschüsse ab, wenn sie überhaupt schossen. Doch ein amerikanischer Soldat zog seine Waffe nur, um zu schießen, und wenn er schoss, dann um zu töten.

„General, Sie müssen mir zustimmen, dass unsere Männer das nicht wissen konnten und in Selbstverteidigung geschossen haben," antwortete Gardner.

„Ihre Leute hätten sich gar nicht erst in unsere Angelegenheiten einmischen sollen", brüllte Sokolow.

Dean hatte genug gehört. Er stand auf und sagte: „Mit allem Respekt, General, was in unserem Sektor geschieht, ist unsere Angelegenheit. Sie können nicht erwarten, dass wir zusehen, wie Ihre Männer vergewaltigen, plündern und schießen, ohne dass wir sie daran hindern."

Es gab nicht viel, was Sokolow Deans Argument entgegensetzen konnte. Obwohl Berlin von den vier Mächten gemeinsam regiert wurde, hatte jede einzelne die volle Kontrolle über ihren jeweiligen Sektor. Und die Russen waren die ersten, die den anderen sagten, ihre Nase aus dem sowjetischen Sektor rauszuhalten.

„Die Briten haben noch nie einen unserer Soldaten erschossen", meinte Sokolow.

Der französische Kommandeur schaltete sich ein: „Das liegt daran, dass die Briten Ihre Leute lieber anständig verprügeln."

„Sehen Sie, die Briten wissen, wie man mit ungebührlichen Soldaten umgeht, während ihr Amerikaner immer gleich übertriebene Gewalt anwenden müsst." Wie immer musste Sokolow das letzte Wort haben. Zumindest ließ er das Thema fallen und ging zur eigentlichen Tagesordnung über.

Dean hoffte nur, die Russen würden endlich begreifen, dass jeder, der im amerikanischen Sektor bei einem Mord, einer Plünderung oder einer Vergewaltigung ertappt wurde, möglicherweise in einem Sarg endete.

KAPITEL 14

Januar 1946

Georg setzte sein Studium an der kürzlich eröffneten Berliner Universität fort, aber in seiner Freizeit arbeitete er weiterhin auf der Krankenstation von Doktor Ebert. Dort erzählte er Marlene bei jeder sich bietenden Gelegenheit, wie viel Freude er daran hatte, wieder zu studieren, auch wenn er bis spät in die Nacht arbeiten und lernen musste, um alles zu schaffen.

„Warum schreibst du dich nicht auch ein, Marlene?", fragte er häufig, worauf sie stets mit einem Seufzen antwortete.

„Ich weiß nicht", meinte sie achselzuckend. „Das letzte Mal, dass ich zur Schule gegangen bin, war ... na ja, vor ziemlich langer Zeit. Ich bin glücklich mit dem, was ich tue."

„Verkauf dich nicht unter Wert!", protestierte Georg. „Hast du denn überhaupt keine Ambitionen? Du hast mir doch selbst gesagt, dass du lieber Anwalt wärst, statt die Akten mit den Rechtsfällen nur von einem Raum in den anderen zu schleppen."

In dem Punkt hatte er recht. Marlene hatte während des Krieges als Sekretärin bei einem Familienanwalt gearbeitet und hatte damals ebenfalls studieren wollen. „Würde ich ja gerne, aber woher soll ich die Zeit dafür nehmen, Georg?", klagte sie. „Ich bin jetzt schon vollkommen erschöpft. Wie soll ich Geld verdienen, wenn ich den ganzen Tag lang studiere? Nein, der Zug ist abgefahren."

„Glaub mir, mir fiel es am Anfang auch schwer, aber jetzt habe ich meine Aufgaben gut organisiert und alles hat sich eingespielt. Ich behaupte ja nicht, dass es einfach ist, aber es bedeutet mir so viel, irgendwann meinen Abschluss zu machen. Es wird eine riesige Nachfrage nach qualifizierten Leuten geben und dann möchte ich ganz vorne mit dabei sein und mir die besten Stellen aussuchen."

„Ich werde darüber nachdenken", versprach sie, allerdings nur, damit Georg sie nicht weiter nervte. Nur zu gut konnte sie sich an eine Zeit erinnern, in der auch sie noch Träume hatte – ehe das Kriegschaos ihr Leben umgewälzt und ihre Hoffnungen zerstört hatte.

„Die Eröffnungszeremonie ist heute in einer Woche", erzählte Georg aufgeregt. „Als Vorsitzender der neu gegründeten Studentenvertretung soll ich eine Rede halten. Kommst du bitte als mein Gast mit?"

„Natürlich komme ich mit. Ich bin so stolz auf dich." Sie umarmte ihn freundschaftlich und freute sich auf die Feierlichkeiten – eine willkommene Abwechslung in ihrem ansonsten eintönigen Leben.

Die Einweihung der Berliner Universität in der Woche darauf war genauso beeindruckend, wie die Russen sie geplant hatten. Marlene bekam fast den Eindruck, als gäbe es in ihrer Stadt keinen Mangel an Lebensmitteln oder anderen Dingen. Die erste Rede hielt Oberbürgermeister Arthur Werner, ein angesehener Mann mit weißem Haar und makellosem Erscheinungsbild. Er war der Leiter einer privaten Technikerschule, bis die Nazis ihn 1942 gezwungen hatten, seine Lehrtätigkeit aufzugeben, weil er dort auch Juden unterrichtet hatte. In Berlin mochte ihn jeder und schätzte ihn dafür, seinen Mitbürgern aus ganzem Herzen helfen zu wollen.

Marlene hörte der Rede nur mit halbem Ohr zu. Es war allgemein bekannt, dass er wenig Macht hatte und ausschließlich wegen seiner versöhnlichen Art eingesetzt worden war. Die Entscheidungen in der Verwaltung traf sein Stellvertreter: Karl Maron, ein deutscher Kommunist aus der in Moskau ausgebildeten Gruppe Gentner. Er war ein intelligenter, aber skrupelloser Mann, der nie zögerte, den Berlinern Moskaus Meinung aufzuzwingen.

Als Nächstes sprach Werner Böhm, der aufgehende Stern der Berliner Verwaltung und kürzlich benannter Leiter der Abteilung Agitation und Propaganda, die nicht nur die Presse, sondern auch das Bildungssystem kontrollierte. Er war die treibende Kraft hinter der Wiedereröffnung der Universität.

Sein blasses Gesicht mit den kurzen blonden Haaren erschien ständig in den Zeitungen und er wirkte immer streng, wenn nicht sogar streitsüchtig. Marlene rümpfte die Nase, weil sie ihm noch immer nicht verziehen hatte, dass er letzten Sommer die Krankenstation von Doktor Ebert geschlossen hatte, wenngleich der Umzug sich als absoluter Glücksgriff herausgestellt hatte. Das neue Gebäude war viel größer, bot mehr Annehmlichkeiten und stand unter dem Schutz der Amerikaner, die sich tatsächlich um das Wohlergehen der Berliner sorgten. Nicht so wie Böhm, der nur Platz für einen Radiosender gesucht hatte, wie sie später herausfand.

Trotzdem war sie von Böhms sonorer Stimme vollkommen gefesselt und lauschte gebannt jedem seiner Worte. Sehr zu ihrer Überraschung sprach er nicht nur über die großartige Freundschaft zwischen den Sowjets und den Deutschen. Er betonte zudem auch, wie wichtig es ihm sei, ein erstklassiges Bildungssystem aufzubauen, das akademische Freiheit und produktiven politischen Diskurs bot. Darin wich er eindeutig vom üblichen Gerede der Sowjets ab.

Sie betrachtete ihn eingehend und empfand ihn nicht nur als viel freundlicher, als sie es in Erinnerung hatte, sondern sogar als sehr attraktiv. Seine durchdringenden Augen waren nicht die eines eiskalten Karrierepolitikers, sondern die eines standhaften Kämpfers für eine bessere Zukunft voller Gesundheit, Wohlbefinden und Freiheit.

Seine Rede strahlte ansteckenden Optimismus aus und Marlene verspürte einen Stich, dass sie nicht zu dieser mutigen neuen Generation gehörte, die sich für glänzende Perspektiven sowohl für ihr Land als auch für sich selbst einsetzte.

War es nicht ihre Pflicht, dabei zu helfen, ihr Land aus den Trümmern wieder aufzubauen? Sollte sie nicht das Kriegsbeil begraben und sich dieser Aufgabe stellen? Wenn Herr Böhm sich ändern konnte, konnte sie es auch. Wenn sie ehrlich zu sich selbst war, musste sie zugeben, dass sie sich größtenteils wegen Werner Böhm nicht an der Universität einschreiben wollte – dem Mann, den sie als Bestie bezeichnet hatte.

Die letzte Rede des Tages war die von Georg: ein eindringliches Plädoyer für Frieden zwischen den Nationen und akademische Freiheit für die Studenten, die das Land wieder aufbauen wollten. Als er schloss, erntete er tosenden Applaus von Studenten, Fakultätsmitgliedern und den wie immer anwesenden Militärangehörigen.

Die Leute gingen auf ihn zu und gratulierten ihm zu seinen

Worten, und Marlene platzte vor Stolz, weil ihr Freund bei der Erfüllung seiner Zukunftsträume schon so weit gekommen war. Als sich die Menschenmenge um ihn lichtete, blickte sich Georg im Raum nach Marlene um. Kaum hatte er sie ausgemacht, ging er durch den Saal, um sie zu begrüßen, doch nur wenige Schritte von ihr entfernt, gesellte sich Werner Böhm zu ihm.

„Gut gemacht", sagte der große, elegante Mann und schüttelte ihm die Hand. „Ich setze große Hoffnungen in dich."

„Sehr nett von dir, Werner", antwortete Georg bescheiden. „Ich habe es nur deiner Unterstützung und Ermutigung zu verdanken, dass ich jetzt da bin, wo ich bin. Ich danke dir dafür und stehe für immer in deiner Schuld." Er drehte sich zu Marlene und sagte: „Marlene, du erinnerst dich sicher an Werner Böhm. Werner, das ist Marlene Kupfer."

Marlene fiel die Kinnlade herunter und sie traute ihren Ohren nicht. Die beiden Männer duzten sich? Erwartete Georg etwa, dass sie diese sowjetische Marionette ebenfalls duzen würde?

Zum Glück nahm Herr Böhm ihr die Entscheidung ab. Er begrüßte sie mit formvollendetem Handkuss und seine tiefe Stimme wirkte anziehender auf sie, als ihr lieb war: „Fräulein Kupfer. Es ist mir ein Vergnügen, eine so attraktive Dame kennenzulernen."

Allerdings war es ihr kein Vergnügen. „Herr Böhm, Ihre Rede heute war beeindruckend. Sagen Sie, haben die Sowjets ihre behördlichen Anordnungen geändert und unterstützen jetzt die akademische Freiheit?"

Georg stockte bei diesem Affront der Atem, doch Herr Böhm schmunzelte. „Wie ich sehe, haben Sie mir meine unglückliche Rolle bei unserem letzten Treffen nicht verziehen. Ich war nur der Überbringer der Botschaft und mein Herz ist noch immer gebrochen", sagte er, wobei er eine Hand auf seine Brust legte und sie eindringlich anschaute: „weil Sie mich eine grausame Bestie genannt haben.“

Nun fühlte sie sich wie der schlechteste Mensch auf Erden. Wie machte er das nur?

Doch sein anschließendes Lächeln zeigte seine wahren Gefühle und ihr wurde unwillkürlich warm ums Herz, als er sie bat: „Wie kann ich Ihnen beweisen, dass ich nicht die Bestie bin, für die Sie mich halten?“

Marlene musste schlucken und hoffte, er würde ihre innere Unruhe nicht bemerken, als Georg sagte: „Ich habe vergeblich versucht, Marlene davon zu überzeugen, sich an der Universität einzuschreiben. Vielleicht kannst du sie dazu überreden, Werner?“

„Das würde ich sehr gerne. An der Universität fehlen eindeutig intelligente und schlagfertige junge Frauen wie Sie. Sie wissen ja, dass die Sowjets die Gleichheit aller Menschen fördern und den Frauen die gleichen Bildungschancen zugestehen wie den Männern.“ Werner schenkte ihr ein äußerst charmantes Lächeln und einen Moment lang schwankte sie in ihrer Meinung. Der attraktive Herr Böhm wirkte so rücksichtsvoll, charmant und authentisch – war es möglich, dass sie ihn vollkommen falsch eingeschätzt hatte? „Bitte reichen Sie eine Bewerbung ein und ich verspreche Ihnen, mich höchstpersönlich darum zu kümmern.“

„Ich ... ich bin mir nicht sicher“, stammelte sie und fühlte sich unter seinem intensiven Blick ganz klein. Mit ihren langen braunen Haaren und lebhaften blauen Augen galt sie als gut aussehend und sie war es gewohnt, von Männern lüstern angesehen zu werden, aber der Blick von Herrn Böhm war anders. Er schien sich tatsächlich für sie selbst zu interessieren und nicht nur für ihr Äußeres. *Blödsinn,* schalt sie sich selbst. *Er möchte nur, dass du dich einschreibst, um seine Frauenquote zu erfüllen.*

„An welchen Fächern hätten Sie denn Interesse, Fräulein

Kupfer?", ließ er nicht locker. Sein Blick hielt sie in seinem Bann und traf sie tief in ihrer Seele. Er drang direkt in den Bereich vor, den sie sorgfältig verschlossen hatte, nachdem die Russen sich genommen hatten, was sie als rechtmäßige Belohnung für die Beschwerden des Krieges angesehen hatten.

„Jura", antwortete sie und schüttelte die unangenehmen Gefühle ab, die sie überkamen. „Ich habe die letzten drei Jahre als Rechtsanwaltsgehilfin gearbeitet."

„Wie es der Zufall will, eröffnen wir vier weitere Fakultäten, von denen eine die für Recht ist. Es wäre eine Schande, wenn Sie sich die Gelegenheit entgehen ließen, an vorderster Stelle dabei zu sein, wenn es um den Wiederaufbau Ihres Landes geht. Wir brauchen Menschen wie Sie, unbestechliche Frauen, die sich an die Gesetze halten und ihren Landsmännern ehrlich helfen wollen. Ihr Freund und ich werden Sie dabei unterstützen. Was sagst du dazu, Georg?"

„Unbedingt!", antwortete Georg eifrig. „Ich hole dir die Formulare, die du ausfüllen musst, Marlene."

„Muss ich einen Test absolvieren?", fragte sie nervös. Vielleicht hielt Herr Böhm sie für tatkräftig und mutig, aber in Wahrheit war sie schüchtern und hatte immer hinter ihren durchsetzungsfähigeren Freunden und Brüdern zurückgestanden. Als gehorsame Tochter konnte sie sich am besten um andere kümmern. Im Mittelpunkt zu stehen, machte ihr Angst und sie sehnte sich nach der vertrauten Umgebung von Doktor Eberts behelfsmäßiger Krankenstation.

„Es gibt ein Prüfverfahren, aber ich bin mir sicher, dass es für Freunde von Georg kein Problem darstellt", sagte Herr Böhm ermutigend. „Wir prüfen Verbindungen zu Nazis und kriminelle Hintergründe. Außerdem schauen wir uns die politischen Einstellungen und Aktivitäten der zukünftigen Studenten an. Ich bin mir sicher, Sie haben nichts zu befürchten."

Er bemerkte, wie sie zögerte, und wandte sich an Georg: „Hilf ihr beim Ausfüllen der Formulare und sorge dafür, dass sie mit meiner Sekretärin einen Termin für das Prüfverfahren ausmacht. Die Klassen füllen sich schneller als gedacht."

Ein Mann in sowjetischer Militäruniform winkte Herrn Böhm zu, der mit einem kurzen Nicken reagierte, ehe er Marlenes Hand nahm und einen Kuss auf ihren Handrücken hauchte. „Die Pflicht ruft, aber ich hoffe, ich sehe Sie bald wieder, Fräulein Kupfer."

Marlene wurde ganz taumelig. Er war wirklich ein gut erzogener und charmanter Mann, so ganz anders als die üblichen russischen Rohlinge. Allerdings war er ja auch gebürtiger Deutscher, wenngleich seine Eltern nach Moskau ausgewandert waren, als er zehn Jahre alt war.

„Der hat sich total in dich verguckt", meinte Georg. „Er konnte kaum die Augen von dir lassen."

„Du hast eine blühende Fantasie", versuchte sie, das Ganze zu bagatellisieren.

„Habe ich das? Denn so, wie ich es sehe, war er mit seiner Verliebtheit nicht allein. Ganz im Gegenteil, du hast ihn richtiggehend angehimmelt."

Sie lachte nervös auf. „Das ist vollkommen lächerlich. Ich war nur höflich. Außerdem würde ich mich niemals in einen Kommunisten verlieben."

KAPITEL 15

Ein paar Tage später wurde Marlene von einem Brief aus Werner Böhms Büro überrascht, der sie über den Termin für ihr Bewerbungsgespräch für einen Studienplatz in Jura informierte.

Sie eilte zur Krankenstation und wartete ungeduldig darauf, dass Georg zwischen zwei Unterrichtsstunden auftauchte, um ihm die Neuigkeit mitzuteilen. Begeistert und ängstlich zugleich absolvierte sie die Aufgaben, die ihr in den letzten Monaten in Fleisch und Blut übergegangen waren – Wunden säubern, Verbände wechseln, Patienten waschen und ihnen aus dem Bett helfen. Sie tat es aus Pflichtgefühl, fühlte sich aber im Gegensatz zu Georg und Doktor Ebert nicht zur Medizin berufen. Stattdessen sehnte sie sich in eine Anwaltskanzlei zurück und in ein Büro mit gesunden statt kranken Menschen.

„Georg, stell dir vor!“, rief sie und stieß fast mit ihm zusammen, weil sie ihm unbedingt die guten Nachrichten erzählen wollte.

„Was ist los, dass du mich hier wie ein wildes Tier

anspringst?“, fragte er und sofort überkam sie ein Schuldgefühl. Ihr Benehmen gehörte sich nicht für eine junge Dame.

„Herr Böhm hat mich in zwei Tagen zu einem Bewerbungsgespräch eingeladen.“

„Das sind wirklich tolle Neuigkeiten! Ich freue mich für dich“, sagte er und umarmte sie kurz, ehe er sie auch schon wieder losließ und seine Miene sich verfinsterte. Er war es doch gewesen, der sie gedrängt und überredet hatte, warum fühlte er sich jetzt so unwohl?

„Was ist los?“, fragte sie.

„Nichts ... es ist nur so ... ich möchte nicht, dass du verletzt wirst. Böhm ist mein Mentor und war immer gut zu mir, aber ... er ist so weltmännisch und kultiviert. Und hat eindeutig ein Auge auf dich geworfen.“

Marlene merkte, wie sie rot wurde, und leugnete ihre Anziehung hartnäckig. „Deine Angst ist vollkommen unbegründet. Oder hast du vergessen, wie er sich benommen hat, als er die Krankenstation schloss? Ich könnte niemals etwas für einen so herzlosen Mann wie ihn empfinden.“

„Ich weiß das noch sehr gut“, gab Georg zu. „Werner hat nur getan, was ihm befohlen wurde. Er hatte strikte Anweisungen, das Gebäude noch an demselben Tag zu räumen. Jetzt, wo ich ihn besser kenne, kann ich nur Gutes über ihn sagen. Er ist alles andere als der kalte Karrierepolitiker, für den ihn alle halten, sondern ein ehrlicher, intelligenter und mitfühlender Mann.“

Marlene verstand Georg nicht. Zuerst wollte er sie vor Herrn Böhm warnen und nun sang er Loblieder auf ihn?

Er schien ihre Verwirrung zu bemerken und fügte hinzu: „Ich mache mir nur Sorgen um dich. Du bist ein wunderbares, nettes Mädel und er ist ein sehr mächtiger Mann. Er muss der Parteilinie folgen und tut dir vielleicht weh, ohne es zu wollen.“

„Du hast wahrscheinlich recht“, murmelte sie. Georgs

Meinung half ihr nicht weiter. Er war ein Mann und verstand ihre innere Zerrissenheit nicht. Sie brauchte unbedingt den Rat einer Frau. Und wer hätte sie in romantischen Angelegenheiten besser beraten können als Bruni?

Am Abend fing sie Bruni auf dem Weg zum Café de Paris ab.

„Kann ich mit dir sprechen?“, fragte Marlene.

„Natürlich. Geht es um einen Mann?“ Bruni hakte sich bei ihr ein und zusammen spazierten sie durch den eisigen Winterabend.

„Warum vermutest du hinter allem immer einen Mann?“ Marlene atmete aus und beobachtete, wie der weiße Dampf aus ihrem Mund in die Luft stieg. Die strenge Kälte drang durch ihren dünnen Mantel und sie beneidete Bruni um ihren Pelzmantel.

„Vielleicht, weil du knallrot im Gesicht bist?“, lachte Bruni. Glücklicherweise erreichten sie kurz darauf den Nachtklub und der Türsteher ließ sie ins Warme. Die meisten Menschen heizten ihre Wohnungen nur spärlich, aber da im Café de Paris vorwiegend alliierte Soldaten ein- und ausgingen, war Kohle niemals Mangelware.

Marlene folgte ihrer Freundin in die kleine Umkleide voll prächtiger Kleider, Federboas, Hüte und Dutzender Kosmetikprodukte. Bruni mangelte es niemals an Extravaganzen und sie öffnete eine Flasche erlesenen Weins. Sie goss beiden ein Glas ein, ehe sie sich vor den riesigen, erleuchteten Spiegel setzte.

„Raus mit der Sprache“, forderte Bruni und betrachtete fragend Marlenes Gesicht im Spiegel, während sie ihren perfekt geschnittenen Mund mit einem dunkelroten Lippenstift anmalte.

Marlene holte tief Luft und fragte sich, ob es ein Fehler war, Bruni um Rat zu fragen, wohlwissend, was sie antworten würde. „Es geht um Werner Böhm.“

„*Der* Werner Böhm?“ Bruni riss die Augen auf und nahm

einen Schluck des dunklen Rotweins, wobei sie am Glas einen Abdruck ihres genauso dunklen Lippenstiftes hinterließ.

„Ja, genau den. Einen aus der Gruppe Gentner." Mit Schaudern wurde ihr plötzlich bewusst, dass Werner Böhm einer der zehn mächtigsten Deutschen in Berlin war. Er war eine Nummer zu groß für sie. *Nein, nein und nochmals nein.* Allein der Gedanke an eine romantische Beziehung mit ihm war absurd.

„Er ist ein ziemlich attraktiver Bursche", meinte Bruni.

„Ja, oder? Und im wahren Leben ist er noch viel beeindruckender als in der Zeitung." Marlene konnte nicht aufhören, zu plappern. „Er ist ein echter Kavalier mit perfekten Manieren. Seine Präsenz ist so ... so ... überwältigend. Und sein charmantes Lächeln! Oh, und seine Stimme! Du müsstest mal seine Stimme hören. Die ist nicht so wie im Radio; man wird von ihr magnetisch angezogen."

„Oh mein Gott! Du bist ja richtig in ihn verschossen", meinte Bruni und drehte sich auf dem Stuhl herum, um Marlene direkt in die Augen zu schauen.

„Bin ich nicht", protestierte sie schwach.

Bruni schenkte der Bemerkung keine Beachtung und sagte: „Und jetzt fragst du mich also um Rat, wie du seine Aufmerksamkeit erregen kannst, stimmt's?"

„Nein, ganz und gar nicht." Marlene schüttelte heftig den Kopf, sodass ihr Haar herumwirbelte. „Ich will lieber wissen, wie ich es schaffe, dass er sein Interesse an mir wieder verliert."

„Bitte was?" Bruni setzte ihr Glas ab und schaute ihre Freundin entgeistert an. „Du kommst zu mir, um mir zu erzählen, dass der begehrteste zivile Junggeselle in ganz Berlin ein Auge auf dich geworfen hat, und willst von mir wissen, wie du ihn loswirst? Habe ich das richtig verstanden?"

„Hm, ja. Oder vielleicht auch nicht ... ich ... ich", seufzte Marlene. „Er möchte, dass ich mich für Jura einschreibe, und hat mich persönlich zu einem Bewerbungsgespräch eingeladen. Ich schätze, ich wollte einfach nur wissen, ob das eine gute Idee ist."

„Du veräppelst mich wohl. Jede andere Frau würde dafür sterben, dass er sich für sie interessiert, und du fragst, ob das eine gute Idee ist?"

„Ich bin halt nicht wie die meisten Frauen." Mittlerweile wollte Marlene nur noch gehen. Es war definitiv ein Fehler gewesen, Bruni um Rat zu fragen. Ihre Freundin war jedoch in ihrem Element und begann einen langen Monolog darüber, wie vorteilhaft es war, in diesen furchtbaren Zeiten einen mächtigen Gönner zu haben.

„Wenn ein Mann wie Werner Böhm was von dir will, ist es das Beste, was dir passieren kann. Ist dir das nicht klar? Er sieht blendend aus, ist charmant und anständig. Böhm ist genau die Art Mann, die man für sich gewinnen will. Das Objekt seiner Begierde zu sein, ist wie ein Lotteriegewinn. Er kann dir in jeder Hinsicht helfen und dir Dinge besorgen, die sonst niemand in Berlin hat. Schnapp ihn dir, und zwar schnell, bevor es eine andere tut!"

„Ach, Bruni, es geht doch nicht um Dinge."

„Doch, geht es. Wir alle wollen überleben und dafür brauchen wir nun mal Essen, warme Kleidung und ein Dach über dem Kopf. Und wenn man dann noch einen Mann hat, der gut im Bett ist, was will man mehr?" Bruni drehte sich wieder zum Spiegel und trug blauen Lidschatten auf.

„Liebe?" Sehnsucht überkam Marlene, als sie sich an die süße erste Liebe zu ihrem gefallenen Verlobten erinnerte. Ein reines, warmes Gefühl, das nichts mit materiellem Nutzen zu tun hatte.

„Liebe wird überbewertet", blaffte Bruni. „Männer sind von Natur aus untreu und selbstsüchtig. Man nimmt sich von ihnen, was man kriegen kann, und wenn sie einen dann satthaben, was unweigerlich der Fall sein wird, sucht man sich den nächsten. So läuft das Leben. Liebe ist nur ein Trick, den die Nazis erfunden haben, damit wir Dutzende pupsende Schreihälse für den Führer gebären."

Marlene verspürte Mitleid mit Bruni, die niemals echte Liebe erfahren hatte. Weder von ihren Eltern und ganz sicher nicht von einem ihrer Liebhaber. Aber es würde nichts bringen, jetzt eine Diskussion darüber zu beginnen. „Böhm ist ein Kommunist, ein Karrierepolitiker. Er hat auch eine dunkle Seite. Weißt du noch, was ich dir über die Räumung unserer Krankenstation erzählt habe? Das war er."

„Alle Männer haben verschiedene Facetten." Bruni schaute sich das Werk ihrer Hände im Spiegel an und schürzte die Lippen, um die Wirkung zu betrachten. „Genau wie Frauen im Übrigen. Böhm hat Interesse an dir, du hast die Gelegenheit, ein Studium zu beginnen, und wenn du das nicht ausnutzt, bist du ein Volltrottel."

„Autsch! Ist das der beste Rat, den du mir geben kannst?" Marlene war den Tränen nahe.

„Ja", sagte Bruni trocken und schüttete den Rest Pinot Noir in ihr Glas. „Wenn du die Gelegenheit nicht nutzt, bist du dümmer, als ich dachte."

„Ich weiß nicht."

„Ich glaube, du weißt es sehr wohl, Marlene", antwortete Bruni spitz. „Da du mich um Rat gefragt hast, und nicht Zara, zeigt eindeutig, was du hören wolltest."

* * *

Am Tag ihres Bewerbungsgesprächs machte sich Marlene sorgsam zurecht, zog ihr bestes Kleid an und trug sogar ein wenig Make-up auf, das sie sich von Bruni ausgeliehen hatte. Sie war glücklich, was sie noch mehr strahlen ließ, und auf dem Weg zur Universität drückte sie die ausgefüllten Bewerbungsformulare fest an sich.

Frau Busch, Böhms Sekretärin, nahm die Formulare und bat sie, draußen im Flur zu warten, bis einer der Juraprofessoren Zeit für sie hatte. Die Worte nahmen eine enorme Last von Marlene und sie schalt sich selbst, weil sie in Werner Böhms charmantes Lächeln zu viel hineininterpretiert hatte. Aber gleichzeitig machte sich Enttäuschung in ihr breit, wobei sie natürlich nicht wünschte, dass er sich in sie verguckt hätte. Schließlich empfand sie rein gar nichts für ihn.

Als Frau Busch kam, um sie hineinzubitten, sagte sie: „Herr Böhm wird das Gespräch führen."

Von den unterschiedlichsten Gefühlen überwältigt, konnte Marlene nur zaghaft nicken. Warum in aller Welt hielt er sich nicht an das normale Verfahren, sondern führte das Gespräch mit ihr persönlich? Am liebsten hätte sie sich irgendwo verkrochen oder wäre schnurstracks davongelaufen. Aber sie riss sich zusammen, machte eine, wie sie hoffte, selbstbewusste Miene und betrat sein Büro.

„Ah, guten Morgen, Fräulein Kupfer", begrüßte er sie fröhlich. „Ich wollte es mir nicht entgehen lassen, persönlich bei Ihrem Bewerbungsgespräch dabei zu sein." Dann erklärte er einem spindeldürren Mann mit schlohweißem Haar, der an der Seite des großen Tisches saß: „Professor Klein, das ist Marlene Kupfer, eine sehr vielversprechende Studentin. Sie kommt auf Empfehlung von Georg Tauber, dem Vorsitzenden der Studentenvertretung."

Professor Klein setzte die Brille ab, die er benutzt hatte, um sich ihr Bewerbungsformular durchzulesen, und schaute sie durchdringend an. Zwar war sein Blick freundlich, aber Marlene war dennoch eingeschüchtert, denn Professor Klein war einer der angesehensten Rechtsexperten in ganz Deutschland. Sogar die

Nazis hatten nicht gewagt, ihn anzurühren, wenngleich sie ihm dringend geraten hatten, sich aus der Politik herauszuhalten.

Marlene hatte erwartet, zu ihrem juristischen Hintergrund und ihren Vorkenntnissen befragt zu werden, doch stattdessen stellte der Professor eine Frage nach der anderen zu ihrer politischen Einstellung sowie den Berufen und Ansichten ihrer Familie.

Ihre Antworten waren so stereotyp wie die Fragen. „Ja, Herr Professor, ich war Mitglied des BDM", „Nein, Herr Professor, ich war kein Mitglied der NSDAP" und „Nein, ich bin in keiner Kirche und auch in keiner politischen Partei."

Während der gesamten Befragung rieb sie sich ihre schwitzigen Hände am Kleid ab und versuchte, nicht in Böhms Richtung zu schauen, weil sein erstes ermutigendes Lächeln sie nicht wirklich beruhigt hatte. Ganz im Gegenteil, ihr war erst recht flau im Magen geworden.

„Fräulein Kupfer, wie sieht Ihre Vision für ein neues Berlin aus?", fragte Herr Böhm.

Daraufhin musste sie ihn wohl oder übel anschauen, und er sah sie mit einer solchen Intensität an, dass ihre Knie weich wurden und sie Schmetterlinge im Bauch bekam. Schnell blickte sie wieder zu Professor Klein, dessen ernstes, faltiges Gesicht ihr die Kraft schenkte, zu antworten: „Ich wünsche mir ein friedliches Zusammenleben der Deutschen mit den Alliierten. Und ich hoffe, dass die Berliner im Laufe der Zeit ihre Stadt wieder selbst verwalten und wir in einem wahrhaft demokratischen Rechtsstaat leben können."

„Sehr gut gesagt, Fräulein Kupfer", sagte Herr Böhm voller Enthusiasmus und stand auf. Seine physische Präsenz war überwältigend und sie wünschte sich einerseits, sofort aus dem Raum zu fliehen, und andererseits von ihm in die Arme geschlossen zu werden.

Natürlich geschah weder das eine noch das andere. Stattdessen trat er vor seinen Schreibtisch, ging zwei Schritte auf sie zu und hielt einen Monolog über die Absicht der Sowjetunion, einen demokratischen deutschen Staat aufzubauen, über die Notwendigkeit politischer Parteien und der Redefreiheit, über die Prinzipien der Demokratie sowie die Gründung eines Staates mit einer Verfassung und unabhängigen Rechtsprechung.

Marlene spürte sein Bedürfnis, die guten Absichten der Sowjets zu betonen. Sie war wie hypnotisiert von der Leidenschaft, mit der er seine Argumente darlegte – allerdings nur bis zu dem Moment, als er die Rote Armee für ihren entscheidenden Beitrag zur Befreiung Berlins vom Naziterror lobte.

Dann wandte sie den Blick ab und schaute stattdessen zu Professor Klein, dessen Miene ihre eigene Verachtung für die russischen Soldaten widerspiegelte. Aber keiner der beiden protestierte.

Werner Böhms Rede fand ihr fulminantes Ende in einem Loblied auf das paradiesische Leben in Berlin in gar nicht allzu weit entfernter Zukunft unter der wohltätigen Herrschaft des Sozialismus. Als er geendet hatte, schaute er zu Professor Klein und sagte: „Ich bin mir sicher, Sie sind meiner Meinung, dass diese kluge und engagierte Frau an unserer Universität aufgenommen werden muss."

„Natürlich", antwortete Professor Klein, der sich offensichtlich der Hierarchie im Raum deutlich bewusst war. Wenn der von den Sowjets eingesetzte Leiter der Abteilung für Kultur und Erziehung einen Studienbewerber der juristischen Fakultät für geeignet hielt, hatte ein Juraprofessor in der Sache nichts mehr zu sagen. „Die Vorlesungen beginnen nächsten Monat. Die Einzelheiten erfahren Sie von Frau Busch."

Später traf sich Marlene mit Zara und Bruni. Sie konnte es kaum erwarten, ihnen alles zu erzählen.

„Also, heraus mit den tollen Neuigkeiten", begrüßte Bruni sie mit einem breiten Grinsen.

„Wieso glaubst du, dass es welche gibt?", fragte Marlene erstaunt, aber sie wusste, dass sie ihren Freundinnen nichts vormachen konnte. Die schüchterne Zara würde niemals ein Gespräch auf diese Art beginnen, aber natürlich kam Bruni direkt zum Punkt.

„Stimmt es etwa nicht, dass du seit der Universitätseinweihung ein Auge auf Werner Böhm geworfen hast?", meinte Bruni lachend.

„Und ich habe gehört, er sei verrückt nach dir", fügte Zara hinzu.

„Wer hat denn das erzählt?" Marlene schaute die beiden misstrauisch an. Sie würde Bruni gründlich den Kopf waschen, wenn sie ihr vertrauliches Gespräch weitergetratscht hatte.

„Georgs Cousine natürlich. Herr Böhm spricht über nichts anderes als dich, wenn er mit Georg allein ist", erklärte Zara.

Ach, du liebe Zeit! Das Letzte, was Marlene gebrauchen konnte, war, dass über sie getratscht wurde, noch ehe sie sich überhaupt an der Universität eingeschrieben hatte.

„Und ... stimmt es? Läuft was zwischen dir und Böhm?", fragte Bruni.

„Dräng sie nicht, du weißt doch, dass sie uns erst alles erzählen wird, wenn sie soweit ist", sagte Zara, die Vernünftigste in diesem Trio.

„Ich habe beschlossen, dass Böhm nichts für mich ist, aber," Marlene fand plötzlich Spaß daran, ihre Freundinnen auf die Folter zu spannen. Sie nippte am Weinglas, das Bruni ihr reichte. Das vollmundige Aroma verzauberte ihre Sinne und sie atmete tief ein, um den schweren, fruchtigen Duft besser riechen zu können. Feixend wandte sie sich an Bruni: „Der Wein ist köstlich. Wirklich außergewöhnlich."

„Genug der Ausflüchte. Ich muss bald zur Arbeit." Bruni konnte ihre Neugierde nicht verheimlichen.

„Wenn du darauf bestehst: Ich wurde heute an der Fakultät für Jura aufgenommen."

Zara sprang auf und umarmte Marlene fest. „Das ist wunderbar. Wann fängst du an?"

„Schon nächsten Monat", antwortete Marlene voller Stolz, wobei sie vollkommen vergaß, dass sie sich anfangs überhaupt nicht hatte einschreiben wollen.

„Ich freue mich, dich so zuversichtlich zu erleben", sagte Zara. „An der Universität zu studieren, ist ein großer Schritt. Ein Abschluss in Jura wird dir eine angenehme Zukunft sichern."

„Das ist alles schön und gut und ein toller Zukunftsplan", meinte Bruni gedehnt und versetzte Marlenes Hochgefühl einen Dämpfer. „Aber was ist mit der Gegenwart? Wer kümmert sich um dich und bezahlt deine Rechnungen? Deine Eltern bestimmt nicht."

„Darüber habe ich auch schon nachgedacht. Ich könnte zwischen den Vorlesungen weiterhin bei Doktor Ebert arbeiten, so wie Georg."

„Genau das meine ich", entgegnete Bruni. „Du wirst dich total verausgaben, wenn du weiterhin arbeitest und gleichzeitig studierst. Wie lange, glaubst du, wirst du dem Druck standhalten?"

Marlene seufzte. „Ich weiß es nicht."

„Es ist doch nicht für immer", entgegnete Zara. „Sobald Marlene sich eingewöhnt hat, kann sie sich eine Arbeit im Rechtsbereich suchen, vielleicht sogar an der Universität. Etwas, wobei sie Arbeit und Studium kombinieren kann. Freust du dich nicht für sie? Hast du vergessen, dass du es warst, die sie dazu ermuntert hat, diese Gelegenheit mit beiden Händen zu ergreifen?"

„Oh nein, schieb das jetzt nicht mir zu." Bruni zog eine

Augenbraue hoch, was beleidigt aussehen sollte. „Mein Rat war, sich die Aufmerksamkeit Böhms zunutze zu machen und ihr Studium in dem angenehmen Wissen zu beginnen, dass er sich um ihre materiellen Bedürfnisse kümmert. Jetzt hat diese törichte Frau in die Hand gebissen, die sie füttern will. Wie will sie Essen auf den Tisch stellen und Kleider kaufen?"

Zara und Bruni diskutierten wild über ihren Kopf hinweg, bis es Marlene zu bunt wurde und sie mit dem Fuß aufstampfte. „He! Ich bin immer noch da."

Bruni schaute sie perplex an. „Ja, Süße, bist du. Und du weißt, dass ich dich immer unterstützen werde, aber dazu gehört manchmal eben auch eine unangenehme Wahrheit. Zara mag zu höflich sein, aber irgendwer muss es dir ja sagen. Du verpasst eine einmalige Gelegenheit, wenn du dich nicht mit Böhm einlässt."

„Ich weiß. Aber im Gegensatz zu dir ist mir Liebe wichtig und er ist einfach nicht der richtige Mann für mich." Marlene seufzte und dachte verträumt an seinen intensiven Blick und an das elektrisierende Gefühl, das sie in seiner Anwesenheit immer hatte. Wenn er doch irgendjemand anderes wäre und kein führender kommunistischer Parteifunktionär. Nein, sie konnte sich einfach keine Gefühle für ihn erlauben.

„Was gibts an ihm denn nicht zu lieben?" Bruni setzte zu einer weiteren Lektion darüber an, wie man mit Männern umgehen sollte, hielt aber den Mund, als Zara ihr einen warnenden Blick zuwarf. „Habe ich euch schon von meiner neuen Arbeitsstelle als Küchenhilfe in der französischen Kaserne erzählt?"

Marlene ergriff den rettenden Strohhalm und ging sofort auf das neue Thema ein: „Das ist wunderbar. Erzähl uns alles darüber. Ist die französische Küche so köstlich, wie alle sagen?"

Essen war bei den Berlinern ein vorherrschendes Thema,

insbesondere der Mangel daran. Über französische Delikatessen zu plaudern, war fast so gut, wie sie tatsächlich zu essen, und es lockerte die Spannung zwischen den drei Freundinnen.

Als sie sich schließlich trennten, umarmten sie einander herzlich. Trotz ihrer unterschiedlichen Lebensanschauungen verband sie eine tiefe und enge Freundschaft und Marlene wusste, dass sie sich immer auf Bruni und Zara verlassen konnte.

KAPITEL 16

Als Werner den Hörsaal betrat, in dem sich die Studentenvertretung traf, schlug ihm eine Woge der Feindseligkeit entgegen. Ein Blick in die missmutigen Gesichter verriet ihm, dass die Stimmung kurz vor dem Überkochen war.

Das kam für ihn nicht überraschend, schließlich hatte er den wachsenden Unmut seit Wochen beobachten können und er hatte geahnt, dass die Studenten etwas im Schilde führten. Er hatte nur nicht damit gerechnet, dass sie so früh aufbegehren würden. Nach der prachtvollen Einweihung mit großartigen Reden und vielen Versprechungen hatten sie angenommen, ihr Studium an der Universität wäre frei von Politik. Aber die stetig wachsende Verbreitung kommunistischer Propaganda in allen Fakultäten schürte den Widerstand, und der Groll unter den Studenten nahm von Tag zu Tag zu.

Werner hatte das Problem mit Norbert besprochen, aber wie immer hatte seine Antwort nur aus Parteidirektiven bestanden und er hatte ihm keinen Rat gegeben, den Werner wirklich in die Tat umsetzen konnte.

An Tagen wie diesem fühlte er sich entmutigt und sogar hintergangen. Sein Traum von einer demokratischen sozialistischen Regierung in Deutschland, wie sie von Stalin und seinen Anhängern propagiert worden war, hatte sich als reine Illusion herausgestellt. *Der Kommunismus hat dich im Stich gelassen.* Rasch schüttelte er den Kopf. Verräterische Gedanken wie dieser brachten Menschen schneller in einen Gulag, als sie blinzeln konnten.

„Ruhe, bitte", rief er, als er seinen Platz hinter dem Rednerpult einnahm. Er ließ seinen Blick über die Mitglieder der Studentenvertretung schweifen. Ein Dutzend waren linientreue Kommunisten, während ein weiteres Dutzend sorgfältig überprüfte Männer und Frauen aus anderen Parteien waren. Drei waren Sozial- und Christdemokraten, eine junge Frau gehörte der Liberal-Demokratischen Partei und der Rest gar keiner Partei an, aber alle galten als glühende Antifaschisten. Keiner war je in der NSDAP gewesen und manche, beispielsweise Georg, waren sogar Opfer der Nazis geworden.

Zum Teil verstand er ihren Unmut sogar, was er sie aber natürlich nicht wissen lassen durfte. Norbert hatte klar und deutlich gesagt, dass es seine Aufgabe war, den drohenden Aufruhr im Keim zu ersticken. Der Lärm verebbte und er sagte: „Könnte sich der Vorsitzende der Studentenvertretung bitte äußern?"

Georg stand mit zerzausten Haaren auf, die er sich ganz offensichtlich verzweifelt gerauft hatte. Werner hatte diese Geste schon oft bei ihm beobachtet, immer, wenn ihm eine Situation überhaupt nicht behagte. „Wir protestieren offiziell dagegen, dass die sowjetische Flagge auf dem Dach der Universität weht. Denn wir sind keine sowjetische Einrichtung."

Werner war erleichtert. Dieses Thema war leichter vom Tisch zu fegen, als er befürchtet hatte. „Das ist nur vorübergehend. Die Fahne wurde gehisst, um den bevorstehenden ersten Jahrestag der Befreiung Berlins zu feiern. Sie alle sollten dankbar sein für die großen Opfer, die die Rote Armee erbracht hat, um ihren deutschen Brüdern die Freiheit zurückzuerobern."

Ein Blick in die Gesichter der Studenten verriet ihm, dass seine Worte nicht die gewünschte Wirkung hatten. Er musste es anders versuchen. „Jeder in diesem Raum hier sollte stolz sein ..." Er ließ seinen Blick kurz auf jedem Einzelnen ruhen, ehe er fortfuhr: „... auf seinen Beitrag zur Niederzwingung von Hitlers faschistischem Regime."

Wie auf Kommando klatschten mehrere der kommunistischen Studenten in die Hände. Werner musste ein zufriedenes Lächeln unterdrücken. „Um Ihren heroischen Einsatz im Kampf gegen den Faschismus gebührend zu würdigen, werde ich General Sokolow vorschlagen, die deutsche Flagge neben der sowjetischen zu hissen, als Zeichen unserer tiefen Freundschaft."

Gemurmel erhob sich im Hörsaal, aber niemand wagte es, dieses Friedensangebot offen zu kritisieren.

Georg fing erneut an: „Wir protestieren auch gegen die politische Indoktrinierung in allen Studienbereichen."

Dieser Vorwurf war weitaus schwerer zu entkräften und Werner musste kurz nachdenken. Georg war intelligent genug, um die übliche Faktenverdrehung seitens der Propagandaabteilung schnell zu durchschauen.

Schließlich entschied er sich für eine bewährte Taktik und sagte: „Da muss ein Missverständnis vorliegen. Der sowjetische Kommandant General Sokolow hat persönlich die Wiedereröffnung der Berliner Universität gefördert, für die hohe personelle, materielle und finanzielle Anstrengungen nötig waren. Es wurden die besten Professoren ausgewählt, um Naturwissenschaften, Philosophie, Medizin, Tiermedizin, Landwirtschaft, Jura und Theologie zu lehren."

Er machte eine effektvolle Pause und schaute erneut jedem im Raum in die Augen. „Sie sind die klügsten Männer und Frauen Ihrer Generation, dazu bestimmt, nicht nur den Kampf gegen den Faschismus fortzuführen, sondern auch gegen", er wollte eigentlich *den imperialen Westen* sagen, vermied dann aber den Seitenhieb gegen den Klassenfeind. „die Plutokratie. Nur gemeinsam sind wir stark und können ein Dutzend Jahre Indoktrinierung durch das ruchlose Naziregime überwinden. Das ist der Grund, warum die Sowjetunion und wir, die neue demokratische Selbstverwaltung Berlins, so großen Wert auf Bildung legen."

Aber Georg gab nicht nach. „Das hat nichts mit einem Missverständnis zu tun, Herr Böhm. Wir sind damit unzufrieden, wie viel Propaganda es an dieser Universität gibt. Wir sind Studenten unserer jeweiligen Fachrichtungen und niemand von uns hat sich für Politik eingeschrieben. Trotzdem werden unsere Vorlesungen von den Philosophien des Sozialismus überschwemmt, die mittlerweile einen wesentlichen Teil unserer Studienfächer ausmachen. Es werden falsche Fakten gelehrt und die Wahrheit unserer Fachbereiche wird verdreht. Außerdem wird jegliches gedruckte Material, das nicht politisch erwünscht ist, überarbeitet, entsorgt oder direkt durch kommunistische Dogmen ersetzt. Die Verwaltung will sicherstellen, dass alles, was veröffentlicht wird, die sowjetische Weltanschauung widerspiegelt."

Werner hatte plötzlich eine ungute Vorahnung, dass es mit Georg schlimm enden würde. Zu eifrig stand er für seine Überzeugungen ein und dafür, die neu gewonnenen Freiheiten der deutschen Studenten zu verteidigen. Doch er schob das unangenehme Gefühl beiseite und konzentrierte sich auf die vor ihm liegende Aufgabe.

In diesem Moment war das Wichtigste, die wachsende Unzufriedenheit zu besänftigen, ehe sie nicht mehr beherrschbar wurde. Aus eigener Erfahrung wusste er, dass die Entscheidungsträger in Moskau mit vermeintlichen Dissidenten nicht zimperlich umgingen. Warum wollten diese Studenten nicht verstehen, dass es zu ihrem eigenen Besten war, keine Kritik zu äußern?

„Ich gehe davon aus, dass Sie Beweise für Ihre Anschuldigungen haben?“, meinte Werner und als Antwort hielt Georg einen dicken Ordner in die Höhe.

„Sie können sicher sein, dass wir diese unnötigen Aufnahmen in den Lehrplan gründlich diskutiert haben. Wir fordern, dass die sowjetische Administration sofort damit aufhört, uns schleichend und auf destruktive Art und Weise in eine Generation von Kommunisten verwandeln zu wollen. Wir Studenten fragen uns, ob die Sowjets wirklich ein demokratisches Deutschland erschaffen wollen.“

„Ja, natürlich ist es das, was die Sowjets für Deutschland wollen. Dass sie dabei ihr eigenes System so sehr loben, mag vielleicht etwas arrogant erscheinen“, argumentierte Werner im verzweifelten Versuch, die wachsende Unzufriedenheit zu entschärfen. „Wir durchleben eine beispiellose Phase des Umbruchs. Diese Universität ist ein hervorragendes Beispiel dafür, dass die Sowjetunion unsere Nation wieder aufbauen will. Hier wird kostenlos qualitativ hochwertige Bildung vermittelt. Wo sonst finden Sie ein solches Engagement und solche Großzügigkeit?“

Seit seiner Ankunft in Berlin vor fast einem Jahr war viel geschehen und nach und nach war sein Glaube an Stalins Unfehlbarkeit ins Wanken geraten, aber das bedeutete nicht, dass Werner daran zweifelte, dass der sozialistische Weg der bessere war. Sobald die Übergangsphase erst vorüber wäre, würde jeder einsehen, dass der Sozialismus das einzige System war, das seinen Bürgern Freiheit, Wohlstand und Teilhabe bot. Es war um

Längen besser, als unter einem totalitären kapitalistischen Regime zu leben.

„Zufälligerweise haben die Amerikaner vor, eine Universität in ihrem Sektor aufzubauen“, sagte eine couragierte Rothaarige namens Lotte Klausen.

Werner spitzte die Ohren. Er hörte zum ersten Mal von den Plänen für einen so dreisten Verstoß gegen das Viermächteabkommen. Im Geiste notierte er sich, Norbert über diese neueste Unverfrorenheit unverzüglich zu informieren, ehe er die junge Frau eindringlich anschaute. „Ich würde Ihnen raten, im Umgang mit den Amerikanern äußerste Vorsicht walten zu lassen. Amerika ist eine Bastion imperialer Unterdrückung, eine verkommene und korrupte Herrschaftselite im Todeskampf des Kapitalismus.“

„Noch mehr sowjetische Propaganda!“, rief ein großer, hagerer Mann mit blonden Locken. Werner erkannte ihn als den Chemiestudenten Julian Berger.

Werner hob die Hand, um die Zwischenrufer zu stoppen, die alle ihre eigenen Standpunkte äußern wollten. Es war Zeit, das Ganze zu beenden. Jede weitere Abweichung von den offiziellen Regierungsdirektiven würde Sanktionen nach sich ziehen, und falls diese umstürzlerischen Bemerkungen jemals diesen Raum verließen, würde bald Blut an den Wänden kleben.

„Ich verspreche Ihnen, dass ich mir das genau anschauen werde und mich mit ihren Forderungen an den Verwaltungsrat wende. Ich bin mir sicher, er wird der Sache nachgehen und alles unterbinden, was nicht den wissenschaftlichen Zwecken der Institution entspricht. Damit ist dieses Treffen beendet. Vielen Dank für Ihre Zeit und Aufmerksamkeit“, sagte Werner in einem Ton, der keinen Zweifel daran ließ, dass sein letztes Wort in dieser Angelegenheit gesprochen war.

Fast wie durch ein Wunder verließen die Studenten friedlich, wenn auch murrend, den Hörsaal. Doch diesem Problem musste er sich an einem anderen Tag widmen. Zunächst musste er Norbert davon in Kenntnis setzen, dass die Amerikaner ihre eigene Universität eröffnen wollten.

KAPITEL 17

Marlene gewöhnte sich langsam an den zermürbenden Alltag, der daraus bestand, nach den Vorlesungen zu Hause zu lernen, auf der Krankenstation zu arbeiten, für Essensrationen anzustehen und Besorgungen zu machen. In den ersten Wochen des Semesters war sie jeden Abend vollkommen erschöpft ins Bett gefallen, doch langsam schien ihr Körper mit weniger Schlaf auszukommen und meistens reichten ihr vier bis fünf Stunden pro Nacht. Jedem, der sich über ihre Gesundheit Gedanken machte, sagte sie scherzhaft, sie könne noch genug schlafen, wenn sie erst tot sei.

Der Hauptgrund jedoch, warum sie jeden Morgen voller Energie aus dem Bett sprang, war die Aussicht, Werner zu sehen. Noch immer wollte sie niemandem – nicht einmal sich selbst – gegenüber zugeben, dass sie Gefühle für ihn hegte. Aber allein die Hoffnung, auf dem Universitätsflur einen Blick auf ihn zu erhaschen, ließ ihren Körper vor Vorfreude erzittern.

Er schien genauso erpicht darauf zu sein, sie zu sehen, denn er schaffte es meistens, genau dann an der Tür ihres Hörsaals vorbeizugehen, wenn ihre Vorlesung endete. Er sagte nie mehr als „Guten Tag“, aber jedes Mal, wenn er sie anlächelte, wurde ihr warm ums Herz. Und das, obwohl sie wusste, dass es falsch war, in einen überzeugten Kommunisten wie ihn verliebt zu sein.

Damals, während der Nazizeit, war ihr die Propaganda anfangs mehr oder weniger egal gewesen, doch im Laufe der Jahre hasste sie schließlich die Unterdrückung, Brutalität, Verdrehung von Tatsachen und vor allem den lähmenden Hass auf jeden, der anders war.

Jetzt erkannte sie die Parallelen zwischen den beiden Ideologien und sah die Sowjets als das, was sie wirklich waren: Sie waren nicht als die Befreier gekommen, als die sie sich gerne selbst bezeichneten, sondern als Unterdrücker. Ihr oberstes Ziel war nichts Geringeres, als ein totalitäres Regime nach dem sowjetischen Modell in Deutschland aufzubauen. Sie glaubte kein Wort des Süßholzgeraspels von General Sokolow und seinen Leuten, die das eine sagten, aber etwas ganz anderes machten.

Eines Tages kam sie zusammen mit ihrer Kommilitonin Lotte, einer jungen rothaarigen Frau, aus der Vorlesung für Zivilrecht. Lotte war nicht nur schlagfertig, sondern nahm auch nie ein Blatt vor den Mund. Die zwei verbrachten viel Zeit miteinander, um zu lernen und ihre Aufzeichnungen zu vergleichen.

Obwohl sie kaum unterschiedlicher sein konnten, hatten sie sich schnell angefreundet. Lotte strotzte vor Impulsivität, Forschheit und Selbstbewusstsein, während Marlene ruhig, zurückhaltend und schüchtern war. Sie studierten sogar aus komplett unterschiedlichen Beweggründen Jura.

Marlene wollte den Menschen helfen, während Lotte für Gerechtigkeit kämpfen wollte. Trotzdem verstanden sie sich auf Anhieb. Marlene mochte Lotte wegen ihrer inneren Stärke, verspürte aber auch das Bedürfnis, sich um sie zu kümmern, weil sie häufig so traurig aussah.

„Ich muss mich beeilen, meine Schwester wartet auf mich. Sehen wir uns morgen früh?“, fragte Lotte und machte auf dem Absatz kehrt, um davonzueilen.

Sehnsucht machte sich in Marlene breit. Ihre beiden Brüder waren noch immer in Gefangenschaft. Kurt befand sich irgendwo in Frankreich und Albert war mit dem Schiff nach Amerika gebracht worden. Mit gesenktem Blick ging sie über den Flur und fühlte sich schrecklich allein, als sie plötzlich mit jemandem zusammenstieß.

„Pardon“, murmelte sie. Als sie aufschaute, sah sie geradewegs in das Gesicht von Werner und richtete sich sofort kerzengerade auf. „Herr Böhm, es tut mir leid, ich habe nicht aufgepasst.“

„Nicht der Rede wert. Es ist sogar eine angenehme Überraschung, sie hier zu treffen.“ Er rieb sich über sein glattrasiertes Kinn, was ihn eher wie einen unsicheren Jungen als einen der führenden Männer Berlins wirken ließ.

Wie erstarrt blieb Marlene stehen. Beide rührten sich nicht und standen wohl eine Minute lang so da, während andere Studenten an ihnen vorbeigingen, bis der Hörsaal leer war und sie allein im Flur zurückblieben.

Dann sagte er plötzlich: „Warum trinken wir nicht einen Kaffee in meinem Büro, statt hier auf dem zugigen Flur herumzustehen, Fräulein Kupfer? Ich möchte Sie nämlich um etwas bitten.“

Etwas bitten? Um meine Hand vielleicht? Ihr schwirrte der Kopf und sie brachte nur mit Mühe ein Nicken zustande. Wie automatisch lief sie neben ihm her und schalt sich für ihre unangebrachten Gedanken. Abgesehen von einem formellen Handkuss hatte er sie noch nicht ein einziges Mal berührt. Wie konnte sie da von einem weißen Kleid träumen? Fast lachte sie lauthals über ihre absurden Gedankengänge.

Seine Sekretärin Frau Busch warf Marlene einen fragenden Blick zu, sagte aber nichts. Sie wusste wahrscheinlich, dass sie ihre Arbeitsstelle nur behalten würde, wenn sie niemals infrage stellte, was ihr Vorgesetzter tat.

„Bringen Sie uns bitte zwei Tassen Kaffee", sagte Herr Böhm ohne weitere Erklärung und hielt seine Bürotür für Marlene auf. Er bedeutete ihr, vor seinem Schreibtisch Platz zu nehmen. Sie war bislang nur ein einziges Mal, zum Bewerbungsgespräch, in seinem Büro gewesen, doch damals waren auch ein Wachtposten und Professor Klein anwesend gewesen. Mit Herrn Böhm allein im Raum zu sein, machte sie nervös.

Er ging zu einem der Bücherregale, die sich vor Ringheftern, Ordnern und Büchern jeglicher Art fast bogen, während sich Marlene fragte, was er wohl von ihr wollte. Vor Anspannung blieb ihr beinahe die Luft weg. Mit einem Ohr hörte sie, wie Frau Busch Kaffee kochte, und gleichzeitig nahm sie sein Büro genauer unter die Lupe.

Es war mit Abstand der schönste Raum im ganzen Gebäude. Frische weiße Farbe zierte die baufälligen Wände und verbarg den bröckelnden Putz. Der riesige Eichenschreibtisch stand demonstrativ in der Mitte des Raumes und dahinter ein thronähnlicher Lehnstuhl für Herrn Böhm. Sie hatte davon gehört, dass studentische Besucher die einschüchternde Erfahrung machen mussten, dass er von oben auf sie herabschaute. Auch sie fühlte sich auf dem viel kleineren Metallstühlchen vor seinem Schreibtisch plötzlich klein und verletzlich.

Er kam mit einem Buch in der Hand auf sie zu und gleichzeitig betrat Frau Busch das Büro mit einem Tablett mit zwei Tassen Kaffee – dem Aroma nach zu urteilen, echtem Kaffee.

Mit einem „Vielen Dank, Frau Busch, Sie können jetzt nach Hause gehen", entließ Böhm seine Sekretärin. Als sie die Tür schloss, reichte er Marlene eine Tasse, und statt hinter seinen monumentalen Schreibtisch zu treten und auf sie herabzuschauen, lehnte er sich dagegen und fragte: „Nehmen Sie Zucker?"

„Zucker?" Was war das für eine Frage? Was sie anbelangte, hatte Zucker schon lange aufgehört zu existieren.

„In Ihren Kaffee?" Er musste lächeln und Marlene bemerkte erstaunt, dass sich die Farbe seiner Augen von einem kalten Grau in ein einladendes, warmes Grün verwandelte.

„Ja, bitte."

Er nahm ihr die Tasse aus der Hand, gab einen Löffel Zucker hinein, rührte um und reichte sie ihr wieder. „Probieren Sie bitte."

Sie trank einen Schluck, wobei ihr Gehirn nicht wirklich begreifen konnte, was da gerade passierte – mal abgesehen von einem wohltuend warmen Gefühl, das sich in ihrem Körper breitmachte. Ihre Geschmacksnerven explodierten bei dem bittersüßen Aroma in ihrem Mund und sie konnte nur stöhnen: „Köstlich!" Wie wunderbar es wäre, solche Luxusgüter wieder für selbstverständlich zu nehmen, so wie sie es vor vielen Jahre getan hatte.

Sein Blick wurde immer intensiver, genauso wie die Schmetterlinge in ihrem Bauch. Möglicherweise hatte Bruni doch recht und es war nicht die schlechteste Idee, den attraktiven, gepflegten, charmanten, intelligenten und hinreißenden Mann zu ermutigen. Warum sollte sie sich das wohlige Gefühl, das sie in seiner Gegenwart immer erfasste, entgehen lassen, nur weil sie die Sowjets hasste? Was hatte Politik schon mit Verliebtheit zu tun?

„Ich wollte Ihnen dieses Buch geben", sagte er plötzlich mit seiner tiefen wohltönenden Stimme. „Es war eins meiner Lieblingsbücher auf der Oberschule."

Erstaunt fiel Marlenes Blick auf ein abgegriffenes Exemplar von Anna Seghers' Erzählung *Aufstand der Fischer von Santa*

Barbara. Sie konnte sich noch gut daran erinnern, als Studenten genau der Universität, an der sie nun selbst studierte, Tausende Bücher verbrannten, die von den Nazis verboten worden waren. *Aufstand der Fischer* war eines davon.

„Kein Grund, Angst zu haben. Hitler ist Geschichte und mit ihm die Zeit der Tyrannei. Bitte, ich möchte, dass Sie es lesen. Sie werden danach besser verstehen, wie die Revolution der Arbeiterklasse letztlich Wohlstand und Fortschritt für alle bedeutet." Er drückte ihr das Buch in die Hand.

„Ich ... ich weiß nicht, was ich sagen soll. Vielen Dank, Herr Böhm", stammelte sie. Das Buch musste ihm lieb und teuer sein, und dass er es ihr schenkte, war eine großzügige Geste, die sie sehr bewegte. Wer immer gesagt hatte, dass Böhm – oder Werner, wie sie ihn insgeheim nannte – kaltherzig und gefühllos war, hatte sich sicherlich nicht die Zeit genommen, hinter seine Fassade zu schauen.

„Darf ich Sie bitte Marlene nennen?" Seine Stimme war sanft und kehlig, ganz so, als ob er sie liebkosen würde.

Sie nickte überrascht. „Natürlich."

„Und bitte nenn mich Werner!"

Sie blickte ihn erstaunt an. Es war nicht angebracht, ein Mitglied der Berliner Verwaltung zu duzen. Die einzigen Menschen an der Universität, die das taten, waren die kommunistischen Mitglieder der Studentenvertretung und Georg. Ihr guter Freund und Böhm – Werner – waren schnell Freunde geworden, und Georg hatte dank seines Mentors eine steile Karriere in der Studentenschaft gemacht.

„Du musst nicht, falls es dir unangenehm ist", meinte Werner.

„Nein, nein. Ich mache das gerne, aber wäre es nicht unangemessen, das auch hier in der Universität zu tun? Ich meine, ich bin nur eine Studentin und du ..."

Sein Lachen sandte köstliche Schauer durch ihren Körper.

„Ganz und gar nicht. Deine Bedenken beruhen auf dem traditionellen Klassensystem, aber unter der sozialistischen Ideologie sind alle Menschen gleich und es gibt keinen Grund, die soziale Stellung durch die Verwendung von Nachnamen zu zeigen." Als er merkte, dass sie noch immer hin- und hergerissen war, sagte er: „Aber wenn du dich dabei wohler fühlst, kannst du mich in der Öffentlichkeit weiterhin Herr Böhm nennen."

Ihr Herz setzte kurz aus. Seine Antwort verriet, dass er davon ausging, dass es in der Zukunft Treffen nur zwischen ihnen beiden geben würde.

Er schaute sie glücklich und traurig zugleich an, ehe er sagte: „Ich mache mir Sorgen um deinen Freund Georg."

Perplex riss sie die Augen auf. Werner hatte wirklich ein Talent dafür, einen romantischen Moment zu ruinieren. „Um Georg?" Sie hatte die dumme Frage schon ausgesprochen, ehe es ihr dämmerte. Er war eifersüchtig! Vielleicht dachte er sogar, Georg und Marlene gingen miteinander. „Nein, da gibt es keinen Grund. Er und ich sind nur Freunde."

Werner legte seine Hand auf ihre und in seinem Blick lag wachsende Besorgnis. „Darum geht es nicht. Ich sorge mich um seine Sicherheit."

„Seine Sicherheit?" Marlene kam sich vor wie eine Idiotin, die zu langsam war, um die Welt um sich herum zu verstehen. Was hatte Werner mit Georgs Sicherheit zu tun? Und warum sollte er sich Sorgen machen?

„Weißt du", erklärte er, wobei ihm das Thema sichtlich unangenehm war. „Es ist so, er hat die Sowjets so vehement kritisiert, dass es einigen Leuten aufgefallen ist. Mächtigen Personen." Er starrte sie an, damit sie es endlich begriff. „Zwar sind Verbesserungsvorschläge willkommen und notwendig, ständiges Nörgeln aber nicht. Ich persönlich glaube, dass er das mit den allerbesten Absichten tut, aber andere urteilen da nicht so wohlwollend. Es besteht sogar der Verdacht, dass er von unseren Feinden angeheuert wurde, um den reibungslosen Betrieb der Universität zu untergraben und dem deutschen Volk somit die Bildung zu verwehren."

Marlene fiel die Kinnlade herunter und sie sprang auf. „Nein, nein, Georg würde niemals ... Er ist der ehrlichste, anständigste und unbestechlichste Mensch, den ich kenne. Wusstest du, dass die Nazis ihn nach Mauthausen deportiert haben, weil er sie kritisiert hat?"

„Ja, ich weiß." Natürlich wusste er das. Es hieß, die Sowjets hätten über jede Person in Berlin eine Akte. „Und wie schon gesagt, habe ich selbst die allerhöchste Meinung von Georg. Aber er muss vorsichtig sein und vermeiden, dass er unsere sowjetischen Wohltäter weiter verärgert." Marlene verzog das Gesicht, denn sie hielt die Russen nicht für Wohltäter. „Sagst du ihm bitte, dass er seinen Widerstand aufgeben soll, zumindest für eine Zeit? Bis sich die Dinge beruhigt haben?"

Sie schaute Werner argwöhnisch an und ein furchtbarer Verdacht kam ihr. Voller Wut schnaubte sie: „Der Kaffee, das Buch, das Duzen, all das war nur ein Trick, damit ich dir helfe, dein Problem zu lösen, dass jemand Kritik an deiner glorreichen kommunistischen Ideologie übt?"

„Nein." Er schaute sie so verletzt an, dass sie sich fast selbst vor Schmerz krümmte. Aber trotzdem zeigte sie ihm die kalte Schulter.

„Ich sollte gehen. Ich muss noch Hausaufgaben machen. Gute Nacht, Herr Böhm", sagte sie so kühl sie konnte und flüchtete hoch erhobenen Hauptes aus seinem Büro. Erst als sie den langen Flur hinter sich gelassen und auf die Straße hinausgetreten war, merkte sie, dass sie noch immer sein Buch in den Händen hielt. *Verdammter Mistkerl!*

KAPITEL 18

Werner blieb völlig verdutzt zurück. Er mochte gut mit Worten umgehen können, aber eine Frau zu verstehen, gehörte eindeutig nicht zu seinen Fähigkeiten. Kopfschüttelnd kehrte er an seinen Schreibtisch zurück und fragte sich, was er falsch gemacht hatte. Eigentlich sollte sich Marlene doch freuen, dass er ihren Freund vor Unheil bewahren wollte, oder?

Seine Gedanken wurden vom Klingeln des Telefons unterbrochen. „Werner Böhm", meldete er sich.

„Hallo, Werner, ich bin's, Norbert. Du hast doch nicht etwa die Einladung der Amerikaner vergessen, oder?"

Mist. „Natürlich nicht." Werner warf einen Blick auf seine Armbanduhr. Die Feier hatte bereits begonnen. Darum log er: „Ich habe bei dir im Büro angerufen, um Bescheid zu geben, dass ich etwas später komme. Aber ich mache mich sofort auf den Weg."

„Beeil dich, sonst verpasst du das Beste", sagte Norbert und legte auf.

Auf nichts hatte er gerade weniger Lust, als mit rüpelhaften

Soldaten, die er noch nie zuvor gesehen hatte, zu reden und zu trinken. Aber im Nachkriegsberlin waren Einladungen und Gegeneinladungen unter den vier Siegermächten gang und gäbe. Während die Deutschen unter Nahrungsmittelknappheit litten, wollten die Alliierten je nach nationaler Präferenz scheinbar die ganze Stadt in Wodka, Champagner, Bier oder Tee ertränken.

Als Werner ankam, war Norbert gerade in ein Gespräch mit mehreren westlichen Offizieren vertieft, darunter Dean Harris, der Kommandant des amerikanischen Sektors. Werner mochte ihn recht gern, denn er war intelligent, hörte aufmerksam zu und war ein vernünftiger, gelassener Mann. Zwar vermutete Werner, dass hinter der entspannten Fassade ein hitziges Temperament schlummerte, aber er hatte Harris noch nie in der Öffentlichkeit explodieren gesehen. Ganz im Gegensatz zu General Sokolow, der dafür bekannt war, nicht nur seine eigenen Männer, sondern auch die westlichen Mitglieder der Kommandantur lautstark zur Schnecke zu machen und zu diffamieren.

Sokolow konnte insbesondere Harris überhaupt nicht leiden und hatte ihm einige wenig schmeichelhafte Spitznamen gegeben, die er gerne in Pressemitteilungen und im Radio verwendete, unter anderem Oberst Grobian, Feind der Demokratie und Biest von Berlin – sein aktueller Lieblingsname.

Werner zuckte beim Verhalten des Generals, das so gar nicht staatsmännisch war, meistens zusammen und fragte sich, wie Harris wohl über die Beleidigungen dachte. Nahm er den russischen General überhaupt ernst, wenn dieser wie ein trotziges Kleinkind wütend mit Schimpfwörtern um sich warf?

Aus naheliegenden Gründen sprach er jedoch niemals über seine Gedanken oder seine insgeheime Bewunderung für den amerikanischen Oberst, der die Beleidigungen so gelassen hinnahm.

Norbert hatte ihn bemerkt und winkte ihn zu sich herüber. „Da bist du ja endlich!"

„Genosse Gentner, Kommandant Harris, ich muss mich für mein spätes Erscheinen entschuldigen, ich hatte noch in der Universität zu tun", erklärte Werner.

„Kein Problem, das ist eine Party, kein Arbeitstreffen", antwortete Harris und gab einer Kellnerin ein Zeichen, Werner ein Bier zu bringen. Die Gruppe wandte sich harmlosem Geplauder zu und er nutzte die Gelegenheit, um sein Englisch zu üben.

In Moskau hatte er am Institut für Fremdsprachen Englisch studiert. Zu Beginn der Besatzung hatte er den Auftrag gehabt, den Unterhaltungen der Amerikaner nur zuzuhören, ohne selbst etwas zu sagen. Schon bald hatten sie jedoch herausgefunden, dass er ihre Sprache gut beherrschte, und fortan ihre Zunge gehütet, wenn er in der Nähe war. Diese Situation war ihm sogar lieber, denn er war nicht gerne als Spion für das sowjetische Oberkommando tätig.

Nach einer Weile kam Hauptmann Orlowski auf Werner zu. „Kann ich kurz mit Ihnen reden?"

„Bitte entschuldigen Sie mich", sagte Werner zu Harris und folgte Orlowski. Obwohl er die Gesellschaft von Harris wirklich genoss, war er gleichzeitig auch erleichtert. Es war nicht gut, einem Ausländer gegenüber zu freundlich zu wirken, selbst wenn sie als Verbündete galten.

„Ich gehe davon aus, dass Sie von den anstehenden Wahlen zur Stadtverordnetenversammlung gehört haben?", fragte Orlowski.

„Natürlich", antwortete Werner nickend. Sokolow hatte sein Bestes getan, um die törichte Idee freier Wahlen zu einem so frühen Zeitpunkt zunichtezumachen. Schließlich wusste jeder, dass das deutsche Volk noch nicht gefestigt genug war, sich selbst zu regieren, und zu viel Freiheit nur in einem Desaster enden würde. Doch letztendlich hatte er dem anhaltenden Druck der westlichen Alliierten, allen voran Oberst Harris, nachgeben müssen.

„Ich bin für die Logistik zuständig und Sokolow schlug vor, Ihre Hilfe für Agitation und Propaganda in Anspruch zu nehmen."

Ein Vorschlag Sokolows war in Wirklichkeit ein Befehl, dem sich Werner nicht widersetzen konnte. „Natürlich, alles, was Sie brauchen."

„Lassen sie uns morgen Nachmittag in meinem Büro treffen und besprechen, was ansteht", meinte Orlowski, ehe er sich verabschiedete.

Werner schaute ihm lange nach. Beide wussten, wie wichtig es war, diese Wahl zu gewinnen. Ansonsten würden die Kommunisten ihre Vorherrschaft in Berlin und möglicherweise in ganz Deutschland verlieren.

Die Kontrolle, die sie mühsam aufgebaut hatten, glitt ihnen langsam wieder aus den Händen, insbesondere nachdem sich die sturen Sozialdemokraten geweigert hatten, der neu gegründeten SED, der Sozialistischen Einheitspartei Deutschlands, beizutreten. Werner selbst hatte mit den Konsequenzen dieses unverfrorenen Versuchs, die Einheit der Arbeiter zu spalten, an der Universität zu kämpfen.

Er verfluchte die Beteiligung bekannter Sozialdemokraten wie Kurt Schumacher, die Berlin besucht hatten, um gegen die besten Interessen ihrer Landsleute zu agitieren. Ohne sie wäre die Vereinigung von KPD und SPD problemlos über die Bühne gegangen. Und ohne diesen Präzedenzfall eines Widerstands wären die Universitätsstudenten niemals auf die Idee gekommen, ihre dreisten Forderungen nach akademischer Freiheit zu äußern.

Werner kam zu dem Schluss, es wäre gut investierte Zeit,

Orlowski dabei zu helfen, die Wahlen zugunsten der Kommunisten zu beeinflussen, denn dadurch würde sich gleichzeitig sein eigenes Problem mit den abtrünnigen Studenten lösen.

Am nächsten Tag entband Norbert ihn von seinen Verpflichtungen an der Universität und Werner stürzte sich mit aller Kraft in die Vorbereitungen für die Wahlen. Dabei war er normalerweise weit vor allen anderen in seinem neuen Büro im Haus der Einheit und blieb dort bis spät in die Nacht.

Obwohl er fünfzehn bis sechzehn Stunden am Tag arbeitete, vermisste er es, Marlene zu sehen. Er vermisste ihr strahlendes Lächeln und die Aufregung in ihren Augen, wenn sie ihn anschaute. Doch das gehörte der Vergangenheit an. Nach ihrem Streit hatte sie bei den wenigen Malen, als sich ihre Wege kreuzten, ostentativ weggeschaut. Das versetzte ihm einen Stich ins Herz, sodass er sich noch tiefer in die Arbeit stürzte.

Die Augen der ganzen Welt waren auf Berlin gerichtet, denn zum ersten Mal seit mehr als zwölf Jahren würde es in der Stadt freie Wahlen geben. Sokolow hatte mehrfach betont, dass diese Wahlen die politische Landschaft Europas in den nächsten Jahrzehnten beeinflussen würden. Das sowjetische Oberkommando erwartete einen Erdrutschsieg der SED, und sowohl Fjodor Orlowski als auch Werner wussten beide, wie sehr ihr eigenes Schicksal vom Ausgang der Wahlen abhing.

Werner wollte kein Risiko eingehen und erarbeitete einen Plan. Es wurden großzügig Stifte und Hefte an Schulkinder verteilt, Suppenküchen für Arbeiter aufgestellt und die Essens- und Kohlerationen angehoben – für Berliner, die im sowjetischen Sektor lebten.

Geld stellte kein Problem dar und er hatte freie Hand, jegliche Ressourcen der sowjetisch besetzten Zone in uneingeschränktem Maße zu verwenden. Er beauftragte Hunderte Freiwillige damit, Werbung für die SED zu machen, und leitete Lebensmitteltransporte in die Hauptstadt um, die für Dresden, Leipzig, Chemnitz, Jena oder Magdeburg bestimmt waren. Er stattete die SED mit so viel Papier, Stiften, Farbe und Materialien für Poster, Pamphlete und Banner aus, wie benötigt wurden, während er diese den anderen politischen Parteien verweigerte.

Jede einzelne dieser Wohltaten erfolgte mit der unmissverständlichen Botschaft, woher die Waren kamen und wie viel angenehmer ein Leben unter kommunistischer Herrschaft im Vergleich zur imperialistischen Unterdrückung sei.

Doch im Laufe der Wochen zeigte sich, dass der Plan, dem Volk die Karotte vor die Nase zu halten, nicht aufging. Bei einer ihrer Strategiesitzungen sagte ein Mitglied des Wahlumfragekomitees: „Genosse Böhm, ich fürchte, die Berliner wissen nicht, was gut für sie ist. Trotz all unserer Bemühungen liegen die anderen Parteien laut den Umfragen vor der SED."

Die Worte versetzten Werner einen Schlag in die Magengrube.

„Wir müssen unter allen Umständen sicherstellen, dass die SED gewinnt", rief Orlowski verzweifelt. „Es wird katastrophale Folgen haben, wenn das nicht der Fall ist. Sie verstehen sicherlich, was ich meine. Unsere aktuelle Perspektive ist inakzeptabel."

Im Raum trat Stille ein, weil jeder wusste, wovon Orlowski sprach. Werner kamen unschöne Erinnerungen an die Zeit der politischen Säuberungen in der Sowjetunion – die Zeit, als nach und nach seine Eltern, Lehrer, Nachbarn, ja sogar einige Klassenkameraden vom NKWD verhaftet wurden und auf Nimmerwiedersehen verschwanden.

Normalerweise vergrub er die schmerzhafte Erinnerung an seine Eltern tief in seinem Herzen. Abgesehen von der Trauer um sie, schämte er sich, wenn er daran dachte, wie sie in irgendeinem sibirischen Lager gelitten haben mussten, während er sein Leben genossen hatte. Lange hatte er damit zu kämpfen gehabt, wie ungerecht es war, dass sie inhaftiert worden waren. Er wusste, dass sie unschuldig waren. Seine liebevolle, sanfte Mutter war niemals eine hinterlistige Spionin gewesen, die das sowjetische Volk betrogen und aufseiten des imperialistischen Westens gestanden hatte. Und ebenso wenig sein strenger, aber korrekter Vater.

Trotz seines persönlichen Schicksals glaubte er jedoch noch immer an das Gemeinwohl. Sicherlich wusste das NKWD mehr als er oder es wurden versehentlich zusammen mit den wirklichen Kriminellen leider auch ein paar Unschuldige gefangen genommen. Er zuckte mit den Schultern. Sich darüber Gedanken zu machen, war reine Zeitverschwendung.

Plötzlich wurde die ungemütliche Stille von einem Mitglied der von den Kommunisten eingesetzten Markgraf-Polizei unterbrochen. „Genossen, dürfte ich etwas vorschlagen?"

„Nur zu, Genosse Dante", ermutigte Werner den jungen Polizisten. Er hatte den Mann nie für besonders helle gehalten, sondern eher für einen, der andere drangsalierte und herumschubste, aber wenn er eine Idee hatte, so wollte Werner sie hören.

„Da es nichts bringt, den Wählern zu zeigen, was unsere Partei alles Gutes zu bieten hat, sollten wir es vielleicht mal andersherum probieren und ihnen zeigen, was Dissidenten zu erwarten haben."

„Meine Abteilung kann Gewaltanwendung nicht gutheißen." Werner wollte keine weiteren Vorschläge hören.

Aber Orlowski schaute ihn kühl an. „Mein Befehl lautet, die Wahl um jeden Preis zu gewinnen, und es ist Ihre Aufgabe, mir dabei zu helfen, genauso wie ich Ihnen damals mit der Universität geholfen habe."

Werner lief es eiskalt den Rücken hinunter. Orlowski forderte den Gefallen zurück und es gab nichts, was Werner hätte tun können, um sich dieser unschönen Situation zu entziehen. Er neigte den Kopf als Zeichen seiner Akzeptanz.

Orlowski ermutigte den Polizisten: „Wir brauchen tatsächlich drastischere Maßnahmen. Was schlagen Sie also vor?“

Dante richtete sich zu seiner vollen Größe von rund 1,80 Metern auf und ein selbstgefälliges Grinsen machte sich auf dem runden Gesicht des glatzköpfigen Mannes breit. „Wir können ganz leicht Trupps organisieren, die die Treffen der gegnerischen Parteien stürmen, geplante Aktionen verhindern und denen eine Abreibung verpassen, die sich von bloßen Drohungen nicht einschüchtern lassen.“

Werner schüttelte den Kopf. „Wir haben freien Wahlen zugestimmt. Die Amerikaner werden Zeter und Mordio schreien, wenn sie etwas herausfinden.“

„Na und? Sollen sie doch!“, meinte Orlowski. „Wenn die Wähler für Worte nicht empfänglich sind, müssen sie halt spüren, dass Fehlverhalten Konsequenzen hat. Ich würde sagen, wir lassen der Markgraf-Polizei freie Hand.“

Widerlich grinsend rieb sich Dante voller Vorfreude die Hände. „Wir könnten einigen Kandidaten einen Besuch abstatten und mal sehen, ob sie sich hinterher noch immer zur Wahl aufstellen lassen wollen.“

„Ist das nicht ein bisschen extrem?“, fragte eine junge Frau, die für die Suppenküchen zuständig war.

„Ja, ist es“, blaffte Orlowski sie an. „Aber extreme Situationen erfordern nun mal extreme Maßnahmen. Wir müssen die Zusammensetzung der Wählerschaft verändern. Allen, die als Dissidenten bekannt sind, das Wahlrecht entziehen, Wahllokale in vorwiegend imperialistischen Gebieten angreifen, Menschen daran hindern, ihre Stimme abzugeben, wichtige Kandidaten entführen und ihnen und ihren Familien drohen, damit sie sich aus der Wahl heraushalten. Wenn der einzige Weg, die lügenden und betrügenden westlichen Imperialisten zu besiegen, darin besteht, die Wahlen zu manipulieren, dann müssen wir das tun. Es ist unsere patriotische Pflicht, dafür zu sorgen, dass die SED gewinnt."

Frenetischer Applaus erfüllte den Raum. Werner jedoch klatschte nicht. Er konnte eine so durchtriebene Strategie nicht billigen, aber er konnte sie leider auch nicht verhindern. Als er die anwesenden Personen betrachtete, erschrak er über den tiefverwurzelten Fanatismus in den Augen jedes einzelnen, mit Ausnahme der Frau, die zuvor das Wort ergriffen hatte.

Der Enthusiasmus über die neue Richtung, die ihre Kampagne einschlug, war im ganzen Raum zu spüren. Nie zuvor hatte er sich für seine Genossen – und für sich selbst – mehr geschämt als in diesem Augenblick.

„Gut, dann ist es beschlossene Sache. Alles ist erlaubt, solange es unserem Wahlsieg dient. Und jetzt an die Arbeit!", sagte Orlowski und beendete damit die Versammlung.

KAPITEL 19

Obwohl Marlene Werner aus dem Weg ging, sehnte sie sich insgeheim nach ihm. Aber seit die Kommandantur die Wahlen zur Stadtverordnetenversammlung am 20. Oktober bekannt gegeben hatte, ließ er sich kaum noch in der Universität blicken.

Die wenigen Male, die sie ihm über den Weg lief, schaute sie schnell weg und tat so, als hätte sie ihn nicht bemerkt, obwohl sie tagelang darauf gehofft hatte, einen Blick auf ihn zu erhaschen. Ihre Gefühle waren kompliziert. Ungeachtet ihres Vorsatzes, dies nicht zu tun, hatte sie angefangen, die Erzählung von Anna Seghers zu lesen, insbesondere, nachdem sie bemerkt hatte, dass das Buch seine handschriftlichen Kommentare enthielt.

Seine Anmerkungen waren so klug und zeigten, wie sehr er sich um das Wohlbefinden der Menschen sorgte. Es fiel ihr schwer, dies mit dem kalkulierten Verhalten unter einen Hut zu bringen, das er an den Tag legte.

Sie hatte seine Warnung nicht an Georg weitergegeben, weil sie sich weigerte, ein Handlanger für die kommunistische Sache zu werden. Und es war rein gar nichts passiert, was bewies, dass sie recht gehabt hatte. Angesichts der anstehenden Wahlen konzentrierten sich die Mitglieder der Studentenvertretung darauf, ihre jeweils bevorzugte Partei zu unterstützen, weil sie sicher waren, dass sich mit einer neuen Stadtverordnetenversammlung auch die Dinge an der Universität ändern würden.

Fast unmerklich hatten die Sommersemesterferien begonnen und Lotte sagte: „Irgendwie ist es traurig, in den nächsten Wochen nicht hierher zu kommen."

Marlene lachte. „Was ist daran traurig, nicht vierundzwanzig Stunden am Tag arbeiten, Vorlesungen besuchen, lernen, nebenbei noch Besorgungen machen und abends die Hausarbeit erledigen zu müssen?"

Lotte fiel in ihr Lachen ein. „Du hast recht. Nur arbeiten zu gehen, wird eine Wohltat sein, aber ich werde meine Freunde vermissen."

„Warum kannst du deine Freunde nicht sehen?", fragte Marlene verwirrt. „Wirst du verreisen?"

„Als ob heutzutage jemand verreisen könnte." Lotte machte die gleiche Kopfbewegung wie Marlene, wenn sie ihre Haare nach hinten warf. Diese Geste wirkte nicht nur merkwürdig, sie war auch recht sinnlos, da Lotte ihre Haare fast so kurz trug wie ein Mann.

„Warum hast du dir die Haare abgeschnitten?", fragte Marlene, ohne nachzudenken.

„Weil", Lotte verging das Lachen. „es war halt einfach das Richtige." Ihre knappe Antwort ließ keinen Zweifel daran, dass sie nicht weiter über das Thema sprechen wollte. Marlene fragte sich, was unter der witzigen, geistreichen, starken, impulsiven und liebevollen Oberfläche ihrer Freundin verborgen lag.

Lotte sprach nur sehr selten über ihre Vergangenheit und das Einzige, was Marlene wusste, war, dass sie eine Zeit im KZ verbracht hatte. Der Gedanke daran ließ sie am ganzen Körper zittern. Zwei ihrer neuen Freunde, Lotte und Georg, waren während Hitlers Regime KZ-Häftlinge gewesen, während sie selbst nie auch nur einen Gedanken daran verschwendet hatte, was wohl tatsächlich hinter dem Stacheldraht vor sich ging.

Ohne zu hinterfragen hatte sie die Geschichte geglaubt, die ihr von ihren Eltern, Lehrern und der Presse erzählt worden war: dass die KZs Gefängnisse zur Umerziehung von Arbeitsscheuen, Homosexuellen, Asozialen und anderen Personen waren, die eine Gefahr für die deutsche Volksgemeinschaft darstellten.

Jetzt, wo die Wahrheit herausgekommen war, ergaben all die kleinen Hinweise und Zeichen einen Sinn. Die abgemagerten Menschen in gestreifter Gefängniskleidung, die nach jedem Luftangriff den Schutt weggeräumt hatten, wie ihre hohlen Augen um Essen gebettelt hatten.

„He? Geht es dir gut?", fragte Lotte und fasste sie am Arm. „Du bist plötzlich leichenblass."

Marlene schüttelte den Kopf, um die verstörenden Bilder abzuschütteln. „Es geht mir gut, wirklich."

„Sicher, dass du dich nicht besser hinsetzt?"

„Ja. Lass uns rausgehen. Ich bin wahrscheinlich nur übermüdet", log sie. Was sollte sie ihrer Freundin auch sagen? Dass sie sich schuldig fühlte und dafür schämte, dass sie nichts bemerkt hatte? Dass sie nicht darauf geachtet hatte? Und wenn sie es gewusst hätte, was hätte sie dann gemacht? Hätte sie weggeschaut wie alle anderen? Ihr lief es wieder eiskalt den Rücken hinunter und ihre Beine fühlten sich an wie Wackelpudding.

Mit letzter Kraft riss sie sich zusammen und folgte Lotte nach draußen in die Sonne.

Vor der Universität waren Hunderte Arbeiterinnen damit beschäftigt, die Trümmer einer Ruine wegzuräumen. Sie bildeten eine lange Schlange vom obersten Punkt des Trümmerhaufens bis ganz nach unten zur Straße, wo ein Lastkraftwagen stand, auf den der Schutt geladen wurde.

„Wie toll es wohl sein wird, wenn diese ganzen Ruinen weggeräumt sind und wir wieder intakte Gebäude und Straßen haben", sagte Lotte, als sie die Szene betrachteten.

„Das wird wohl noch einige Jahre dauern", antwortete sie matt. „Manchmal weiß ich schon gar nicht mehr, wie eine richtige Stadt mit richtigen Gebäuden aussieht."

„Du brauchst unbedingt eine Pause." Der kurze Moment der Schwermut war vorbei und Lotte war wieder so optimistisch wie immer. „Lass uns irgendwohin gehen, wo es schön ist."

„Wo es schön ist? Wo sollte das denn sein?" Marlene hatte plötzlich das Gefühl, als würde die Last der ganzen Welt auf ihren Schultern liegen, und fragte sich, ob sie wohl jemals wieder glücklich sein könnte. Das war eigentlich untypisch für sie, sodass sie sich langsam Sorgen machte, ob sie den Verstand verlor.

„Ja. Lass uns an den See gehen." Lotte sprang auf, als hätte sie sich in einen Ameisenhaufen gesetzt. „Ich kenne eine Stelle, an der wir schwimmen können."

„Schwimmen? Ich habe aber keinen Badeanzug."

„Du brauchst keinen, wir lassen unsere Schlüpfer an", kicherte Lotte.

Der Vorschlag war so hanebüchen, dass Marlene hochrot im Gesicht wurde. Aber Lotte schien es nicht zu bemerken und drängte: „Na los!"

„Jetzt sofort?"

„Ja, jetzt sofort. Heute war doch unser letzter Vorlesungstag und wir haben den ganzen Nachmittag frei, oder? Und scheint die Sonne nicht wie verrückt und fordert uns sozusagen persönlich auf, unbedingt schwimmen zu gehen?" Lotte ließ sich nicht umstimmen. Sobald sie sich etwas in den Kopf gesetzt hatte, war sie schwerer davon abzubringen als ein Panzer, der mit Vollgas auf etwas zuraste.

Sie fuhren mit dem Bus zum Wannsee, und genau wie Lotte versprochen hatte, fanden sie eine abgeschiedene Stelle, wo keine anderen Menschen zu sehen waren. Lotte zog sich bis auf Unterhose und Hemdchen aus und sprang sofort ins Wasser, aber Marlene konnte sich nicht überwinden, es ihr gleichzutun. Sie zog nur Schuhe und Strümpfe aus, raffte ihren Rock und kühlte ihre Beine bis zu den Knien im erfrischenden Wasser.

Später faulenzten sie in der Sonne und taten zum ersten Mal seit langer Zeit rein gar nichts. Erschöpft von monatelangem Schlafmangel, döste Marlene ein, bis sie Lottes Hand auf ihrer Schulter spürte. „He, Schlafmütze, wir müssen nach Hause."

„Habe ich den ganzen Nachmittag verschlafen?", fragte Marlene verblüfft.

„Ja, hast du. Aber mach dir keine Gedanken, ich habe in der Zeit ein Buch gelesen." Lotte zeigte ihr ein abgenutztes Buch mit einem schlichten braunen Schutzumschlag und einem Aufkleber der Universitätsbibliothek.

„Du hast ein Jurabuch gelesen?" Marlene stützte sich auf die Ellbogen und schaute ihre Freundin ungläubig an.

„Natürlich nicht", lachte Lotte. „So streberhaft bin ich dann doch nicht. Ich habe es in der Abteilung für deutsche Literatur gefunden, es heißt *Aufstand der Fischer von Santa Barbara* von—"

„Anna Seghers", vervollständigte Marlene den Satz.

„Woher weißt du das? Hast du es gelesen?"

„Ja. Es ist wirklich gut. Werner Böhm hat es mir gegeben." Die Worte waren aus ihrem Mund gepurzelt, ehe sie auch nur darüber hatte nachdenken können.

„Herr Böhm? Ernsthaft?", fragte Lotte erstaunt.

Marlene spürte, wie sie puterrot wurde und verteufelte die Tatsache, dass ihr das so leicht passierte. Egal, was sie als

Nächstes sagen würde oder ob sie überhaupt etwas sagte, Lotte hatte sicherlich schon ihre eigenen Schlüsse gezogen.

„Also, was läuft zwischen euch beiden?"

„Nichts. Rein gar nichts", sagte sie spitz.

„Haha, ich merke dir doch deine Verliebtheit an. Er ist übrigens auch bis über beide Ohren in dich verknallt, falls du es noch nicht bemerkt haben solltest."

„Das ist sein Problem, nicht meins", beharrte Marlene.

„Also bedeutet der verträumte Blick, den du jedes Mal bekommst, wenn er an dir vorbeigeht, rein gar nichts?"

„Nein, tut er nicht."

„Aber warum nicht? Er scheint doch ganz nett zu sein. Mal ganz davon abgesehen, dass er richtig gut aussieht", bohrte Lotte nach. „Was ist los?"

„Ich steh nicht auf Kommunisten. Wir haben genug unter einem totalitären Regime gelitten, wir brauchen nicht noch eins. Wenn die Russen sich durchsetzen, haben wir bald wieder überall Terror. Hast du gehört, was sie den Kriegsgefangenen antun?"

„Ich weiß das nur zu gut, mein Freund ist einer davon", sagte Lotte.

Marlene hatte noch nie einen so traurigen Gesichtsausdruck bei ihr gesehen. Sie schlang die Arme um ihre Freundin und murmelte: „Das tut mir so leid, Lotte. Aber er wird bald nach Hause kommen, du wirst schon sehen. Der Krieg ist seit mehr als einem Jahr vorüber und die Alliierten lassen jeden Tag mehr Gefangene frei."

KAPITEL 20

Dean saß zusammen mit seinem Stellvertreter Jason Gardner in seinem Büro und starrte fassungslos auf den vor ihm liegenden Bericht, denn die Russen hatten eine Lawine an Schurkenstücken losgetreten. Die Bestechungsgelder, Tricks, Drohungen und anderen Schikanen, die sie einsetzten, um die Wahlen zu ihren Gunsten zu manipulieren, ließen jeden noch so korrupten Politiker, den die Welt zuvor gesehen hatte, wie einen Chorknaben erscheinen.

Geduldig hatte er den Schwall boshafter Beleidigungen ertragen, den die Sowjets an jedem einzelnen Tag seit der Entscheidung, die Wahlen zur Stadtverordnetenversammlung abzuhalten, ausgeschüttet hatten. Sie galten nicht nur den westlichen Alliierten im Allgemeinen, sondern auch ihm im Besonderen. Doch ihre neueste Desinformationskampagne voller Lügen, falscher Versprechungen und Einschüchterungen war einfach zu viel.

„Jason, wir brauchen unsere eigene Stimme“, sagte Dean.

„Du weißt doch, dass die Russen uns keine Sendezeit im Radio Berlin geben.“

Dean wusste, dass sein Stellvertreter von Pontius zu Pilatus gelaufen war und alles getan hatte, um die Russen zu überreden, Radio Berlin unter die Vier-Mächte-Verwaltung zu stellen oder zumindest den anderen Besatzungsmächten Sendezeit einzuräumen.

Die sowjetische Militärverwaltung war ausgewichen, hatte sie hingehalten und Ausflüchte gemacht, bis sie sich schließlich geradewegs geweigert hatte. Das Ganze war umso ärgerlicher, wenn man bedachte, dass das Haus des Rundfunks in der Masurenallee mitten im britischen und der Sendeturm in Tegel im französischen Sektor stand. Trotzdem beanspruchten diese elenden russischen Gauner den Radiosender für sich allein und kontrollierten den Zugang zur Sendezeit.

Er schlug mit der Faust auf den Tisch. „Ich mache diese Scheiße nicht länger mit. Ich will meinen eigenen Radiosender."

Jason schaute verblüfft auf, fasste sich aber schnell wieder. „So einfach ist das nicht. Du weißt, dass wir keinen Sendemast haben und unser Programm *Drahtfunk im amerikanischen Sektor* über die Telefonleitung übertragen müssen."

„Das ist mir egal. Hol mir sofort Captain Barley her."

Zwanzig Minuten später kehrte Jason mit dem Militärtechniker zurück, dem der Ruf vorauseilte, ein begnadeter Erfinder, Tüftler und häufig ein Retter in der Not zu sein. Er war klein und dünn, eher schon mager, und sein ergrauendes Haar führte dazu, dass er oft unterschätzt wurde. Aber solange er ein Stück Draht und etwas Klebeband hatte, konnte er so gut wie jedes technische Problem lösen.

„Colonel Harris, Sie wollten mich sehen?", grüßte Captain Barley.

„Ja, Captain. Ich brauche einen Sendemast."

Barley machte große Augen und schien nicht zu wissen, wie er auf eine so ungewöhnliche Forderung reagieren sollte. „Es tut mir leid, Colonel. Ich bin mir nicht sicher, ob ich Sie richtig verstanden habe."

„Lassen Sie es mich anders ausdrücken: Die Sowjets machen mir das Leben schwer, indem sie über Radio Berlin ihre giftige Propaganda verbreiten. Noch schlimmer ist, dass die demokratischen Parteien womöglich die Wahlen verlieren werden, wenn wir dem deutschen Volk keine objektiven Fakten liefern, die die russischen Lügen und Einschüchterungen entkräften. Darum will ich meinen eigenen Radiosender haben."

„Und wann wollen Sie auf Sendung gehen?"

Dean grinste innerlich. Das mochte er an dem Techniker – er sagte nie, etwas sei unmöglich, sondern sah es als Herausforderung. „So bald wie möglich."

Bis zum Wahltag waren es gerade einmal sieben Wochen und das, was Dean wollte, war schlicht und einfach unmöglich. Barley rieb sich nachdenklich das Kinn und antwortete lange nicht.

„Einen Sendemast zu bauen, ist in der kurzen Zeit unmöglich", sagte er schließlich. „Aber ich habe eine andere Idee. Sie ist zwar nicht ideal, weil es uns nur achthundert Watt liefern wird, aber das ist bis Ende der Woche machbar."

Dean sprang fast von seinem Stuhl auf, so dringend wollte er mehr über den Wunderapparat erfahren, von dem Barley da sprach. „Hört sich nach einem guten Plan an. Was genau stellen Sie sich vor?"

Jetzt war Barley in seinem Element und sprach über mobile Einheiten mit einem terrestrischen Mittelwellensender, einen Draht, der als Antenne zwischen zwei Holzpfähle gespannt wurde, und über unzählige andere technische Details. Dean hatte jedoch keine Geduld, sich alles anzuhören.

„Räumen Sie dieser Aufgabe oberste Priorität ein und

erstatten Sie mir Bericht, sobald Sie fertig sind", unterbrach er den Techniker, der vor Begeisterung glühte.

Als Barley den Raum verlassen hatte, sagte Dean: „Jason, sag den DIAS-Mitarbeitern, dass sie demnächst auf Sendung gehen werden!"

„Sollten wir uns nicht auch einen neuen Namen ausdenken?", fragte Jason. „Drahtfunk beschreibt es nicht so richtig, da wir ja nicht mehr über Telefondrähte übertragen."

„Du hast recht. Erzähl jedem, dass wir einen neuen Sender haben, Radio im amerikanischen Sektor, kurz RIAS Berlin."

Ende der Woche kam Captain Barley wieder zu Dean, um ihn zu einem Testbetrieb des neuen Senders mitzunehmen. Und am 4. September eröffnete Dean persönlich das erste Programm mit den Worten: „Hier ist RIAS Berlin, Radio im amerikanischen Sektor. Sie hören uns auf Mittelwelle 611 kHz." Seine kurze Rede beendete er mit den Worten: „RIAS Berlin – eine freie Stimme der freien Welt!"

Operation Backtalk hatte begonnen und nun sendete RIAS Berlin jeden Tag, wobei es die von den Russen verbreiteten Lügen und Mythen entlarvte. Aber Dean war sich immer noch nicht sicher, ob die Russen ihre Ziele nicht doch durchsetzen würden. Darum startete er einen letzten Versuch, sie davon abzuhalten, sich die ersten freien Wahlen in Berlin unter den Nagel zu reißen, und stellte die gemeinsame Beobachtung der Wahllokale am Wahltag auf die Agenda.

Wie zu erwarten, war General Sokolow nicht davon angetan und hielt eine lange Rede über die Vorzüge der Demokratie und wie die Amerikaner versuchten, die arbeitende Bevölkerung zu unterdrücken.

„Ich habe diese ständige Tatsachenverdrehung satt. Wir können uns über kein einziges Thema in der Kommandantur einigen, ohne dass es vorher langwierige, unnötige und wirklich dämliche Diskussionen gibt", schimpfte Dean.

„Nichts ist perfekt, aber Genosse Stalin unterstützt die ersten freien und gerechten demokratischen Wahlen für die Menschen in Berlin sehr. Nur dank unserer Befreiung—"

„Wenn Ihr Genosse Stalin ein so großer Befürworter freier Wahlen ist, dann sollten Sie kein Problem mit einer Wahlbeobachtung durch die vier Siegermächte haben", unterbrach Dean den General. „Oder möchten Sie sich lieber Stalins Wünschen widersetzen?"

Sokolow presste die Zähne zusammen und willigte ein, während Dean von einem Hochgefühl ergriffen wurde. Es kam nicht häufig vor, dass er den General auch nur zu einem winzigen Zugeständnis bewegen konnte.

Es war ein kleiner Sieg, allerdings ein wichtiger.

Am Wahltag patrouillierten Militärjeeps mit Angehörigen der vier Siegermächte durch Berlin und drehten regelmäßig ihre Runden bei den Wahllokalen, um aufzupassen, dass es keine Unregelmäßigkeiten gab.

Dean saß zusammen mit Hauptmann Orlowski, Major Bouchard und General Wilson in einem Jeep. Ganz Berlin war auf den Beinen und auf dem Weg zu den Wahllokalen. Die Wahlbeteiligung übertraf Deans kühnste Erwartungen.

Anscheinend begriffen die Bürger, dass das Ergebnis weitreichende Konsequenzen für ihre Zukunft hatte. Obwohl die Spannung in der Stadt stetig stieg, waren die Menschen früh gekommen und standen geduldig Schlange, bis sie ihre Stimme abgeben durften. Manchmal entstand eine Rauferei, aber die unbewaffnete deutsche Polizei löste diese meist schnell auf. Falls nicht, wurde die alliierte Militärpolizei gerufen, um sich um die unverbesserlichen Störenfriede zu kümmern. Im Großen und Ganzen war es eine friedliche Angelegenheit.

Plötzlich wurde die Straße von einer Gruppe lärmender Aktivisten blockiert, die Slogans rufend und ihre Parteiflaggen schwenkend vor den Jeep liefen.

„Schaut sie euch an!", merkte Orlowski an. „Es ist überall in der Stadt das Gleiche. Glückliche Menschen, die sich über diesen Schritt zu mehr Fortschritt freuen. Das ist echte Demokratie."

Dean schaute den Russen kurz an, der zusammen mit Werner Böhm der Kopf hinter der Desinformationskampagne und den noch schlimmeren Ereignissen im Vorfeld zu diesem Tag gewesen war.

„Zwei führende Sozialdemokraten wurden vor einer Woche von der Markgraf-Polizei verschleppt", sagte Dean kalt. „Und das ist kein Einzelfall, denn auch andere Parteimitglieder wurden von Ihren Schlägertypen besucht und nur freigelassen, wenn sie von ihren Posten zurücktraten."

„Die sowjetische Militärverwaltung kann nicht für die Gräueltaten einzelner Mitglieder der deutschen Polizei verantwortlich gemacht werden", entgegnete Orlowski, obwohl jedermann in Berlin nur zu gut wusste, dass der Polizeichef, Paul Markgraf, eine Marionette der Sowjets war. „Haben Sie irgendwelche Hinweise auf die Identität der Schuldigen?"

„Ja, wir haben Informationen zu den Tätern und gehen Hinweisen nach", antwortete Dean ausweichend.

„Solche Informationen vor der SMAD geheim zu halten, verstößt gegen den Vertrag von Jalta", blaffte Orlowski.

Dean wollte am liebsten laut loslachen. Orlowski konnte den Blödsinn, den er von sich gab, doch nicht wirklich glauben? Die Sowjets hielten tagtäglich Informationen vor ihren Verbündeten zurück.

„Wir werden Sie über das Ergebnis unserer Untersuchungen in Kenntnis setzen", antwortete Dean mit einem selbstgefälligen

Grinsen. „Wer weiß schon, welchen Schmutz wir bei unserer Fahndung alles aufdecken werden?"

Orlowski zuckte arrogant mit den Schultern.

„Ich hoffe, dass die Kommunisten Berlin nach den Wahlen nicht mehr im Würgegriff halten, sondern den Willen der Menschen akzeptieren", sagte Dean leise zu Wilson. „Ich habe ihre Mätzchen so was von satt."

„Wir können es nur hoffen, alter Knabe, aber ich fürchte, sie werden ihre Macht niemals aufgeben, es sei denn, sie werden dazu gezwungen", antwortete Wilson.

Um acht Uhr abends schlossen die Wahllokale und es begann die mühselige Arbeit, die Stimmzettel ins Rathaus zu bringen und auszuzählen. Die Zeit verging und die Wahlurnen aus Köpenick, einer Hochburg der Sozialdemokraten, waren immer noch nicht angekommen.

„Was ist los?", fragte Dean einen Helfer des Organisationskomitees.

Der Deutsche trat nervös von einem Fuß auf den anderen. Mit gesenktem Blick sagte er: „Es tut mir leid, Herr Kommandant, es ... es wurde entschieden, sie nicht auszuzählen."

„Wer hat das entschieden?" Deans Geduld hing an einem seidenen Faden und sein Tonfall war so schneidend, dass der Deutsche einen Schritt zurück machte.

„Der ... der ... Befehl kam von den Russen. Es tut mir leid, sie haben mir gesagt ..."

„Die werde ich mir vorknöpfen", unterbrach Dean den Mann und machte sich auf die Suche nach Hauptmann Orlowski. Er fand ihn nicht, aber Werner Böhm stand dort mit seinem Vorgesetzten Norbert Gentner. Dann musste er sich halt mit diesen zwei Handlangern der Sowjets begnügen.

„Herr Gentner, kann ich Sie bitte sprechen?"

Quälend langsam drehte sich der Generalsekretär der SED um und sein Gesichtsausdruck zeigte deutlich, dass er nicht mit Dean sprechen wollte. Aber Dean kümmerte das nicht.

„Sie haben den Befehl erteilt, die Stimmzettel aus Köpenick bei dieser Wahl nicht zu zählen?“, griff er den Mann an, den er fast so sehr hasste wie General Sokolow.

„Herr Kommandant, die Sowjetunion und die SED haben allergrößtes Interesse an freien und gerechten Wahlen. Sie beleidigen unsere guten Beziehungen, wenn Sie uns beschuldigen, so etwas zu tun!“, sagte Gentner auf Deutsch, was Dean allerdings nur schlecht verstand.

Dean blickte sich nach seinem Dolmetscher um, konnte ihn aber nirgendwo finden. Da er wusste, dass Böhm fließend Englisch konnte und die Sprache sogar am Moskauer Institut für Fremdsprachen studiert hatte, nickte er ihm zu und sagte: „Herr Böhm, würden Sie Ihrem Vorgesetzten bitte erklären, dass bei dieser Wahl jede Stimme gezählt werden wird.“

Böhm schaute zu Gentner und erst, als dieser fast unmerklich nickte, öffnete er den Mund: „Herr Kommandant, wir sind ganz Ihrer Meinung, aber da alle Brücken, die dieses Viertel mit dem Rest Berlins verbinden, zerstört sind, ist es unmöglich, die Wahlurnen zum Rathaus zu bringen. Da Köpenick im sowjetischen Sektor liegt, hat General Sokolow entschieden, lieber ein paar Hundert Stimmen nicht auszuzählen, als zu riskieren, dass die ganze Wahl verzögert wird. Das sollte doch auch im Interesse der Amerikaner sein, oder?“

Dean blickte die zwei SED-Funktionäre finster an. Es waren wohl eher Zehntausende Stimmen und er wusste genauso gut wie die Sowjets, dass die meisten von ihnen nicht für die SED waren. Köpenick wurde durch zwei Flüsse und einen See vom restlichen Berlin getrennt, weshalb das Stadtviertel aus erster

Hand erlebt hatte, was es bedeutete, zur sowjetisch besetzten Zone zu gehören. „Wie wäre es damit, die Stimmen dort auszuzählen und das Ergebnis übers Telefon mitzuteilen?“

Selbstzufrieden lächelnd sagte Böhm: „An diese Möglichkeit haben wir als Erstes gedacht, aber sehr zu unserem Bedauern funktionieren die Telefonleitungen auch nicht. Sie müssen uns recht geben, dass man da nichts machen kann.“

„Das sehe ich anders. Und ich werde die Wahlurnen persönlich ins Rathaus schaffen, wenn es sein muss.“ Deans Tonfall vertuschte seine Unsicherheit. Wie im Himmel sollte er sein Versprechen einhalten, wenn der einzige Weg darin bestand, die sowjetische Zone zu durchqueren, die Berlin umgab? Er erinnerte sich nur allzu gut an den Höllentrip mit seiner Erkundungseinheit im letzten Jahr.

Er ließ Gentner und Böhm stehen und suchte seinen Stellvertreter. „Hol mir Captain Barley. Jetzt!“

Jason kannte Dean gut genug, um keine Fragen zu stellen, sondern sofort ein Telefon zu suchen. Zwanzig Minuten später kam Barley in einem Militärfahrzeug angerast.

„Colonel Harris, Sie wollten mich sehen?“, fragte Barley.

Dean fasste in wenigen Sätzen die Situation zusammen und endete mit den Worten: „Diese Wahlurnen müssen vor Mitternacht im Rathaus sein.“

Barley riss die Augen auf. „Colonel, das ist in zweieinhalb Stunden. Wir können in so kurzer Zeit unmöglich eine mobile Brücke über den Fluss bauen, selbst wenn die Sowjets uns lassen würden. Es ist schließlich ihr Sektor.“

„Dann finden Sie eine andere Lösung, und zwar schnell!“ Dean starrte den Techniker eindringlich an. Doch dieser hielt den Kopf gesenkt, biss sich nachdenklich auf die Unterlippe und ignorierte seinen Vorgesetzten mehrere Minuten lang.

„Ich glaube, ich habs", sagte Barley schließlich. „Wir schwimmen sie rüber."

„Wie bitte?" Dean traute seinen eigenen Ohren nicht. Es war Ende Oktober und das Wetter war recht kühl geworden. Die Wassertemperatur lag wahrscheinlich bei höchstens zehn Grad.

„Ja. Bei der Schlossinsel ist der Fluss nicht breit, da sind es wahrscheinlich weniger als fünfzig Meter. Ein guter Schwimmer sollte die Strecke ohne Probleme schaffen, sich die wasserdicht in Beuteln verpackten Wahlurnen auf den Rücken schnallen und wieder auf die andere Seite schwimmen können. Dort wartet dann ein Jeep und bringt die Wahlurnen ins Rathaus, wo die Stimmen ausgezählt werden."

Die Idee war haarsträubend, aber einen Versuch wert. „Schicken Sie mir jemanden, der alles mit dem Wahlkomitee in Köpenick koordiniert. Und dann rekrutieren Sie so viele Schwimmer, wie Sie finden können, während ich mich um die Sowjets kümmere."

Dean machte sich nicht einmal die Mühe, mit Gentner zu sprechen, weil er genau wusste, dass diese Kommunisten sowieso zu nichts ihre Zustimmung geben würden, ohne sich vorher die Genehmigung von General Sokolow zu holen, der praktischerweise unauffindbar war. Dean rief in Sokolows Büro an und informierte den Sekretär darüber, dass er gemäß den Regeln der Vier-Mächte-Verwaltung auf dem Weg war, um die Wahlurnen aus Köpenick zu holen. Er verriet nicht, wie genau er das machen wollte, und setzte darauf, dass die Nachricht Sokolow erst erreichte, wenn es sowieso zu spät war, um die Schwimmer aufzuhalten.

Dass er sie vor vollendete Tatsachen stellen würde – was eigentlich eine bevorzugte Taktik der Russen war –, erfüllte ihn mit besonderer Genugtuung.

Kurz vor Mitternacht lieferte Captain Barley persönlich ein Dutzend Kisten mit Wahlurnen aus Köpenick im Rathaus ab. Weniger als zehn Prozent der dortigen Wähler hatten für die SED gestimmt.

KAPITEL 21

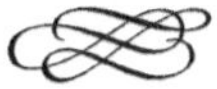

Menschenmengen säumten die Straßen vor dem Rathaus und warteten gespannt auf die Wahlergebnisse. Marlene verweilte nicht lange, denn sie war mit Zara und Bruni verabredet. Sie wollten in Brunis Wohnung bei einem Glas Wein den Wahlausgang auf RIAS Berlin hören.

Die drei schwatzten über ihr Leben, tranken Rotwein und aßen Kekse – alles großzügige Geschenke von Fjodor Orlowski. Marlene fand es zwar noch immer unmoralisch von ihrer Freundin, dass sie sich von einem dieser verhassten Unterdrücker aushalten ließ, aber sein Essen wollte sie dann doch nicht ablehnen. Im von Nahrungsmittelknappheit gebeutelten Berlin wäre das mehr als dumm gewesen.

Als sich der Radiosprecher räusperte und zu reden begann, sah Marlene in den Augen ihrer Freundinnen das gleiche sprachlose Hochgefühl, das sie selbst empfand. Die SED hatte haushoch verloren. In einer massiven antikommunistischen Protestwahl, insbesondere im sowjetischen Sektor, hatte die Wahlbeteiligung bei mehr als neunzig Prozent gelegen. Eindeutiger Gewinner war mit fast der Hälfte der Stimmen die SPD, während die von der Sowjetunion unterstützte SED nicht einmal zwanzig Prozent der Stimmen für sich gewinnen konnte.

„Was für eine Schlappe für die kommunistische Diktatur", sagte Zara erleichtert.

„Ein Weg in die Freiheit!", rief der Sprecher. „Die Berliner haben *gegen* Unterdrückung und Totalitarismus und *für* Freiheit und Demokratie gestimmt. Sie haben die Überreste des Naziregimes ein für alle Mal begraben und ein Leuchtfeuer der Freiheit für Deutschland und Osteuropa in diesen dunklen Zeiten entzündet."

Bruni verdrehte die Augen: „Übertreibt er nicht ein bisschen?"

„Nein, tut er nicht. Du magst es nicht bemerkt haben, alle anderen in Berlin jedoch schon. Die Russen haben in den vergangenen Monaten fast hundertfünfzigtausend Menschen verschleppt, verhaftet oder gleich umgebracht, um abweichende Meinungen zu unterdrücken." Zara warf ihr einen vernichtenden Blick zu.

„Kriminelle, gefährliche Nazis und andere Staatsfeinde", antwortete Bruni.

„Wer hat dir diese Lügen erzählt? Dein russischer Liebhaber?", keifte Zara.

„Bitte, Mädels, lasst uns nicht streiten. Wir sollten alle glücklich darüber sein, dass die demokratischen Parteien gewonnen haben. Bist du das etwa nicht, Bruni?", versuchte Marlene ihre Freundinnen zu beruhigen.

„Natürlich." Bruni neigte ihren Kopf anmutig zur Seite und bot ihnen noch mehr Kekse an. Allerdings hatte Marlene das Gefühl, dass ihre Freundin kein bisschen erfreut war.

Später lief auf RIAS eine Diskussion zwischen Vertretern der vier Parteien und die drei Frauen hockten wie gebannt vor dem

Radio. Die Gewinnerpartei SPD, die CDU und die LDP lobten den Mut der Berliner, sich für die Freiheit einzusetzen. Ein gut platzierter Seitenhieb gegen die Sozialisten.

Es gab keinen Zweifel, dass das SED-Politbüro vom Ergebnis schockiert war. Trotz der massiven Investitionen in die Wahlkampagne hatten sich die Wähler für die vom Westen unterstützten Parteien entschieden.

Norbert Gentner, Vorsitzender der SED, war dafür bekannt, steinhart zu sein, wenn es darum ging, die Direktiven aus Moskau durchzusetzen. Bei der Beantwortung kritischer Fragen war er jedoch aalglatt und fand schnell einen Grund für das Desaster.

„Hitlers Untergang ist erst sechzehn Monate her, darum sind sich noch nicht alle Deutschen darüber im Klaren, welcher Weg der richtige ist." Niemals erwähnte er die furchtbare Behandlung durch die russischen Unterdrücker, die sukzessive Aberkennung der grundlegendsten Freiheiten und die ständige Angst der Berliner, von der Markgraf-Polizei verhaftet zu werden, die mit dem NKWD Hand in Hand arbeitete.

Als Marlene und Zara aufbrachen, umarmten sie ihre Bruni und Marlene fragte: „Was passiert jetzt mit deinem Hauptmann?" Schließlich war er für die Wahlkampagne verantwortlich gewesen und somit auch für die katastrophale Niederlage.

„Er wird schon klarkommen", antwortete Bruni schulterzuckend und zwang sich zu einem Lächeln.

* * *

Werner Böhm hatte Orlowski seit dem Wahltag weder gesehen noch von ihm gehört. Niemand erwähnte mehr seinen Namen und es war fast, als hätte es ihn niemals gegeben. Eines Tages erwähnte Norbert beiläufig, dass Werner sich mit dem Befehlshaber des technischen Korps, Hauptmann Iwanow, kurzschließen solle.

Norbert erteilte den Befehl in seinem üblichen neutralen Ton, der nicht den Hauch einer Emotion enthielt. Und Werner hatte lange genug in der Sowjetunion gelebt, um zu wissen, dass er besser nicht die Frage stellte, die ihm auf der Zunge brannte. *Wenn Iwanow jetzt der Befehlshaber des technischen Korps ist, was ist dann mit Orlowski passiert?*

In Russland stellte niemand Fragen, sondern man wartete, bis einem gesagt wurde, was man als Nächstes zu tun hatte. Selbst wenn die Direktiven von heute denen von letzter Woche widersprachen, traute sich niemand, der bei klarem Verstand war, den plötzlichen politischen Wandel auch nur anzusprechen.

Werner hatte angenommen, dies würde sich nach dem Krieg ändern. Er hatte Stalins Versprechen, „den einzelnen Ländern die Freiheit zu geben, den für sie jeweils besten Weg einzuschlagen", für bare Münze genommen.

Aber eineinhalb Jahre in Berlin hatten eine Enttäuschung nach der anderen gebracht. Langsam, fast unmerklich, hatte man den Deutschen die anfänglichen Freiheiten nach der Kapitulation wieder weggenommen. Und je mehr sich die Menschen widersetzten, desto schneller sahen sie ihre Privilegien schwinden.

Noch hoffte er, dies würde sich ändern, sodass Deutschland von den Problemen in Russland lernen und eine bessere Form des Sozialismus etablieren könnte – eine, von der die Menschen tatsächlich profitierten.

„Ja, Genosse, ich werde mich sofort darum kümmern", sagte er und machte sich auf, seinen Fahrer zu suchen. Als er im Wagen saß, kehrten seine Gedanken zu Orlowski zurück. Er konnte zwar nicht behaupten, sie seien Freunde gewesen, aber es hatte ihm imponiert, wie logisch der Hauptmann stets vorgegangen war, sich immer an Zahlen und Fakten gehalten und nie auf politische

Auseinandersetzungen eingelassen hatte. „Ich bin Techniker", hatte er immer gesagt. „Ich kann nur über die Zahlen reden."

Plötzlich wurde Werner von Angst ergriffen. War die schreckliche Zeit der Säuberungen der Dreißigerjahre wieder zurück? Als man morgens aufwachte und feststellte, dass zwei der besten Freunde oder Familienmitglieder spurlos verschwunden waren?

Später, während seines Studiums an der streng geheimen Universität der Komintern, wurde er Zeuge von Vorfällen, bei denen Studenten nach einem augenscheinlich banalen Missgeschick von der Universität entfernt wurden. Einen von ihnen hatte er sechs Monate später wiedergetroffen: ein ausgezehrter, verwahrloster, in Lumpen gehüllter Mann, der um Brot bettelte.

Vielleicht war das der Wendepunkt in Werners Leben gewesen, an dem er aufgehört hatte, bedingungslos an die Unfehlbarkeit des Systems zu glauben, und stattdessen angefangen hatte, insgeheim Kritik zu üben. Wenn die Partei ein zuverlässiges, langjähriges Parteimitglied wegen eines einzelnen falschen Wortes den Wölfen zum Fraß vorwerfen konnte – er konnte sich nicht einmal erinnern, was sein ehemaliger Kommilitone gesagt hatte –, dann war das System möglicherweise nicht so perfekt, wie es vorgab zu sein.

„Genosse Böhm, wir sind da", sagte der Fahrer.

Hauptmann Iwanow war ein typischer Offizier der Roten Armee und Werner hätte ihn mögen können, wenn er nicht eine ständige Mahnung an Orlowskis Verschwinden gewesen wäre.

Nach seinem Antrittsbesuch bei Iwanow ließ er sich zum Café de Paris bringen, denn aus irgendeinem Grund wollte er Fräulein von Sinnen sehen. Zwar ging er nicht davon aus, dass sie mehr wusste, aber vielleicht wollte er sich nur vergewissern, dass Hauptmann Orlowski tatsächlich existiert hatte und nicht nur seiner blühenden Fantasie entsprungen war.

Wie immer verzauberte Fräulein von Sinnen ihr Publikum,

doch als sie ihn erblickte, glaubte er ein Zittern in ihrer Stimme zu hören. Nach der Vorstellung kam sie an seinen Tisch.

„Guten Abend, Herr Böhm, würden Sie Champagner für mich bestellen?", fragte sie und nahm anmutig neben ihm Platz. Sie war außergewöhnlich attraktiv, doch ihrer Persönlichkeit mangelte es an Wärme. Es versetzte ihm einen Stich ins Herz, als er an Marlene denken musste. Die lebhafte, freundliche, enthusiastische, ehrliche und mutige Marlene.

„Es wäre mir eine Freude", antwortete er und bestellte eine Flasche.

Sich eng an ihn kuschelnd flüsterte Fräulein von Sinnen ihm ins Ohr: „Wissen Sie irgendetwas über Fjodor?"

Überrumpelt von ihrer direkten Frage, spielte er auf Zeit und nahm einen Schluck Champagner, ehe er antwortete: „Nein. Und das werden wir wahrscheinlich auch nie." Das war alles, was er zu dem Thema sagen konnte, ohne gefährliches Terrain zu betreten.

Sie schaute ihn traurig an. „Er hat mir geraten, nie wieder seinen Namen zu erwähnen, sollte er eines Tages verschwinden." Dann richtete sie sich auf, leerte ihr Glas und sagte mit ihrer faszinierenden Stimme: „Vielen Dank für Ihre Gesellschaft, Herr Böhm, aber ich muss mich für meinen nächsten Auftritt fertig machen."

„Es war ganz mein Vergnügen", antwortete er, plötzlich vollkommen erschöpft. Dieser Vorfall zeigte ihm wieder einmal, dass er sich um jeden Preis der Parteilinie unterordnen musste. So sehr er mit den Studenten und ihrem Wunsch nach akademischer Freiheit sympathisierte, er musste sich an die Direktiven halten.

KAPITEL 22

Marlene verließ gerade den Hörsaal, als sie Georg auf dem Gang entdeckte, der ihr zuwinkte.

„Marlene, hast du kurz Zeit?", fragte er. Neben ihm stand Julian Berger, ein schlanker, großer Chemiestudent mit blondem Lockenkopf.

„Natürlich. Worum gehts?"

„Nun, jetzt, da die Wahlen vorbei sind und wir gewonnen haben", setzte Georg an.

„Wir? Ich dachte, du wärst ein Christdemokrat?", unterbrach ihn Marlene.

Julian schaute sie scharf an. „Es ist nicht wichtig, was für ein Demokrat er ist, solange er gegen die Kommunisten ist."

Marlene verdrehte die Augen. Dieser Julian war einfach viel zu ernst und schien niemals zu lachen. Auf jeden Fall verstand er keinen Scherz.

„Also, jetzt, da die Wahlen vorbei sind und die demokratischen Parteien gewonnen haben, möchten wir ein paar Dinge an der Universität verändern. Allerdings brauchen wir noch

Mitglieder für die Studentenvertretung", erklärte Georg, als sie die Stufen zur Mensa hinabgingen.

„Muss nicht der Vorstand die Mitglieder der Studentenvertretung nominieren und genehmigen?", fragte Marlene und wickelte ihren Schal enger um ihren abgetragenen Mantel, der eigentlich ihrer Mutter gehörte. Sie war mehr als dankbar, dass die Universität jetzt eine Mensa hatte, in der sich alle Studenten täglich eine Schüssel heiße Suppe holen konnten.

„Offiziell ja, aber wir bilden Unterkomitees, die nicht genehmigt werden müssen. Wirst du bitte mitmachen? Wir brauchen unbedingt noch jemanden aus der juristischen Fakultät."

Marlene seufzte. Sich noch mehr Aufgaben aufzuhalsen, war das Letzte, was sie wollte. Aber Georg sah sie so flehend an, dass sie ihn einfach nicht hängen lassen konnte, also nickte sie.

„Danke dir. Ich weiß deine Hilfe wirklich zu schätzen", freute er sich. „Unser erstes Treffen ist nächsten Montag nach den Vorlesungen." Mit diesen Worten verschwanden er und Julian, um noch weitere Studenten für ihre Sache zu gewinnen.

Auf dem Heimweg überkamen Marlene Zweifel. Bestimmt würde es unangenehm werden, so sichtbar zu sein. Möglicherweise würde sie sogar vor einem Publikum stehen müssen. Sie erschauderte allein beim Gedanken daran, eine Rede zu halten, so wie Georg es bei der Einweihung zu Beginn des Jahres getan hatte.

Dazu kam, dass ihr Vater es niemals erlauben würde, denn seiner Meinung nach benahmen sich junge Frauen nicht so. Er hatte es damals nicht einmal zugelassen, dass sie eine führende Rolle im BDM übernahm – auch wenn sie das sowieso niemals vorgehabt hatte. Plötzlich wurde sie von Wut gepackt. Seit dem Untergang des Reiches hatte sie sich um die Familie gekümmert. Sie hatte Essen beschafft, sich auf die Straße gewagt und den Russen getrotzt, um Lebensmittelmarken, neue Ausweisdokumente, Aufenthaltserlaubnisse und was sonst noch alles nötig war, zu organisieren.

Selbst wenn ihre Eltern dagegen sein sollten, würde sie ihre neugewonnene Unabhängigkeit nicht aufgeben. Niemals. Zwar fühlte sie sich im Rampenlicht nicht wohl, aber sie würde sich auch nicht mehr im Hintergrund verstecken und andere die Entscheidungen treffen lassen. Weder ihre Eltern noch die Sowjets und schon gar nicht Werner Böhm.

Als sie sich bei dem Gedanken an ihn ertappte, schüttelte sie energisch den Kopf. Sogar Monate, nachdem sie ihn aus ihrem Bewusstsein verbannt hatte, war ihr sein attraktives Gesicht immer noch viel zu präsent. Er war nicht mehr für die Abteilung für Propaganda und Agitation zuständig, sondern unterrichtete inzwischen einen Politikkurs. Also lief sie ihm wieder häufiger in der Universität über den Weg, auch wenn beide ihr Bestes taten, den anderen nicht zu beachten.

Er benahm sich oft so typisch russisch, dass sie sich daran erinnern musste, dass er in Wahrheit Deutscher war. Wahrscheinlich konnte er nicht er selbst sein, sondern musste seine Direktiven befolgen. Einen Moment lang tat er ihr fast schon leid. Wie schwer musste es sein, zwischen zwei Kulturen, zwei Ländern, zwei Völkern und zwei politischen Systemen hin- und hergerissen zu sein.

Es war schon dunkel, als die Kirchenglocken fünf Uhr läuteten. Sie hatte Angst davor, ihren Eltern von der Mitgliedschaft in der Studentenvertretung zu erzählen, weshalb sie sich überlegte, wie sie ihre Heimkehr hinauszögern könnte.

Meine Freundinnen! Sie würde Zara und Bruni fragen, wie sie das heikle Thema am besten ansprechen sollte. Mit schnellen Schritten eilte sie zum nächsten Münztelefon und wählte Brunis Nummer.

„Komm zu mir in den Klub", schlug ihre Freundin vor. „Ich

habe zwischen meinen Auftritten eine Stunde Zeit. Wir können reden und ich lade dich zum Abendessen ein."

Die Erwähnung eines Abendessens gab dem Plan eine vollkommen neue Bedeutung. „Woher wusstest du, dass ich Hunger habe?"

„Weil du immer Hunger hast", lachte Bruni ins Telefon.

„Kann ich Zara mitbringen? Ich gehe so ungern spät abends allein nach Hause." Auch wenn die Vergewaltigungen und Überfälle vor vielen Monaten aufgehört hatten, lief es ihr noch immer eiskalt den Rücken hinunter, wenn ein russischer Soldat an ihr vorbeilief oder, Gott bewahre, auf sie zukam.

„Ja, bring Zara mit", antwortete Bruni. „Und zieht euch was Nettes an. Der Klub ist immer voll mit attraktiven Männern. Man kann nie wissen, wem man über den Weg läuft."

„Ach, Bruni. Du hast nicht vor, uns mit jemandem zu verkuppeln, oder?"

„Nein, habe ich nicht. Bis heute Abend!"

Marlene machte ein paar Besorgungen und schlich sich dann wie eine Diebin in die Wohnung ihrer Eltern, um nicht auf die beiden zu treffen, ehe sie in ihrem Zimmer verschwand. Erst vor ein paar Monaten waren sie aus dem Kellerloch in eine richtige Wohnung mit zwei Schlafzimmern gezogen.

Sie gab sich besondere Mühe mit ihrem Aussehen, frisierte sich ihre Haare nach der neuesten Mode und legte sogar etwas Make-up auf. In ihrem besten Kleid, das ursprünglich Bruni gehört hatte, und ihrem einzigen Paar hochhackiger Schuhe drehte sie glücklich eine Pirouette.

Als sie Stimmen auf der Treppe hörte, preschte sie in Windeseile aus dem Zimmer und an ihren Eltern vorbei, wobei sie ihnen zurief: „Bruni hat mich zum Abendessen eingeladen."

Sie fuhr mit dem Bus zu Zara und verkündete ihr die guten Nachrichten. So sehr Zara es hasste, abends auszugehen, reichte doch die Aussicht auf ein Abendessen aus, damit sie sich das pechschwarze Haar kämmte, bis es glänzte, und sich ihr bestes Kleid anzog. Gemeinsam gingen sie durch die sternenklare Nacht zum Café de Paris.

„Alles sieht nachts viel schöner aus“, stellte Marlene fest. „Die Dunkelheit versteckt den Großteil der Verwüstung.“

„Ja, aber ist dir aufgefallen, wie schnell manche Gegenden wieder aufgebaut wurden? Nächsten Monat wird sogar ein Lichtspielhaus wiedereröffnet“, sagte Zara.

Marlene hakte sich bei ihrer Freundin ein. „Die Lichtburg. Ich bin immer so gerne ins Kino gegangen. Was für ein Spaß wird es sein, das wieder zu tun.“

Nach einem strammen Marsch von rund dreißig Minuten erreichten sie das Café de Paris. Bruni hatte dem Türsteher bereits ihren Besuch angekündigt und er führte sie zur Umkleide, wo sich die Sängerin für ihren ersten Auftritt fertig machte.

„Hallo Mädels, wie geht es euch?“, wurden sie von einer glücklich lächelnden Bruni begrüßt.

„Gut, und dir?“, sagte Marlene.

„Bestens. Ich habe tolle Neuigkeiten.“

„Hat dein Hauptmann um deine Hand angehalten?“ Zara zog die Nase kraus, weil sie das offensichtlich für keine tollen Neuigkeiten hielt.

„Gott, nein! Das wäre furchtbar, oder?“ Bruni umarmte zuerst Zara, dann Marlene und führte sie hinein. „Hier können wir in Ruhe plaudern.“

Mit viel Buhei bot Bruni ihren Freundinnen Wein und Schokolade an.

„Schokolade? Wurde dein Hauptmann befördert?“, fragte Marlene, ließ sich aber den Genuss eines Stücks echter Schokolade nicht entgehen. Als sie es in den Mund steckte, schmolz es auf der Zunge, und nach einer wahren Geschmacksexplosion machte sich ein Gefühl der vollkommenen Zufriedenheit in ihrem Körper breit. Sie seufzte genussvoll: „Mmh ... so muss es sich anfühlen, im Himmel zu sein."

Bruni antwortete endlich auf ihre Frage: „Wurde er, sozusagen. Mein neuer Wohltäter ist Colonel Dean Harris."

Marlene fiel fast das Weinglas aus der Hand und sie schaute Bruni erstaunt an. Aus dem schnaufenden Geräusch zu ihrer Linken zu schließen, war Zara genauso schockiert.

„Der amerikanische Kommandant?", flüsterte Marlene.

„Ja, genau der. Und er ist fantastisch." Bruni machte ein verträumtes Gesicht.

„Was ist mit Orlowski? Wird der nicht eifersüchtig?", fragte Zara vorsichtig und blickte sich um, als ob er hinter einer Ecke lauern könnte.

„Oh, Zara, ich dachte, du seist politisch interessiert. Hast du es nicht gehört?", fragte Bruni.

„Was gehört?"

„Dass er Berlin verlassen hat."

Marlene legte fragend den Kopf schief. „Ich habe mich in der Tat schon gewundert, denn ich habe seit den Wahlen nichts mehr über ihn gehört."

Bruni seufzte theatralisch. „Vielleicht wurde er befördert. Ich weiß es nicht. Ungefähr eine Woche, bevor er ging, sagte er mir, ich solle keine Fragen stellen und seinen Namen nie wieder erwähnen, falls er verschwinden würde."

Marlene spürte den Schock bis in die Zehenspitzen. *Eine Beförderung?* Das war wohl der Witz des Jahrhunderts. Viel wahrscheinlicher war es, dass er zusammen mit den Tausenden verschleppten Berlinern dort war, wo auch immer die Sowjets ihre Staatsfeinde hinbrachten. Orlowski war zweifelsohne zur Persona non grata erklärt worden, weil er die Wahlen nicht für die Kommunisten gewonnen hatte.

„Du nimmst einfach den Nächsten?", wunderte sich Zara.

„Ach komm, Zara, ausgerechnet dir tut er leid? Ich dachte, du mochtest ihn nie."

„Habe ich auch nicht, aber das ist doch kein Grund, ihn wie eine heiße Kartoffel fallen zu lassen", zischte Zara mit entrüstetem Blick.

„Ich habe ihn nicht fallen lassen. Ich bin schließlich noch da. Er war es, der verschwunden ist. Es ist Zeit, nach vorne zu blicken, und ein amerikanischer Kommandant ist so viel besser. Mehr Geld, bessere Geschenke, sogar bessere Essensrationen. Und er ist so viel potenter. Ihr wisst schon."

„Gott, erspar uns die unappetitlichen Einzelheiten." Marlene rümpfte die Nase über die Offenheit sowie den Mangel an Moral ihrer Freundin.

„Ein Amerikaner ist besser als ein Russe, schätze ich", sagte hingegen Zara. „Nicht, dass ich jemals das Bett mit einem alliierten Soldaten teilen würde. Sie sind als Besatzer gekommen, nicht als unsere Freunde."

„Es gibt solche und solche." Bruni war zu gut gelaunt, um sich über die Sticheleien zu ärgern.

„Zumindest wird er nicht einfach über Nacht verschwinden. Die Amerikaner schicken ihre Leute nicht nach Sibirien wie die Russen", meinte Marlene.

„Pst! Sprecht niemals darüber, sonst seid ihr womöglich die Nächsten auf ihrer Liste", warnte Bruni sie.

Was genau der Grund ist, warum man sich niemals mit einem Kommunisten einlassen sollte, dachte Marlene im Stillen.

Ein Klopfen an der Tür signalisierte Bruni, auf die Bühne zu kommen. Marlene und Zara wurden von Herrn Schuster, dem Besitzer des Nachtklubs, persönlich durch die Menge anerkennend blickender Männer zu einem reservierten Tisch geführt.

Bruni wurde mit einem Trommelwirbel angekündigt, auf den

Klatschen und bewundernde Pfiffe folgten. Sie war vollkommen in ihrem Element und erstrahlte im Scheinwerferlicht, das sie vom Publikum abhob. Die Musik setzte ein, der Saal verstummte und sie fing zu singen an. Am Ende ihres Liedes brach das Publikum in tosenden Applaus aus.

Marlene bewunderte Bruni dafür, dass sie genau wusste, wie sie mit dem Publikum umzugehen hatte, während sie selbst vor Scham sterben würde, wenn sie auf der Bühne stehen und singen müsste.

Nicht hingegen ihre Freundin. Sie lächelte, warf Kusshändchen, winkte bekannten Gesichtern zu und flirtete mit Männern, während sie sich verführerisch auf der Bühne bewegte. Dort oben war sie nicht nur irgendeine talentierte Sängerin, sondern ein echter Star. Kein Wunder, dass sie schon lange regelmäßig im Café de Paris auftrat, während andere Künstler kamen und gingen.

„Dort in der Ecke sitzen zwei meiner besten Freundinnen", verkündete Bruni plötzlich und zeigte durch den dunklen Raum auf Marlene und Zara. „Das ist ihr erster Besuch im Café de Paris. Also, Jungs, seid nett zu ihnen."

Applaus folgte und der bewegliche Scheinwerfer warf sein Licht auf die zwei peinlich berührten jungen Frauen. Marlene spürte, wie sie rot im Gesicht wurde. Irgendwie schaffte sie es dennoch, anmutig zu winken, allerdings schwor sie sich, Bruni später dafür umzubringen.

Bruni verschwand in ihrer Umkleide, während der Pianist die beliebtesten neuen Lieder spielte. Einige GIs faszinierten die Zuschauer mit ihren der Schwerkraft trotzenden Jive-Bewegungen und die jüngeren Besucher ließen sich von ihrer Tanzfreude anstecken.

Zwei russische Soldaten kamen zu Marlene und Zara und baten sie um einen Tanz, doch die beiden lehnten höflich ab. Sie waren einerseits zu schüchtern und wollten andererseits ganz sicher nicht mit einem der verhassten Russen tanzen. Allerdings gaben sich die Männer, die eindeutig zu viel getrunken hatten, nicht damit zufrieden, sondern bestanden stur auf diesem Tanz.

Marlene fühlte sich ihnen vollständig ausgeliefert und blickte hilflos zu Zara, die der Situation allerdings auch nicht gewachsen war, als wie aus dem Nichts Werner Böhm und ein weiterer gut gekleideter Zivilist vor ihnen standen. So sehr sie ihm eigentlich aus dem Weg gehen wollte, in diesem Moment schenkte sie ihm ein erleichtertes Lächeln.

Werner sagte etwas auf Russisch zu den beiden Soldaten, die daraufhin schnell verschwanden. Dann fragte er: „Würdest du mir bitte diesen Tanz schenken?"

Zu ihrer großen Überraschung hörte Marlene jemanden sagen: „Es wäre mir ein Vergnügen."

Sie blickte sich um, aber Zara war bereits mit dem anderen Mann auf dem Weg zur Tanzfläche. Ehe Marlene überhaupt begriff, dass sie es selbst gewesen war, die ihr Einverständnis gegeben hatte, legte Werner den Arm um ihre Hüfte und führte sie durch die Menge.

Sie spürte das Gewicht seines Arms durch den Stoff ihres Kleides. Ihre Haut begann zu kribbeln und auf einmal wurden ihre Knie weich. Alle guten Vorsätze, ihm aus dem Weg zu gehen, waren mit einem einzigen Blick in seine Augen obsolet geworden. Werner war ein begnadeter Tänzer und lenkte sie gekonnt zwischen den anderen Paaren hindurch. Nachdem sie eine Zeit lang versuchte, sich gegen die gefährlichen Gefühle zu wehren, gab sie den Widerstand schließlich auf und genoss die Art, wie er sie im Arm hielt.

„Wir sollten wieder zum Tisch zurückgehen", stotterte Marlene, als das Lied endete.

„Natürlich, wenn es das ist, was du möchtest", antwortete er mit Bedauern in der Stimme. Er beugte sich vor und berührte mit seiner Wange die ihre, als er sagte: „Ich danke dir für den Tanz, Marlene." Dann führte er sie mit einer Hand auf ihrem Rücken an den Tisch zurück, wo bereits Bruni und das Abendessen warteten.

Bruni schenkte Werner ein strahlendes Lächeln, doch sobald er sich umgedreht hatte, stürzte sie sich auf Marlene: „Was läuft da zwischen euch beiden?"

„Nichts."

„Warum macht er dann so ein dämlich verliebtes Gesicht – und du auch?" Bruni hatte leider eine messerscharfe Beobachtungsgabe.

„Ich stehe überhaupt nicht auf Werner, aber", versuchte Marlene eine Ausrede zu finden, die ihre Freundinnen zufriedenstellen würde.

„Nur ein Tanz und schon duzt du ihn?", lachte Bruni über Marlenes Ausrutscher. „Gibs zu, du bist in den verabscheuungswürdigen Werner Böhm verliebt."

„Sei nicht lächerlich!" Marlene wurde rot. „Er ist ein Gentleman, mehr nicht. Ich habe immer gesagt, dass er einwandfreie Manieren hat. Und er hat uns aus einer heiklen Situation gerettet."

Zara war inzwischen dazugekommen und fiel in Brunis Lachen mit ein, weil sie eindeutig in der Lage gewesen war, mit Werners Freund zu tanzen, ohne danach rot wie eine Tomate zu werden.

„Hört auf! Sonst hört noch jemand eure dämlichen Unterstellungen", flehte Marlene sie an.

Endlich wechselten die beiden das Thema und die Zeit verging wie im Flug, während sie eine deftige Gulaschsuppe mit viel Kartoffeln und wenig Gulasch aßen. Anschließend musste Bruni für den nächsten Auftritt wieder auf die Bühne.

Werner schien nur auf diesen Moment gewartet zu haben, denn binnen Sekunden stand er wieder an ihrem Tisch, um Marlene zu einem weiteren Tanz aufzufordern.

Sie stimmte zu, denn schließlich war nichts dabei, mit ihm zu tanzen, oder? Den zweiten Tanz genoss sie sogar noch mehr als den ersten, denn sie fühlte sich in seinen Armen merkwürdig geborgen und musste sich nicht einmal gedanklich anstrengen, um seiner Führung zu folgen. Es war, als ob ihr Körper die nächsten Schritte bereits kannte.

Als die Musik pausierte, kehrte sie zu ihrem Tisch zurück. Sie war vom wilden Tanzen außer Atem, aber so glücklich wie schon lange nicht mehr.

Zara sah ihr erhitztes Gesicht und sagte: „Marlene, ich sollte jetzt besser nach Hause gehen. Ich muss morgen früh aufstehen. Aber du musst auf jeden Fall bleiben und deinen Spaß haben."

„Auf keinen Fall. Wir sind zusammen hergekommen, also gehen wir auch gemeinsam nach Hause. Was wäre ich denn für eine Freundin, wenn ich dich so spät am Abend allein nach Hause gehen ließe?", antwortete Marlene und nahm ihre Handtasche.

„Bitte, meine Damen, darf ich euch nach Hause bringen?", schlug Werner vor. Als er merkte, dass sie unsicher waren, fügte er hinzu: „Ich habe einen Wagen."

Zögernd nahm Marlene sein großzügiges Angebot an. Sie hatte zwar keine Angst vor ihm, aber umso größere vor sich selbst und ihrem Mangel an Selbstkontrolle in seiner Gegenwart. Er setzte zuerst Zara im amerikanischen Sektor ab und fuhr dann in den russischen Sektor, wo Marlene wohnte.

Während der gesamten Fahrt sprachen sie kein Wort, aber im Wagen knisterte es vor Spannung. Sie war dankbar für die Dunkelheit, die sie beide einhüllte und ihren Gesichtsausdruck vor ihm verbarg.

„Hier wohnst du?“, fragte er überrascht.

„Ja“, antwortete Marlene leise, als sie das heruntergekommene Gebäude zum ersten Mal durch die Augen eines Mannes sah, der in einem der wenigen unzerstörten Viertel Berlins wohnte, wo er sich in Pankow eine von den Sowjets beschlagnahmte Wohnung mit einem anderen Mitglied der Gruppe Gentner teilte.

Er ging um den Wagen und öffnete ihr die Tür. „Ich begleite dich bis zur Haustür. Man kann nie vorsichtig genug sein.“

Sie freute sich über seine Gesellschaft, weniger, weil sie befürchtete, angegriffen zu werden, sondern weil sie die Zeit mit ihm zumindest ein wenig ausdehnen wollte.

„Danke, dass du mich nach Hause gefahren hast“, sagte sie und blickte zu ihm auf. Die Schlüssel in ihrer Hand klimperten, als sie in seine berauschenden grünen Augen blickte. Sein Gesicht wirkte so jung, so unschuldig, so ehrlich.

„Darf ich dich küssen?“, fragte er, und als sie nicht widersprach, lehnte er sich zu ihr hinunter und drückte seine warmen Lippen auf ihren Mund.

Wider besseres Wissen öffnete sie die Lippen und erwiderte seinen Kuss. Eine leidenschaftliche Minute später wich sie zurück und flüsterte: „Ich ... ich sollte gehen.“

„Gute Nacht, meine süße Marlene.“ Die Worte aus seinem Mund ließen tausend Schmetterlinge in ihrem Bauch flattern. Eilig schloss sie die Tür auf und flüchtete nach drinnen.

Verdammt! Warum mochte sie ihn nur so gerne?

KAPITEL 23

Dean betrachtete die bildschöne blonde Frau, die neben ihm lag. Bruni von Sinnen war wirklich etwas Besonderes. Sie sah nicht nur fantastisch aus, sondern wusste auch, einem Mann im Bett zu gefallen. Doch das Beste an ihr war, dass sie sich keiner kleinmädchenhaften Verliebtheit hingab, sondern ihre Beziehung als das betrachtete, was sie war: ein angenehmes Geschäft.

Das Leben als amerikanischer Kommandant in Berlin war einsam. Die Berliner Bevölkerung schwankte zwischen Hass und Bewunderung für ihn. Das gesamte russische Militär unter der Leitung von General Sokolow hielt ihn für eine Bestie und nannte ihn *Feind der Demokratie*. Ständig erhielt er anonyme Morddrohungen und seit eineinhalb Jahren schlief er mit einer Pistole unter dem Kopfkissen.

Natürlich respektierten seine Untergebenen ihn, mochten ihn vielleicht sogar, aber keinem konnte er seine Sorgen anvertrauen. Die einzige Ausnahme war sein Stellvertreter und Freund Jason Gardner.

Bruni hingegen schenkte ihm den Trost, den er so dringend benötigte – und auch alles andere, was ein Mann brauchte, der seine Ehefrau seit fast vier Jahren nicht mehr gesehen hatte. Im Gegenzug kümmerte er sich um sie, beschützte sie und bot ihr ein besseres Leben, als es die anderen Frauen in Berlin führten. So profitierten beide Seiten von der Affäre.

Er küsste Bruni zum Abschied und schlüpfte mitten in der Nacht aus ihrem Bett, um in sein eigenes Quartier zurückzukehren.

Am nächsten Morgen wurde er bereits von seinem Stellvertreter im Büro erwartet.

„Guten Morgen, Jason, was gibts?"

Jason verzog das Gesicht. „Die Sowjets machen Probleme."

„Tun sie das nicht immer?" Dean setzte sich an seinen Schreibtisch und deutete seinem Freund mit einer Kopfbewegung, sich ihm gegenüber zu setzen. „Was ist es diesmal?"

„Sokolow hat eine Verfügung erlassen, dass keine der im letzten Monat gewählten Magistratsmitglieder ihr Amt übernehmen dürfen, bevor die Kommandantur es genehmigt."

Dean schlug so stark mit der Faust auf den Tisch, dass das alte Holz knarzte. „Warum weiß ich nichts davon?"

„Ich habe es auch gerade erst erfahren", sagte Jason. „Da er der aktuelle Vorsitzende ist, hat er die Verfügung erlassen, ohne sich zuerst mit den anderen zu beraten."

Deans Faust schmerzte bereits, sonst hätte er damit noch einmal auf den Tisch gehauen. „Wie kann dieses vermaledeite verlogene Stück Dreck es wagen, so etwas zu tun! Er ist gar nicht berechtigt, eine solche Verfügung zu erlassen."

„Das ist noch nicht alles", sagte Jason mit einem Blick, der zeigte, wie ungern er noch mehr schlechte Nachrichten überbrachte. Als Dean nickte, erklärte er: „Die neu gewählten Mitglieder haben berichtet, dass kommunistische Schlägertruppen mit Lastwagen vors Rathaus gefahren wurden, um sie zu verprügeln."

„Das ist wohl ein Scherz!"

„Leider nicht."

Dean rief seinen Sekretär. „Holen Sie mir Sokolow an den Apparat. Sofort." Es war gerade einmal zehn Uhr morgens, also lag Sokolow wahrscheinlich noch im Tiefschlaf. „Ach, vergessen Sie es!", rief Dean. „Sagen Sie ihm, dass ich heute Mittag zu ihm ins Büro komme und er besser dort sein wird. Sonst mache ich ihm die Hölle heiß."

„Du weißt, dass du da nicht viel tun kannst, oder?", fragte Jason.

Dean stieß einen Seufzer aus. Das Rathaus, der Magistrat und der Stadtrat befanden sich alle im sowjetischen Sektor. Im Grunde konnten Sokolows Schergen mit den Menschen in ihrem Sektor tun und lassen, was sie wollten. Niemand, nicht einmal der amerikanische Kommandant höchstpersönlich, konnte sie für ihre Verbrechen zur Rechenschaft ziehen.

In der Kommandantur hatten die drei westlichen Alliierten ihr Bestes gegeben, um mit den Sowjets zusammenzuarbeiten. Anfangs hatten sie sich jeder Laune der Russen gefügt und gehofft, diese würden erkennen, dass sie die ernsthafte Absicht hatten, zu kooperieren. Als das nicht funktionierte, hatten sie – obwohl sie es eigentlich besser wussten – ungünstige und korrupte Bedingungen akzeptiert. Sie hatten diese Verbrecher beschwichtigt wie eine verprügelte Frau ihren Ehemann, um zu zeigen, dass sie willens waren, Berlin gemeinsam zu regieren – und um einen weiteren Krieg zu verhindern. Denn dass die Sowjetunion den nächsten Krieg anzetteln könnte, war die größte Angst im Westen und der Grund für die mehr als befremdliche Beschwichtigungspolitik.

Aber die Steine, die ihm die Sowjets tagtäglich in den Weg

legten, zehrten an Deans Nerven und mehr als einmal hatte er zum Telefonhörer gegriffen, um General Clay zu bitten, ihn aus der Hauptstadt der Hölle abzuziehen. Aber niemals hatte er das Gespräch tatsächlich geführt.

Fast sechs Wochen nach der Wahl war die neue Stadtregierung noch immer unbesetzt. Die elenden Russen hielten die alte SED-dominierte Verwaltung aufrecht, während sie angeblich einige der neuen Kandidaten auf der Suche nach Naziverbrechen durchleuchteten. Und Dean konnte nichts dagegen tun.

KAPITEL 24

Nach dem Abend, an dem Werner Marlene zu Hause abgesetzt hatte, nutzte er drei Wochen lang beharrlich jede Gelegenheit, ihr zu begegnen und sie mit seinem Charme zu umwerben. Schließlich gab sie nach. Sie wurden ein Paar und trafen sich heimlich zwei- oder dreimal die Woche.

Eigentlich sollte er glücklich sein, aber eine Sorge nagte an ihm. Die Partei würde diese Beziehung niemals gutheißen, weil Marlene keine vertrauenswürdige Kommunistin, er hingegen einer der höchsten SED-Funktionäre in Berlin war.

Ab und zu spielte er mit dem Gedanken, sich der Parteilinie zu widersetzen. Aber dann kamen bedrohliche Erinnerungen an frühere Zeiten hoch und wischten jedes innere Aufbegehren beiseite. Nur zu gut wusste er, dass es nichts brachte, seine Vorgesetzten herauszufordern, denn das würde nur das Ende für Marlene und ihn bedeuten. Er wollte ganz sicher nicht das ominöse Schicksal von Hauptmann Orlowski teilen. Aber Marlene wollte er auch nicht aufgeben.

Daher ersann er eine Lösung und das nächste Mal, als sie sich trafen, sagte er so beiläufig wie möglich: „Was hältst du davon, der SED beizutreten?“

„Was?“ Mit wütenden Blicken durchbohrte sie ihn und ehe sie ihm die Augen auskratzen konnte, hob er beschwichtigend die Hände.

„Bitte, hör mir zu. Es wäre nur pro forma. Dann könnten wir endlich unsere Liebe offen zeigen.“ Er schenkte ihr sein unwiderstehlichstes Lächeln, bei dem sie normalerweise anfing, wie ein Kätzchen zu schnurren.

Allerdings nicht heute.

„Und warum? Musst du Genosse Gentner oder General Sokolow um Erlaubnis fragen, wenn du mit einer Frau ausgehen willst?“, fragte sie spitz.

Nicht direkt – auch wenn er der Parteilinie folgen musste. Und eines der ungeschriebenen Gebote war nun mal, keine romantische Beziehung zu einer Frau zu unterhalten, die keine vertrauenswürdige Genossin war. „Sei nicht albern, Marlene. Natürlich nicht, aber beim derzeitigen politischen Klima wäre es für mich nicht gut, wenn man mich mit einem Mitglied der Opposition sehen würde“, erklärte Werner sanftmütig. Doch als er ihre wütend glitzernden Augen sah, fügte er schnell hinzu: „Und es könnte deinem guten Ruf schaden.“

„Mitglied der Opposition?“, rief sie entrüstet. „Ich bin noch nicht einmal Mitglied einer Partei.“

„Nein, natürlich nicht, mein Liebling“, antwortete er mit einem Kuss auf ihre Wange. „Ich schlage das doch nur vor, weil es zu deinem Besten ist. Zu unserer beider Besten. Deine antisowjetische Haltung ist bereits aufgefallen. Wenn wir zusammen sein wollen, können wir nicht auf gegenüberliegenden Seiten stehen; die Parteispitze würde das niemals dulden.“

„Man darf doch wohl unterschiedlicher Meinung sein?“, entgegnete Marlene aufgebracht.

Eigentlich nicht. Zumindest nicht, wenn diese von der offiziellen Parteilinie abweicht. Innerlich verfluchte er die SED-Führung für ihre Dummheit. Jedem, außer Norbert, war klar, dass der katastrophale Verlust bei den Wahlen im letzten Jahr darauf zurückzuführen war, dass die SED im Ruf stand, die „Russenpartei" zu sein.

Doch statt den Kurs zu ändern und auf einem eigenen sozialistischen Weg für Deutschland zu beharren, waren der sture Gentner und seine treuen Gefolgsleute den Sowjets nur noch tiefer in den Hintern gekrochen.

„Natürlich darfst du deine eigene Meinung haben. Sowohl die SED als auch die sowjetische Besatzungsmacht haben die freien und gerechten Wahlen in Berlin rückhaltlos unterstützt. Aber in unserem speziellen Fall ist es so, als ob eine Person versuchen würde, ein Haus zu bauen, während die andere es wieder einreißt."

Kurz erwog er, ihr Aufbegehren gegen die sozialistischen Maximen mit einem langatmigen Vortrag über den philosophischen Hintergrund des Marxismus-Leninismus zu ersticken, entschied sich aber dagegen, denn das würde sie nur noch mehr in Rage bringen. Da Marlene keine geschulte Parteifunktionärin war, reagierte sie auf theoretische Vorträge wie die meisten Laien: mit Augenrollen und der Weigerung, die Wahrheit hinter seinen Worten auch nur in Betracht zu ziehen.

„Was für ein grauenvoller Vergleich", meinte Marlene wütend. „Jetzt bin ich es, die Berlins Wiederaufbau behindert, obwohl in Wahrheit die grässlichen Russen alles demontieren, was nicht niet- und nagelfest ist."

Werner seufzte, denn er konnte die Demontage zu Reparationszwecken genauso wenig gutheißen. Er hatte sogar einmal versucht, mit Norbert darüber zu sprechen. Aber der hatte in seiner arroganten Art lediglich gesagt, dass das Thema nicht zur Diskussion stand. Niemals.

„Ich weiß, das erscheint ungerecht, aber wir müssen immer daran denken, wie sehr unsere russischen Freunde unter den Nazis gelitten haben."

„Sie sind nicht *meine* russischen Freunde", sagte Marlene, machte auf dem Absatz kehrt und ließ ihn stehen.

Wütend über ihre Dreistigkeit, aber gleichzeitig auch neidisch, schaute er ihr hinterher. Er wünschte, er könnte das Gleiche tun und nur ein einziges Mal ein absurdes Parteitreffen verlassen, auf dem die Genossen sich zu übertrumpfen versuchten, wer Moskau am tiefsten in den Hintern kriechen konnte.

Sofort erschrak er über seine kritischen Gedanken. War seine Unzufriedenheit mit der Partei bereits so groß? Trotz der vielen Dinge, die er am Stalinismus auszusetzen hatte, hatte er noch immer große Hoffnungen für einen neuen und besseren Sozialismus in Deutschland.

Doch die Zukunft sah täglich düsterer aus.

KAPITEL 25

Marlene, Lotte und Julian waren bei Georg und führten eine hitzige Diskussion.

„Ich sag euch, wir müssen viel aggressiver vorgehen", meinte Julian.

„Das ist keine gute Idee, du hast den Vorstand doch gehört. Die Verwaltung kann unseren Anträgen leider nicht zustimmen, weil ihnen die Hände gebunden sind", sagte Georg, der die Stimme der Vernunft war.

„Ihnen sind die Hände gebunden? Dass ich nicht lache! Die SED ist den Sowjets doch total in den Hintern gekrochen und fürchtet um ihre Privilegien und *Pajoks,* wenn sie auch nur ein falsches Wort sagt." Julians Augen glühten vor Wut. Während die übrigen Berliner Hunger litten und es ihnen an Wohnungen, Kleidung, ja sogar an Papier und Stiften mangelte, lebten die SED-Funktionäre in prächtigen Villen, die sie von ehemaligen Nazis requiriert hatten.

Marlene war noch nie bei Werner zu Hause gewesen, aber sie wusste, dass er sich für eine Vier-Zimmer-Wohnung entschieden hatte, die er sich mit einem anderen Junggesellen teilte. Zumindest missbilligte Werner die eklatante Ungleichheit zwischen gewöhnlichen Bürgern und den Parteimitgliedern und -funktionären. Seiner Meinung nach widersprach das der marxistischen Lehre.

Die *Pajoks* waren regelmäßige wöchentliche oder monatliche Kisten, die mit all der Kleidung, Lebensmitteln und anderen Dingen gefüllt waren, die man weder auf dem freien Markt noch auf dem Schwarzmarkt kaufen konnte. Werner hatte ihr häufig den Inhalt seiner Kiste geschenkt, denn er aß in der Kantine im Haus der Einheit und benötigte keine zusätzlichen Lebensmittel.

„Woher weißt du von den *Pajoks*?“, fragte Marlene, denn sie wurden nie offiziell erwähnt.

„Jeder weiß davon, auch wenn die Sowjets ihre Bestechungen geheim halten wollen“, sagte Julian.

„Das sind keine Bestechungsgelder, sondern sie sollen den hart arbeitenden Menschen helfen, die sich für den Wiederaufbau unserer Stadt verausgaben.“ Marlene verspürte den Drang, Werner zu verteidigen, auch wenn er nicht persönlich kritisiert worden war. „Diese Menschen haben einfach nicht die Zeit und Energie, um für ihre Rationen Schlange zu stehen.“

Lotte verdrehte die Augen. „Das glaubst du doch wohl selbst nicht, oder? Warum werden diese *Pajoks* dann nach Rang und Anerkennung im angeblich klassenlosen Sowjetsystem ausgegeben? Warum bekommen die hart arbeitenden Fabrikarbeiter keine? Oder die Bauarbeiter, die die Eisenbahnstrecken wieder aufbauen, die von den Russen geklaut wurden?“

„Können wir bitte wieder zum eigentlichen Thema zurückkehren?“, ermahnte Georg sie.

„Ich sage, wir müssen diese kommunistischen Handlanger wissen lassen, dass wir nicht unter der Fuchtel der Russen leben wollen. Das hier ist Berlin, nicht die sowjetisch besetzte Zone", rief Julian überschwänglich.

„Vielleicht könnten wir die anderen Alliierten um Hilfe bitten? Schließlich werden wir von vier Mächten regiert", schlug Lotte vor.

Höhnisch antwortete Julian: „Die westlichen Alliierten taugen nichts. Sie beugen sich jedem Mätzchen der Sowjets, um sie zu besänftigen. Außerdem, seit wann sind die Amerikaner unsere Freunde?"

„Sie könnten es sein. Siehst du nicht, dass sie ernsthaft versuchen, uns beim Wiederaufbau unseres Landes zu helfen? Schließlich waren wir es, die es zugrunde gerichtet haben, indem wir Hitler gefolgt sind und gegen alle anderen gekämpft haben", sagte Lotte.

„Ich nicht", knurrte Julian.

„Na und? Du bist nicht der Einzige hier im Raum, der im KZ war."

Marlene spitzte die Ohren. Waren etwa alle außer ihr in einem Lager gewesen?

„Bitte, könnt ihr euch mal auf das Thema konzentrieren?" Langsam verzweifelte Georg.

„Wir könnten eine Petition verfassen, die wir alle unterschreiben und an die Abteilung für Kultur und Erziehung schicken", schlug Marlene vor, denn sie wusste, wie sehr die SED-Funktionäre Schriftstücke liebten. Fast alles, was sie taten, wurde über eine Petition eingeführt und einen Beschluss gelöst.

„Das ist eine gute Idee", sagte Georg ohne großen Enthusiasmus.

„Es tut mir leid", meinte Lotte zögernd. „Ich kann da nicht mitmachen."

„Warum nicht? Willst du etwa nicht, dass die Kommunisten

ihre schmutzigen Finger aus unserer Ausbildung lassen?" Julian sprang auf und tigerte im Raum auf und ab.

„Ich kann mich nicht offen gegen die Russen stellen", erklärte Lotte. „Mein Freund ist noch immer in einem sowjetischen Gefangenenlager und soll bald freigelassen werden. Ich darf also nichts tun, was Johanns Freilassung gefährden könnte."

Marlene schüttelte den Kopf. „Ach, Lotte, glaubst du wirklich, die Russen würden deinen Freund für dein Handeln bestrafen?"

Lotte schaute sie ungläubig an. „Sag mal, wo lebst du eigentlich? Liest du denn nie die Zeitung oder stammen all deine Informationen nur von Böhm?"

Marlene warf ihrer Freundin einen wütenden Blick zu. Sie hätte Lotte nicht anvertrauen sollen, dass sie und Werner nun schon seit Monaten miteinander gingen. Glücklicherweise war Julian zu aufgebracht, um zu bemerken, was Lotte gerade herausgerutscht war.

„Was ich sehe, ist ein Feigling, Lotte. Ist das nicht ein sehr günstiger Zeitpunkt, einen mysteriösen Freund aufs Tapet zu bringen, den noch nie jemand gesehen hat?", fragte Julian abschätzig.

„Du bist ein arrogantes Arschloch! Niemand hat ihn gesehen, weil die verdammten Russen ihn seit zweieinhalb Jahren gefangen halten!", brüllte Lotte und sprang auf, wobei sie fast mit Julian zusammenstieß.

„Beruhigt euch!", sagte Georgs sonore Stimme. „Wir müssen eine Einheit bilden. Nur gemeinsam können wir eine Veränderung bewirken. Niemandem von uns wird etwas passieren."

Lotte drehte sich um und wandte sich Georg zu: „Ich habe auf die harte Tour gelernt, dass es manchmal besser ist, den Mund zu halten. Und jetzt ist ein solcher Moment. Ich für meinen Teil werde nicht Johanns Leben gefährden, indem ich diese Petition unterzeichne."

„Die Russen sind nicht wie die Nazis, Lotte", antwortete Georg sanft. „Es gibt keinen Grund dafür, so eine Angst vor ihnen zu haben."

„Ach ja? Es gibt keinen Grund? Erzähl das den hunderttausend Menschen, die letztes Jahr während der Wahlkampagne verschleppt, geschlagen, genötigt, bedroht oder in Lager geschickt wurden. Seid ihr alle blind, taub und dumm? Lest ihr keine Zeitung? Wisst ihr nichts über die nächtlichen Besuche der Markgraf-Polizei? Und dass die Besuchten entweder spurlos verschwinden oder nie wieder so wie vorher sind? Wisst ihr wirklich nichts darüber oder verschließt ihr einfach nur die Augen?" Lotte redete sich selbst in Rage.

„Natürlich wissen wir das." Georg stand auf, als wollte er verhindern, dass Lotte auf Julian losging. Oder dass sie aus dem Raum stürmte. „Aber aus genau diesem Grund müssen wir geeint zusammenstehen. Nur in großer Zahl sind wir stark."

Lotte schüttelte den Kopf. „Es tut mir leid, aber ich kann das nicht. Nicht im Moment." Dann verließ sie den Raum, während die anderen drei ihr nachblickten – Julian wütend, Georg traurig und Marlene besorgt.

„Wir brauchen diesen rückgratlosen Wurm nicht", sagte Julian und ging zum Tisch zurück. „Also, was schreiben wir in der Petition?"

Marlene blickte zur geschlossenen Tür, durch die Lotte vor wenigen Sekunden gestürmt war. Sie wünschte, sie hätte den Mut gehabt, mit ihr zu gehen, aber sie war geblieben, um Georg und Julian nicht zu enttäuschen.

Die beiden beachteten sie kaum, während sie die Petition entwarfen, die das Leben der Studenten in Berlin verändern sollte.

„Es kommt eine Zeit, da müssen wir das tun, was unser

Gewissen uns befiehlt", sagte Julian, als er den letzten Satz auf das Blatt schrieb.

„Die Machthaber können versuchen, uns zu ignorieren, aber wenn es genug Studenten gibt, die protestieren, müssen sie sich unsere Forderungen anhören", meinte Georg.

Marlene hörte den rhetorischen Ergüssen der Männer zu, hatte aber ein schlechtes Gefühl dabei. Die SED-dominierte Universitätsleitung hatte ihren Antrag im letzten Jahr bereits einmal abgelehnt, warum sollte es diesmal anders sein?

KAPITEL 26

Werner machte mit Marlene einen Ausflug in die Umgebung Berlins, wo sie Zeit miteinander verbringen konnten, ohne erkannt zu werden. Er fühlte sich schäbig, weil er sie verheimlichte, redete sich aber ein, es sei zu ihrem und seinem Besten. Solange sie zu stur war, um in die SED einzutreten, war es unvernünftig, mit ihr in der Öffentlichkeit gesehen zu werden.

Die Politik war bei ihnen immer ein Thema und während ihres Spaziergangs um den See beschwerte sich Marlene darüber, in welch arroganter Art und Weise die Petition der Studenten abgelehnt worden war. Werner hatte davon gehört und war insgeheim aufseiten der Studenten, denn ihre Forderungen waren keineswegs überzogen. Sie wünschten sich einfach, dass die Sowjets weniger Einfluss auf ihr Leben und ihr Studium ausübten.

Aber der Zug war bereits vor einem Jahr abgefahren. Jetzt, im Sommer 1947, hatte Gentner die Zügel angezogen und seine Partei noch stärker mit Moskau verbunden. Der wahre Herrscher der SED, der sowjetisch besetzten Zone und im weitesten Sinne

Berlins war die sowjetische Militärverwaltung. Die Aufgabe der deutschen Regierung war nur, dem Volk die Entscheidungen der Russen zu erläutern und diese durchzusetzen.

Aber das konnte er ihr natürlich nicht verraten. Stattdessen sagte er: „Wenn die Abteilung für Kultur und Erziehung eure Forderungen nicht erfüllen kann, fürchte ich, gibt es nichts, was man noch tun kann, denn die Funktionäre müssen sich an Direktiven halten."

„Du und deine Direktiven", entgegnete sie.

„Liebling, bitte, so sehr ich deine Frustration verstehe, wir sollten wirklich mit diesem sinnlosen Gestreite aufhören."

Sie warf ihm einen wütenden Blick zu. „Nein, eigentlich sollten wir erst richtig damit anfangen. Wenn wir jetzt aufgeben, werden die Russen uns einfach überrollen und wir sehen niemals Licht am Ende des Tunnels."

Entrüstet holte er tief Luft und ließ ihre Hand los. „Sich öffentlich gegen die regierende Macht zu stellen, ist nie ein guter Schachzug."

„Ach, plötzlich ist es nicht sinnvoll? Aber vor zwei Jahren habt ihr uns dafür verurteilt, dass wir uns nicht öffentlich gegen die Nazis gestellt haben!" Marlene spie die Worte mit einer solchen Wut aus, dass es sich anfühlte, als hätte sie ihm einen Hieb in den Magen gegeben. Einen wohlverdienten Hieb.

„Das ist etwas ganz anderes." Sein Argument war lahm, denn in Wahrheit war nichts anders. Hatte er nicht insgeheim den wenigen Genossen applaudiert, die sich beherzt gegen Gentner gestellt hatten? Hatte er nicht die alten Bolschewiken angefeuert, die in Deutschland illegalen Widerstand geleistet hatten? Und hatte er nicht gehofft, dass ihr unbeugsamer Kampfgeist und ihr unabhängiges Denken frischen Wind in die Partei bringen würden?

Als er nach Deutschland gekommen war, hatte er große Hoffnung in einen individuellen Weg zum Sozialismus gesetzt. Einen Weg, bei dem nicht die gleichen Fehler gemacht wurden wie in Russland und bei dem nicht folgsam alles implementiert wurde, was Stalin sagte. Doch jetzt stand er vor der Frau, die er liebte, und sah all seine Felle davonschwimmen.

Aber er war bereits mehr als ein halbes Leben lang von den stalinistischen Prinzipien und der Parteidisziplin indoktriniert worden, sodass er sich davon nicht befreien konnte. Deshalb log er Marlene an: „Es ist doch nur vorübergehend. Schon bald, wenn das Nachkriegschaos gelöst ist, gibt es mehr Freiheiten für alle."

„Das glaubst du doch selbst nicht", sagte sie, während sie ihren Spaziergang fortsetzten. Nach ein paar Minuten des Schweigens fügte sie hinzu: „Lass uns lieber nicht über Politik reden, einverstanden?"

„Versprochen", antwortete er und hauchte einen Kuss auf ihre Lippen. „Dieser Tag ist viel zu schön, um ihn zu ruinieren. Was möchtest du jetzt unternehmen?"

* * *

Am Abend setzte Werner Marlene zu Hause ab und kehrte in seine Wohnung in Pankow zurück. Sein Mitbewohner und guter Freund Horst begrüßte ihn mit den Worten: „Genosse, du kannst dich glücklich schätzen, dass du nicht mehr für die Universität zuständig bist."

„Wieso das?", fragte Werner so gleichgültig wie möglich, obwohl ihm das Herz in die Hose rutschte.

„Du wirst es nicht glauben. Ich bin mir sicher, dass die Amerikaner hinter all dem stecken, aber die Studentenvertretung hat gerade verkündet, dass sie unsere Ablehnung ihrer Forderungen nicht akzeptieren. Sie wollen dagegen protestieren, dass ihre Fächer von kommunistischer Propaganda beeinflusst werden."

Werner wich die Farbe aus dem Gesicht und er musste sich mit einer Hand gegen die Wand stemmen, um nicht das Gleichgewicht zu verlieren. *Marlene hat kein Wort darüber verloren. Vertraut sie mir etwa nicht?* Der Gedanke versetzte ihm einen Stich ins Herz, aber gleichzeitig musste er ein verbittertes Lachen unterdrücken. Er erzählte ihr auch nie etwas.

„Das ist eine erhebliche Missachtung der Autoritäten. Was passiert jetzt?", fragte Werner so beiläufig wie möglich. Nicht einmal Horst kannte Marlene. Er wusste nur, dass es da ein deutsches Mädchen gab.

„Oh, Mann, Gentner ist vielleicht wütend. Du kennst ihn ja, seine Stimme hätte Stahl schneiden können, so eiskalt war sie. Er sagte wortwörtlich: ‚Wenn Studenten erst einmal glauben, sie kämen mit solch einer Anarchie davon, werden sie, wann immer es ihnen beliebt, streiken.' Die Universität verkäme dann zur Brutstätte für politische Aktivitäten und das sei sicherlich nicht das Ziel dieser renommierten Akademie. Und dann versprach er schwerwiegende Konsequenzen."

„Kritik und Selbstkritik, gefolgt vom Rausschmiss aus der Universität für die Rädelsführer?", fragte Werner. Das war eine häufig verwendete Methode der kommunistischen Partei in der Sowjetunion, um einen Genossen für Provokationen – und zwar meistens nur gedachte, nicht einmal ausgeführte – zu kritisieren und zu bestrafen. Er selbst war das Opfer einiger solcher Sitzungen gewesen, die stundenlang dauern konnten und eine erschütternde Erfahrung waren. Jedes Mal hatte er sich danach wertloser gefühlt als der Schmutz unter seinen Fingernägeln.

„Nein. Gentner meinte, das würde nicht funktionieren, weil die Verantwortlichen keine Kommunisten sind. Sie würden nur hämisch lachen, wenn man sie zu ihren kriminellen Taten befragt.

Proaktive Maßnahmen wären nötig. Etwas Effektiveres, um das Problem ein für alle Mal aus der Welt zu schaffen." Horst senkte die Stimme. „Ich darf es dir eigentlich nicht erzählen, aber eine Liste aller Mitglieder der Studentenvertretung wurde der Markgraf-Polizei ausgehändigt."

Es kostete Werner seine gesamte Selbstbeherrschung, sich seinen Schrecken nicht anmerken zu lassen. So unbeteiligt wie möglich fragte er: „Und wann soll sie zuschlagen?"

„Heute Abend", antwortete Horst, der sich sichtlich unwohl fühlte bei dem Gedanken an die schlimmen Dinge, die bald passieren würden. „Übrigens, hast du schon gehört, dass Gentners Petition, die Demontage der deutschen Industrie zu stoppen, bewilligt wurde? Und dass es eine offizielle Feier geben wird, um den Sowjets für ihre Großzügigkeit und ihre Freundschaft zum deutschen Volk zu danken?"

„Das ist wahrlich ein großartiger Erfolg", sagte Werner, obwohl ihm bei Gentners Stiefelleckerei übel wurde. Freundschaft zur sowjetischen Nation und die Akzeptanz ihrer Rolle als erstes sozialistisches Land war das eine, aber Moskau in den Hintern kriechen? Für das Versprechen, nicht mehr die Industrien zu demontieren, die für den Wiederaufbau Deutschlands notwendig waren? Ein Versprechen, das die Amerikaner und Briten schon vor Monaten gegeben und eingehalten hatten? Er musste unbedingt allein sein, um nachzudenken.

„Es tut mir leid, Horst, ich muss mir noch ein paar Pamphlete für morgen durchlesen", entschuldigte er sich und ging in sein Zimmer. Norbert hatte deutlich gemacht, dass er unter den Studenten nicht den leisesten Hauch unabhängigen Denkens tolerieren würde. Horsts besorgtem Gesichtsausdruck nach zu urteilen, befürchtete er das Schlimmste. Furchtbare Erinnerungen stiegen in ihm auf. War es schon so weit gekommen? Würde die SED in ihrem Drang, alles nachzumachen, auch die düsteren

Zeiten der Großen Säuberung Mitte der Dreißigerjahre wiederholen?

Werner fröstelte. Letztes Jahr während des Wahlkampfes waren unzählige Menschen verschleppt oder verhaftet worden. Aber antifaschistische Studenten zu inhaftieren, war ein weiterer furchtbarer Schritt hinab in die Hölle des Stalinismus.

Hölle des Stalinismus? Mein Gott, was denke ich da? Seine ketzerischen Gedanken verunsicherten ihn. Der Stalinismus mochte seine Fehler haben – über die niemals jemand sprach, aus Angst, nach Sibirien verbannt zu werden. Er war aber noch immer die beste existierende Umsetzung des Marxismus-Leninismus und somit eine gute Sache.

Er tigerte in seinem Zimmer auf und ab und konnte vor Furcht kaum atmen. In Gedanken ging er die Liste der Mitglieder der Studentenvertretung durch, auch wenn er sich nicht der Illusion hingab, auch nur einen von ihnen retten zu können. Julian war der Rädelsführer und lebte im russischen Sektor, weshalb er in jedem Fall verloren war. Lotte war vor Wochen aus der Stundenvertretung ausgetreten, sie sollte also sicher sein. Georg – es lief ihm heiß und kalt den Rücken hinunter. Norbert hatte ihm befohlen, sich mit Georg anzufreunden. Bedeutete das, dass Georgs Verhalten jetzt auf ihn zurückfallen würde? Wahrscheinlich nicht, aber jeglicher Versuch, den jungen Mann vor der Polizei zu schützen, hätte direkte Folgen für Werner.

Sein Magen verkrampfte sich, als er an den ruhigen, rechtschaffenen, ehrlichen jungen Mann dachte und daran, dass er nicht verhindern konnte, was die Polizei mit ihm vorhatte. In diesem Moment fiel ihm ein, dass Georg im amerikanischen Sektor lebte, und Erleichterung machte sich breit. Die Amerikaner duldeten solche Übergriffe auf ihrem Gebiet nicht, darum war Georg vermutlich in Sicherheit.

Doch als er an Marlene dachte, ließ die Furcht ihm das Blut in den Adern gefrieren. Auch wenn sie sich stets im Hintergrund hielt, so war sie dennoch ein Mitglied der Studentenvertretung und lebte außerdem im russischen Sektor. Er konnte nicht zulassen, dass ihr etwas passierte.

Wahnsinnig vor Sorge verfluchte er sich selbst, weil er sich in diese sture Frau verliebt hatte, die einfach nicht wusste, was gut für sie war. Wäre sie in die SED eingetreten, wie er vorgeschlagen hatte, wäre die jetzige Situation gar kein Problem.

Du musst dich beruhigen, es gibt nichts, was du tun kannst. Sie sind nicht hinter ihr her, sie ist nur eine Mitläuferin, versuchte er, sich einzureden. Aber es funktionierte nicht. Eine andere Stimme sagte immer wieder: *Was ist, wenn sie sie mitnehmen? Was ist, wenn sie sie in ein Lager schicken? Nach Sibirien? Könntest du damit leben, dass du nicht einmal versucht hast, sie zu retten?*

Das konnte er nicht.

Er brauchte einen Plan.

KAPITEL 27

Es war fast Abendbrotzeit, als es an der Tür klopfte. Marlene blickte zu ihren Eltern, die aber auch keinen Besuch erwarteten.

„Ich gehe schon“, sagte sie zu ihrem Vater.

Marlene war völlig entgeistert, als Werner mit ernstem Gesichtsausdruck in einem Trenchcoat und mit einer lächerlich wirkenden Baskenmütze vor der Tür stand.

„Was um alles in der Welt“, sagte sie, doch Werner legte den Finger auf die Lippen, damit sie nicht weitersprach.

„Ich muss dringend mit dir sprechen. Sag deinen Eltern, du würdest eine kranke Freundin besuchen“, flüsterte er ihr zu.

Sie verdrehte die Augen, tat aber wie geheißen. „Mutter, Vater, ich werde auf der Krankenstation gebraucht. Ich bin bald zurück“, rief sie ihren Eltern zu und nahm ihren Mantel.

„Was ist los? Was soll diese lächerliche Baskenmütze?“

„Wir gehen in ein französisches Restaurant, Liebling. Mir tut unser Streit von vorhin leid und ich möchte ihn wiedergutmachen.“

Sie warf ihm einen argwöhnischen Blick zu, sagte aber nichts. Bei den mageren Essensrationen lehnte niemand aus falsch verstandenem Stolz eine Einladung zum Abendessen ab; und eine Einladung in ein französisches Restaurant schon gar nicht. Als Werner sie küsste, war sie von ihrer Liebe zu ihm überwältigt und vergaß sein merkwürdiges Verhalten.

Er führte sie in ein Restaurant im französischen Sektor, das für seine gehobene Küche bekannt war. In dem schummrig beleuchteten Raum fühlte sie sich dank der Aufmerksamkeit der zahlreichen Kellner und auch von Werner wie eine Prinzessin. Wenn er wollte, konnte er äußerst charmant, liebevoll und warmherzig sein, aber sie kannte auch seine kalte und distanzierte Seite – wenn er den Menschen sinnlose politische Direktiven aufdrücken musste.

So sehr sie ihn auch liebte, sie wünschte, er könnte sich von der jahrzehntelangen Indoktrinierung befreien und die Methode der Sowjets als das sehen, was sie war: die grausame Unterdrückung der Menschen, um schamlos die Taschen einiger weniger Bonzen zu füllen.

„Möchtest du noch etwas Wein?“, fragte Werner, wobei sein Gesicht ihrem sehr nahekam.

Sie nickte und sog tief seinen Duft ein. Am liebsten wollte sie ihre Hand ausstrecken und ihre Finger über sein glatt rasiertes Gesicht gleiten lassen.

Der Abend verging, er bezahlte die Rechnung und sagte zu ihr: „Komm mit, ich möchte dir etwas zeigen.“

Marlene war leicht beschwipst von der Flasche Wein, die sie sich geteilt hatten, und all der Aufmerksamkeit, die ihr zuteilgeworden war. Draußen war es kühl, aber Werner legte ihr den Arm um die Schultern und seine Nähe wärmte sie.

Sie kamen an ein Hotel unweit des Restaurants und sie konnte es kaum glauben, als er eintrat und auf Französisch zu der Rezeptionistin sagte: „Ein Zimmer auf den Namen Etoile, s'il vous plâit."

„Oui, Monsieur", antwortete sie, wobei ihr Französisch sogar noch schlechter war als Marlenes. „Wir haben ihre Buchung erhalten."

Werner wechselte ins Deutsche. „Vielen Dank, Fräulein. Der Champagner?"

„Ja, Monsieur Etoile, er wurde wie bestellt auf Ihr Zimmer geliefert", sagte die Rezeptionistin. Anscheinend war sie es gewohnt, dass französische Soldaten hier die Nacht mit ihren deutschen Liebchen verbrachten.

Marlene kam aus dem Staunen nicht mehr heraus. Es wurden keine Fragen gestellt, kein Ausweis verlangt. Es war fast so, als wollte der Hotelbesitzer lieber nichts über seine Gäste wissen. Plötzlich schlug ihr das Herz bis zum Hals. Es war vollkommen unangemessen, mit Werner so spät am Abend allein auf einem Hotelzimmer zu sein. Jedes anständige Mädchen wäre auf der Stelle gegangen.

Was sie jedoch nicht tat, denn sie sehnte sich seit Monaten danach, mehr zu tun, als nur hier und da ein paar verstohlene Küsse auszutauschen. Sie sehnte sich danach, mit ihm allein zu sein und ihren Körper an seinen zu pressen, seine Küsse zu schmecken und zu erkunden, wie es war, bei ihm zu liegen. Sobald er die Tür hinter ihnen abgeschlossen hatte, fielen sie einander in die Arme.

„Ich will das seit Monaten, Liebling", sagte Werner, als er ihr Gesicht mit Küssen bedeckte.

„Ich auch", murmelte Marlene, aber all ihre Worte und Gedanken hörten zu existieren auf, sobald seine Hände unter ihre Bluse glitten. Sie kostete die pure Magie der Liebe aus. Es waren keine Worte nötig, um ihre Gefühle auszudrücken – weder die guten und sicherlich nicht die schlechten. Seine Liebkosungen waren das Versprechen einer strahlenden Zukunft, in der sie für immer glücklich miteinander sein konnten.

Ihre erste gemeinsame Nacht war wunderbar. Werner war ein großartiger Liebhaber und sie reagierte voller Leidenschaft auf seine Berührungen. In den frühen Morgenstunden war die Flasche Champagner geleert und das Paar erschöpft. Trunken vor Liebe fiel Marlene in einen tiefen Schlaf.

* * *

Als sie am Morgen aufwachte, stellte sie überrascht fest, dass sie allein im Zimmer war. Sie rollte sich auf Werners Bettseite, aber diese war kalt. Dann fiel ihr Blick auf eine Nachricht auf dem Nachttisch.

Ich habe gemerkt, dass Leidenschaft keine Liebe ist. Es wird zwischen uns nicht funktionieren, wir sind zu verschieden. Bitte versuch nicht mehr, mich zu kontaktieren. Es ist für uns beide das Beste.

Wütend stellte sie sich vor, wie es wäre, ihn zu erwürgen, nachdem sie ihm die Augen ausgekratzt hätte. Das Geld, das er für sie auf dem Nachttisch hinterlassen hatte, erzürnte sie noch mehr und sie fühlte sich auf einmal benutzt und schmutzig. Die wunderbare Erfahrung der vergangenen Nacht löste sich in Luft auf.

„Wie dumm ich doch war. Wie kannst du es wagen, mich so zu behandeln?“, brüllte sie die Wände an, die sich in diskretes Schweigen hüllten.

Der Glockenschlag eines nahen Kirchturms erinnerte sie an die Zeit. Sie sprang auf und zog sich hektisch an, denn ihre Eltern machten sich bestimmt Sorgen und fragten sich, wo sie die ganze Nacht gewesen war. Ihre Eltern!

Nackte Panik machte sich in ihr breit. Wenn ihr Vater herausfand, was sie getan hatte, würde er sie grün und blau prügeln. Sie brauchte ein Alibi, und zwar schnell. Bruni – nein, das würde nicht funktionieren, weil ihr Vater die Sängerin aufgrund ihrer lockeren Moralvorstellungen verabscheute. Doktor Ebert – nein, den wollte sie da nicht mit hineinziehen. Zara – ja, Zara lebte ganz in der Nähe im französischen Sektor und obwohl ihr Vater neuerdings Zaras Vater verabscheute, war sie doch eine akzeptable Leumundszeugin.

Sie bog in dem Moment in Zaras Straße ein, als diese das Haus verließ.

„Hallo, Zara!"

„Hallo, Marlene. Was machst du hier so früh am Morgen?", fragte Zara, als sie einander umarmten.

„Ich muss dich um einen Gefallen bitten. Ich ... kannst du ... für den Fall, dass meine Eltern fragen ..." Marlene spürte, wie ihre Ohren vor Scham rot wurden.

Zara schaute Marlene kurz prüfend an, dann lachte sie. „Ah, du hattest ein geheimes Rendezvous? Lass mich raten ... mit Werner Böhm?"

Marlenes Gesicht begann zu glühen, was ihr Geheimnis sofort preisgab. „Es ist nicht, wie du denkst. Wir haben uns getrennt."

„Das tut mir leid", meinte Zara. „Was soll ich also machen?"

„Nur für den Fall, dass meine Eltern fragen, könntest du ihnen bitte sagen, dass ich bei dir übernachtet habe? Weil es spät war und ich nicht allein nach Hause gehen wollte?"

„Kein Problem. Und falls du reden möchtest."

„Nein danke. Wir haben uns ausgesprochen und uns getrennt. Mehr gibt es dazu nicht zu sagen." Marlene würde nicht einmal ihren besten Freundinnen von der beschämenden Erfahrung dieses Morgens erzählen. Niemand würde es jemals herausfinden und was sie anbelangte, hatte es Werner Böhm nie gegeben. Dieser elende Verräter. Er war es nicht wert, dass sie ihm auch nur eine Minute lang nachweinte.

Als Marlene nach Hause kam, war ihre Mutter in Tränen aufgelöst und ihr Vater raste vor Wut.

„Es tut mir so leid. Es wurde spät und ich habe bei Zara übernachtet“, setzte sie an.

„Zum Glück warst du dort“, sagte ihre Mutter schluchzend. „Gestern Nacht kam deinetwegen die Markgraf-Polizei. Warum, Marlene? Was hast du angestellt?“

„Du musst aus der Studentenvertretung austreten. Ich habe dir erlaubt, zu studieren, aber nicht, dich in die Politik einzumischen“, brüllte ihr Vater.

„Werde ich“, sagte sie halbherzig und drehte sich um, ohne den Tiraden ihres Vaters zuzuhören. Im Moment hatte sie dringendere Probleme. Vollkommen aufgelöst rannte sie zu Georgs Wohnung. Seine Schwester öffnete die Tür und war sichtlich verzweifelt, als Marlene nach ihm fragte.

„Er ist nicht hier. Er bekam gestern Abend einen Anruf, er solle Erich in Kreuzberg besuchen, und ist nicht nach Hause gekommen.“

Mit eisiger Hand umklammerte die Angst Marlenes Herz und ließ ihr das Blut in den Adern gefrieren. „Danke, ich melde mich, wenn ich mehr weiß“, sagte sie zu Georgs Schwester und machte auf dem Absatz kehrt.

Was jetzt? Sollte sie nach Julian schauen? Besser nicht, denn er lebte im sowjetischen Sektor. Die Verschleppungen fanden meist nachts statt, aber sogar am helllichten Tage fühlte sich Marlene dort nicht mehr sicher. Sie beschloss, zu Lotte zu gehen. Vielleicht wusste die etwas.

Als sie ankam, hatte die Buschtrommel schon ihr Übriges getan und Lotte schlang heftig die Arme um sie. „Ein Glück, dir geht es gut.“

„Du hast es schon gehört?“, fragte Marlene.

„Ja, es ist furchtbar. Insgesamt sind letzte Nacht ein Dutzend

Mitglieder der Studentenvertretung verschwunden, die keine SED-Mitglieder sind. Darunter Julian, Georg, Klaus und Sandra", sagte Lotte heiser. „Wir dachten, dich hätten sie auch erwischt."

Marlenes Beine gaben plötzlich unter ihr nach und Lotte führte sie nach drinnen zum Sofa.

„Ich ... ich habe die letzte Nacht bei Zara verbracht, weil es spät geworden war ..." Ihr kam ein Gedanke, aber der war zu absurd, um möglich zu sein.

„Du Glückspilz. Scheinbar hast du einen guten Schutzengel", meinte Lotte und brachte Marlene eine Tasse Tee. „Hier, trink das gegen den Schreck. Du gehst besser nicht nach Hause, zumindest für ein paar Tage, bis sich die Aufregung gelegt hat."

Marlene nickte wie betäubt, wobei ihr Gehirn keinen klaren Gedanken fassen konnte.

„Und geh auch nicht in die Universität. Geh überhaupt nicht in den sowjetischen Sektor." Lotte schaute sie besorgt an. „Du weißt ja, wie die Russen sind. Ein Verdächtiger bekommt von denen niemals eine richtige Verhandlung. Sobald man von der Partei beschuldigt wird, ist man schon schuldig, denn die Partei irrt ja nie. Dann wird nur noch dein Strafmaß festgelegt."

Vollkommen traumatisiert dankte Marlene Lotte für den Rat und fuhr mit dem Bus in den französischen Sektor zu Bruni. Ihre scharfsinnige und gut vernetzte Freundin wusste bestimmt, was zu tun war.

Es war fast Mittag, als sie dort ankam. Sie klingelte Sturm, bis Bruni endlich mit zerzausten Haaren und im Morgenmantel die Tür öffnete.

„Was zum Teufel", knurrte sie, unterbrach sich aber sofort, als sie bemerkte, wie aufgewühlt Marlene war. „Komm rein. Aber ich hoffe, du hast einen guten Grund, mich in aller Herrgottsfrühe zu wecken. Wenn du nur über einen Krach mit deinem Liebhaber reden möchtest, bringe ich dich eigenhändig um."

Schweren Herzens beschloss Marlene, die ganze Wahrheit zu sagen, und erzählte ihr zitternd, was in den vergangenen vierundzwanzig Stunden passiert war.

Wie immer machte sich Bruni schnell ein Bild von den Fakten und setzte die Einzelteile zusammen. „Unglaublich! Böhm muss von den geplanten Festnahmen gewusst haben."

Marlene vermutete das mittlerweile auch, verneinte es aber dennoch: „Nein, das glaube ich nicht. Er ist nicht mehr in der Abteilung für Erziehung."

Bruni wischte das Argument mit einer grazilen Handbewegung beiseite. „Das ist die einzige Erklärung für sein doch recht merkwürdiges Verhalten. Warum sonst sollte er bei euch vor der Tür auftauchen, nachdem er den ganzen Tag mit dir verbracht hat? Und eine französische Baskenmütze tragen, um mit dir in den französischen Sektor gehen? Dich dazu verführen, dort die Nacht mit ihm zu verbringen? Ach, war er eigentlich ein guter Liebhaber?"

„Bruni!", protestierte Marlene. „Das tut überhaupt nichts zur Sache."

„Ich möchte es aber dennoch gerne wissen." Bruni machte ein verträumtes Gesicht. „Ich hatte schon viele Männer, aber niemals einen Deutschen, der nach Moskau emigriert ist. Ich würde zu gerne wissen, wie ein solcher Mann abschneidet. Macht er Liebe wie ein Deutscher oder wie ein Russe?"

„Das werde ich dir gewiss nicht erzählen", brüllte Marlene schon fast. „Angenommen er wusste es, warum hat er es mir dann nicht einfach gesagt? Er hätte mich nicht verführen müssen, nur um mir das Leben zu retten."

„Hörst du dir eigentlich jemals selbst zu?", schalt Bruni. „Du hättest es ihm nicht geglaubt. Du hättest ihm beweisen wollen, dass in Berlin Recht und Ordnung herrschen, und wärst zu Hause geblieben."

Marlene zuckte zusammen, denn ihre Freundin hatte möglicherweise recht – obwohl sie das niemals zugeben würde. Doch anscheinend kannte Werner sie gut genug, um anzunehmen, dass sie nicht auf ihn gehört hätte. „Es war trotzdem nicht richtig, mich hinters Licht zu führen."

„Du bist sauer, weil er dir das Leben gerettet hat?", fragte Bruni und warf ihr blondes Haar über die Schulter.

„Ja, das bin ich. Er liebt mich nicht, sondern er hat nur mit mir geschlafen, um mir das Leben zu retten. Wie fies ist das denn?"

Bruni konnte das Lachen nicht mehr zurückhalten und sagte: „Ich persönlich halte das für einen sehr guten Grund, um mit jemandem zu schlafen." Dann fügte sie mit ernüchtertem Gesichtsausdruck hinzu: „Warum musstest du unbedingt in die Studentenvertretung eintreten? Nein, sag nichts, ich wette, du wurdest dazu gedrängt und konntest nicht Nein sagen."

„Ja, so ungefähr war es. Du kennst mich zu gut", antwortete Marlene niedergeschlagen.

„Du weißt schon, dass du ziemlich tief in der Tinte steckst, oder? Wir müssen sofort zur Militärverwaltung gehen und deinen Namen reinwaschen, du kannst dich schließlich nicht ewig verstecken."

„Nein, kann ich nicht. Aber was, wenn sie noch immer nach mir suchen?", fragte Marlene erschrocken.

„Sei froh, dass du mich hast. Major Dengin schuldet mir einen Gefallen. Aber als Erstes möchte ich, dass du einen Brief schreibst." Sie führte Marlene an den Tisch, gab ihr Papier und Stift und fing an zu diktieren.

Wie versprochen begleitete Bruni Marlene in den russischen Sektor und fragte nach Major Dengin, der sich ihrer unverzüglich annahm.

„Fräulein von Sinnen, es ist immer ein Vergnügen, Sie zu

sehen. Was führt Sie zu mir?", sagte er mit einem fragenden Blick auf Marlene.

„Mein liebster Major, das ist meine Freundin Fräulein Kupfer, die sich ohne eigene Schuld ziemlichen Ärger eingehandelt hat", erklärte Bruni und klimperte mit ihren falschen Wimpern.

„Hm, welche Art von Ärger genau?" Er schaute Marlene von oben bis unten an, sodass sie eine Gänsehaut bekam.

„Ein furchtbares Missverständnis, *Dorogoi*. Meine Freundin hat so ein gutes Herz, sie konnte einfach nicht Nein sagen, als sie vor ein paar Monaten überredet wurde, in die Studentenvertretung einzutreten. Aber sobald sie gehört hatte, welche respektlosen Dinge geplant waren, schrieb sie letzte Woche sofort ihr Rücktrittsgesuch. Sie wollte nämlich an keinerlei Aktivitäten teilhaben, die sich gegen unsere sowjetischen Freunde und Wohltäter richten."

Marlene beobachtete die beiden mit Argusaugen. Der Major schien nicht überzeugt, war der gerissenen Bruni aber nicht gewachsen.

„Schauen Sie sie doch an, Anatoly. Wirkt sie wie eine Unruhestifterin?", sagte Bruni und Marlene setzte ihre unschuldigste Miene auf.

„Ich weiß von den furchtbaren Geschehnissen", sagte er, wobei er unklar ließ, ob er damit die Forderungen der Studenten oder die Verschleppungen der letzten Nacht meinte. „Es wird für mich nicht leicht sein, ihren Namen reinzuwaschen. Das wird sehr viel bürokratischen Aufwand erfordern." Er schaute Bruni erwartungsvoll an und schüttelte dann mit einem traurigen Blick den Kopf. „Und jetzt, da meine Mutter so schwer krank ist."

Bruni verstand seine Forderung sofort und Marlene machte große Augen bei dem gut geprobten Schauspiel, das sich jetzt vor ihr abspielte.

„Ihre arme Mutter! Wie konnte ich das vergessen, Anatoly?

Sie kümmern sich so rührend um sie, obwohl Sie hier in Berlin Tausende Kilometer entfernt sind." Bruni holte eine kleine braune Papiertüte aus der Handtasche und legte sie auf den Tisch. „Nachdem ich von ihrem neuesten Krankheitsschub gehört habe, habe ich das hier für sie organisiert."

Er linste in die Papiertüte, machte große Augen und ließ sie schnell in seiner Uniformtasche verschwinden. Dann nahm er den Telefonhörer und bellte auf Russisch Befehle hinein. Als er seinen Blick wieder auf Bruni richtete, wirkte er zufrieden. „Mein liebstes Fräulein von Sinnen, Ihre Freundin sollte entlastet sein. Aber könnten Sie mir eine Abschrift des Rücktrittsgesuchs überlassen, nur für den Fall?"

„Selbstverständlich, mein lieber Major Dengin." Bruni schenkte ihm ein bezauberndes Lächeln und gab ihm den Brief, den sie und Marlene zuvor aufgesetzt hatten. „Benötigen Sie sonst noch etwas?"

„Falls ja, werde ich zu Ihnen in den Klub kommen", sagte er und verschränkte seine dicken Finger über seinem gewaltigen Bauch. Dann stand der stattliche Mann auf und seine Orden klimperten, als er sie zur Tür brachte. Marlene hatte das Gefühl, sie würde ohnmächtig werden, bevor sie das Gebäude verlassen konnte, und hakte sich schnell bei Bruni ein.

„Ich werde heute Abend wie der Tod höchstpersönlich aussehen, weil du meinen Schönheitsschlaf unterbrochen hast", jammerte Bruni.

„Es tut mir leid. Aber ich bin dir so dankbar."

„Dafür sind Freunde da", sagte Bruni mit einer wegwerfenden Handbewegung. „Halte dich besser eine Zeit lang von allem Ärger fern. Zwar gehe ich jetzt, da der Major die Dinge geregelt hat, nicht von weiteren Problemen aus, aber man kann nie vorsichtig genug sein."

In der Nacht wurde Marlene von Albträumen geplagt und

erwartete, dass es jeden Moment an der Tür klopfen würde, was aber nicht geschah. Am Morgen fühlte sie sich, als wäre sie von einem Panzer überrollt worden, und schleppte sich in die Universität, wo der Betrieb weiterlief, als wäre nichts passiert. Nicht einmal flüsternd erwähnte jemand die grausamen Geschehnisse, aber Marlene kam es so vor, als würden die leeren Stühle der verschleppten Studenten sie anstarren und sie der Feigheit und des Verrats bezichtigen.

Nach der Vorlesung gesellte sich Lotte mit überraschtem Gesichtsausdruck zu ihr. „Du hier?"

„Ich kann mich nicht mein ganzes Leben verstecken", meinte Marlene und erzählte, was Bruni für sie getan hatte.

„Hast du denn keine Angst?" Lotte schloss ihre übergroße Schultertasche, um nach Hause zu gehen.

„Ich habe sogar schreckliche Angst. Letzte Nacht habe ich kaum ein Auge zugemacht, weil ich fürchtete, es würde an der Tür klopfen." Sogar im strahlenden Sonnenschein wurde es Marlene eiskalt, als Bilder von NKWD-Polizisten vor ihrem geistigen Auge auftauchten, die kamen, um sie zu verschleppen.

„Kannst du nicht aus dem sowjetischen Sektor wegziehen, zumindest für eine Weile?", fragte Lotte und riss sie aus ihren Gedanken.

Das war eine verlockende Idee. Denn wenn sie schon bei helllichtem Tage Angst hatte, wie würde es dann erst in der Nacht sein? Und für wie lange? Sie schüttelte den Kopf. „Ich kann aber nirgendwo unterkommen."

Lotte schaute sie mit dem verschmitzten Lächeln an, das nur sie aufsetzen konnte, und sagte: „Zieh bei mir ein."

„Bei dir? Was ist mit deinen Schwestern?"

„Ursula ist gerade ausgezogen, nachdem sie Tom geheiratet hat, und Anna und ihre Familie wird es nicht stören." Lotte schaute sie fragend an und fügte dann noch hinzu: „Und wir könnten jemanden gebrauchen, der uns einen Teil der Miete abnimmt, jetzt, da Ursula nicht mehr bei uns wohnt."

Marlene musste lachen. Ehe sie auch nur darüber nachdachte, wie ihre Eltern wohl reagieren würden, fand sie, dass es zu verlockend war, sich nachts sicher zu fühlen. „Abgemacht."

Vor Freude auf- und abspringend, umarmte Lotte sie. „Lass uns losgehen und sofort deine Sachen holen."

„Hast du Angst, dass ich meine Meinung ändere?"

„Man kann nie sicher sein."

KAPITEL 28

Auch wenn er nicht vollkommen überraschend kam, zitterte Werner dennoch nach dem Anruf, der ihn nach Karlshorst zitierte.

Als der Wagen vor dem Gebäude hielt, stieg er voller Beklemmung aus. Werner war schon viele Male dort gewesen und hatte das Gebäude stets als beeindruckend empfunden, aber heute wirkte es auf ihn dunkel und bedrohlich. Er unterdrückte ein Schaudern und ging hinein, wo man ihm sagte, er solle warten.

Mehrere Minuten später kam ein Soldat. „General Sokolow ist jetzt bereit, Sie zu empfangen."

Sokolow saß an seinem imposanten Schreibtisch und blickte auf den Tisch mit sechs Stühlen, der davorstand. Fünf Stühle waren bereits besetzt: Polizeichef Markgraf, SED-Vorsitzender Gentner, zwei Männer des NKWD und Kurt Lang, Werners Nachfolger in der Abteilung für Kultur und Erziehung. Werner spürte, wie sein Puls zu rasen begann. Die Szenerie versprach ein unschönes Treffen.

Sokolow kam direkt zur Sache: „Ich muss den Genossen

Markgraf, Gentner und Lang für die effiziente und schnelle Lösung eines Problems gratulieren. Hätten wir die irregeleiteten Studenten unbehelligt weiter ihren Unfug treiben lassen, hätte die Situation aus dem Ruder laufen können."

Werner hielt erschrocken die Luft an. Sein Name war nicht genannt worden. Das war ein schlechtes Omen und er konnte schon die ratternden Räder des Zuges in die Verbannung hören.

Nach ein paar weiteren Komplimenten wandte sich Sokolow an Werner. „Sie fragen sich vielleicht, warum ich Genosse Böhm zu unserem Treffen eingeladen habe."

Die sich immer enger ziehende Schlinge um Werners Hals löste sich wieder. Wenn der General ihn *Genosse* nannte, war er nicht in Ungnade gefallen – noch nicht.

„Die ganze Aktion hat einen kleinen Makel, denn wir konnten eine Frau nicht schnappen." Sokolows rotes Alkoholikergesicht wurde dunkellila.

Markgraf zuckte sichtlich zusammen und stand prompt auf. „Genosse Sokolow, unsere Polizei erschien wie geplant bei ihr zu Hause, aber sie war nicht da."

„Das weiß ich bereits! Erzählen Sie mir etwas, das ich nicht weiß!", brüllte Sokolow und verzog die Miene zu einer schmerzverzerrten Grimasse.

Sein Magengeschwür quält ihn wieder. Jetzt wird er uns zur Schnecke machen, bis wir uns genauso vor Schmerzen winden wie er, dachte Werner.

„Ja, Genosse General, natürlich." Markgraf wirkte, als wollte er sich auf den Boden werfen und Sokolow buchstäblich die Stiefel lecken. „Wir haben unverzüglich nach dem Verbleib von Fräulein Kupfer geforscht. Sie wurde gesehen, wie sie am Morgen den französischen Sektor verließ, wo sie die Nacht in einem Hotel mit einem französischen Soldaten namens Etoile verbracht hatte."

„Wurde der Mann befragt?", fragte Sokolow mit wutglitzernden Augen.

Werner duckte sich instinktiv, obwohl der Zorn des Generals nicht ihm galt.

„Genosse General, wir ... die deutsche Polizei darf keine alliierten Soldaten befragen", antwortete Markgraf, dem die Knie zitterten.

Werner schaute zu Norbert, von dem er irgendwie erwartete, er würde Markgraf zu Hilfe eilen, doch er blinzelte nicht einmal. Plötzliche Wut überkam Werner – die ganze Razzia war Norberts Idee gewesen und jetzt ließ er Markgraf dafür bezahlen. Zwar verdiente es der brutale, speichelleckende und machtbesessene Schleimer Markgraf mal so richtig, abgekanzelt zu werden, aber dennoch regte sich Werner über Norberts Verrat auf.

Ihm wurde seine eigene Position in diesem politischen Spiel überdeutlich. Obwohl er ein hochrangiger SED-Funktionär war, war er nicht mehr als eine entbehrliche Schachfigur. Ein falscher Schritt und er würde aus dem Spiel genommen und beiseite geworfen.

Markgraf fuhr fort: „Für Ermittlungen über den Franzosen müsste man einen offiziellen Antrag bei der Kommandantur stellen oder warten, bis er den russischen Sektor betritt, und dann könnten ihre Männer—"

„Stopp! Ihr nutzlosen Deppen! Warum muss ich alles selbst machen, damit es richtig gemacht wird?" Sokolow raste vor Wut.

Es war eine rhetorische Frage, aber der Polizeichef antwortete trotzdem: „Weil wir nicht so weise und weitsichtig sind wie Sie."

Werner wollte sich am liebsten auf seine Schuhe übergeben – oder noch besser auf Sokolows, damit Markgraf sie wieder sauber lecken konnte.

Der Sokolow am nächsten sitzende NKWD-Mitarbeiter flüsterte ihm etwas ins Ohr, woraufhin dieser die Augenbrauen hob und seine Aufmerksamkeit wieder auf Markgraf richtete. „Genosse Markgraf, wir belassen es vorerst dabei."

Werners Knie sackten fast vor Erleichterung zusammen, doch er hatte sich zu früh gefreut.

„Was denken Sie, Genosse Böhm? Ich glaube, Sie kennen Fräulein Kupfer sehr gut", sagte Sokolow plötzlich.

Werner wich die Farbe aus dem Gesicht. War die ganze Konversation im Voraus geplant gewesen, um ihm ein falsches Gefühl von Sicherheit zu vermitteln? Was wussten sie? Und was erwarteten sie, dass er zugeben würde?

Er beschloss, auf Zeit zu spielen und nur das zuzugeben, was sie sowieso schon wussten.

„Ja, Genosse General, ich erinnere mich an sie. Sie war in der Studentenvertretung, hielt sich aber immer im Hintergrund, hat selten etwas gesagt. Ich habe sie nie als politische Aufwieglerin identifiziert. Im Gegensatz zu einigen der anderen Studenten."

„Sie wurden ziemlich häufig mit ihr gesehen", sagte der zweite NKWD-Funktionär.

Werner brach der kalte Schweiß aus und er bekam feuchte Hände, widerstand aber dem Drang, sie an seiner Hose abzuwischen, denn das hätte seinen nervlichen Zustand verraten. Ein unschuldiger Mann hatte keinen Grund, nervös zu sein, also zwang er sich, schnell zu überlegen.

„Genosse, Sie haben recht. Ich traf mich ein paar Mal privat mit ihr, weil ich den Eindruck hatte, sie wäre für sozialistische Ideen offen, wenn sie nicht mit diesen Aufwieglern zusammen war. Ich wollte sie davon überzeugen, der SED beizutreten."

„Und? Haben Sie das?", blaffte Markgraf mit einem hinterhältigen Grinsen, sodass sein gewachster Schnurrbart fröhlich zuckte.

Werner fragte sich, ob er die ganze Zeit überwacht worden war. Hatten sie irgendwie seine sorgsam versteckte Kritik am

Stalinismus mitbekommen? War das seine letzte Chance, zu zeigen, dass er der Parteilinie voll und ganz folgte?

„Ich glaube, das habe ich. Das letzte Mal, als wir uns trafen, war sie ziemlich enthusiastisch und fragte mich, wo das ihrer Wohnung am nächsten gelegene Parteibüro sei." Werner blickte von einem Mann zum anderen und überlegte, wie er sich – und Marlene – aus dieser Sache hinausmanövrieren konnte. „Aber ich fürchte, die unglücklichen Ereignisse könnten sie verschreckt haben. Sie ist keine besonders mutige oder intelligente Frau." Es tat ihm weh, das zu sagen, aber es war zu Marlenes Bestem, wenn sie dachten, sie wäre leicht einzuschüchtern.

Sokolow machte eine abrupte Handbewegung. „Wie dem auch sei. Wir haben die Rädelsführer und sobald wir ihre Geständnisse haben, wird dieser Vorfall nie wieder erwähnt werden. Die Frau ist für uns oder für die Sache nicht wichtig."

KAPITEL 29

Zwei Tage später wurden alle Studenten bis auf drei wieder auf freien Fuß gesetzt. Sie waren übel zugerichtet und hatten in der russischen Gefangenschaft so traumatische Erfahrungen gemacht, dass sie sofort von ihren Posten als Studentenvertreter zurück- und in die SED eintraten.

„Bitte sagt mir, was mit Georg und Julian ist – warum wurden sie nicht freigelassen? Was ist mit ihnen passiert?“, flehte Marlene ihre Kommilitonen an.

„Ich habe keine Ahnung“, lautete die Standardantwort. Sie konnte sehen, dass sie furchtbare Angst hatten und nicht darüber sprechen wollten.

„Du solltest aufhören, Fragen zu stellen“, riet ihr einer. „Die Sowjets machen vor nichts halt, um zu bekommen, was sie wollen. Ich für meinen Teil möchte, dass meine Familie am Leben bleibt.“

Marlene ließ die Schultern sinken. Sie fühlte sich wie ein elender Feigling, wenn sie Georg aufgab, und die Schuldgefühle waren so stark, dass sie den Vorlesungen nicht folgen konnte.

Darum schwänzte sie die Universität und ging stattdessen ins Stadtzentrum, wo sie ziellos durch die Straßen streifte. Den meisten Gebäuden waren noch immer die Zerstörungen des Krieges anzusehen, während man manche – größtenteils Verwaltungsgebäude – bereits wieder aufgebaut hatte. Obwohl die Berliner gewillt waren, zuzupacken und zu arbeiten, gab es nie genug Geld oder Material, um alles Notwendige zu reparieren.

Die Sowjets schickten fast alles, was dringend für den Wiederaufbau benötigt wurde, darunter auch Kohle und Stahl aus dem Ruhrgebiet, nach Russland und ließen die Industrie jeden Tag mehr ausbluten. Eigentlich hatten die westlichen Alliierten den als Reparationen getarnten Raubzügen zumindest in ihren Zonen einen Riegel vorgeschoben, aber oftmals kehrten die Güterwaggons, die mit Reparationswaren nach Polen geschickt wurden, nicht mehr zurück, sondern setzten ihre Reise entweder mit oder ohne ihre wertvolle Fracht Richtung Osten fort.

Verständlicherweise weigerten sich die Briten, zu deren Zone das Ruhrgebiet gehörte, mehr Kohle zu schicken, wenn nicht zuerst die Waggons retourniert wurden. Daraufhin begannen die Sowjets über das Radio einen Propagandakrieg, in dem sie die Imperialisten des Diebstahls und der Lüge bezichtigten. Außerdem rächten sie sich damit, dass sie keine Einfuhr von Waren nach Berlin erlaubten, was das Leben auf dieser Insel inmitten sowjetischen Territoriums ungemein schwer machte.

Marlene war so tief in Gedanken versunken, dass sie nicht bemerkte, wie ein Wagen die Straße entlangraste. Sie wäre beinahe überfahren worden, hätte sie nicht jemand rechtzeitig am Arm gepackt.

„Bist du lebensmüde?“, schalt eine bekannte Stimme.

Wütend drehte sie sich um: „Du! Geh mir verdammt noch mal aus dem Weg!“

Werner schaute verletzt drein, als er antwortete: „Solltest du mir nicht lieber dafür danken, dass ich dir das Leben gerettet habe?"

„Spionierst du mir hinterher?"

„Nein, tue ich nicht. Ich war auf dem Weg in die Universität. Doch obwohl du mich offensichtlich hasst, konnte ich ja schlecht zulassen, dass du überfahren wirst." Werner wirkte besorgt, sogar gequält, und sie fragte sich, ob er die wachsende Spannung in der Stadt ebenfalls spürte. Aber das war nicht mehr ihr Problem, denn er selbst hatte sie aufgefordert, nie wieder mit ihm zu sprechen.

„Mach es dir nicht zur Gewohnheit, mir das Leben zu retten", sagte sie so abschätzig wie möglich.

„Bitte, Marlene, können wir kurz reden?", bat er.

Sie konnte seinem treuen Hundeblick einfach nicht widerstehen. So sehr sie ihn auch verachten wollte, es gelang ihr nicht. Darum nickte sie und folgte ihm in einen nahe gelegenen Park, wo sie niemand belauschen konnte.

„Bitte verzeih mir, aber es war die einzige Möglichkeit, um ..." Er unterbrach sich mitten im Satz und schenkte ihr ein vages Lächeln. „Versteh meine Situation – ich war von meinen Gefühlen so überwältigt, dass ich in Panik geriet. Ich bin schon so lange Junggeselle, dass ich Angst bekam. Aber ich wollte dir niemals wehtun." Sie spürte, dass er log und eine Entschuldigung erfand, um sie zu schützen. Doch sie musste die Wahrheit wissen.

„Wusstest du von den Festnahmen in der Nacht?", fragte sie.

Werner zuckte zusammen. „Von solchen Aktionen erfährt niemand außerhalb der Polizei, außerdem habe ich ja nicht einmal mehr mit der Universität zu tun."

Sie kochte vor Wut, als er mehr schlecht als recht versuchte, sie davon zu überzeugen, dass er nichts gewusst hatte. Ehe sie es verhindern konnte, platzte sie heraus: „Du bist ein elender Feigling. Sei einmal im Leben ein Mann und gib deine Beteiligung wenigstens zu. Und hör auf, diesen kommunistischen Terror zu verteidigen!"

„Ich wollte dich doch nur beschützen, Marlene", beharrte er.

„Warum mich? Warum nicht all die anderen? Findest du, sie haben es verdient, von der Volkspolizei in die Mangel genommen zu werden?" Marlene hatte Mühe, nicht zu brüllen.

Betrübt erklärte er: „Ich habe versucht, sie zu warnen. Du kannst dir nicht vorstellen, wie oft ich Georg gebeten habe, sich nicht gegen die Verwaltung zu stellen."

„Du meinst wohl gegen die Handlanger der Russen?" Mit vor Wut zitternden Händen stand sie schnaufend vor ihm.

„Lass uns bitte keine Wortklauberei betreiben. Du weißt nur zu gut, dass ich auf deiner Seite bin, aber es gibt stärkere Mächte, die weder ich noch sonst jemand beeinflussen kann. Die Studentenvertreter haben meine Warnungen nicht beachtet." Werner wrang seine Hände und der sonst so wortgewandte Mann schien nicht so recht zu wissen, was er sagen sollte. „Sieh mal, wenn Menschen die Regeln übertreten, müssen sie die Konsequenzen für ihr Handeln tragen. Das ist ein allgemeingültiges Prinzip eines jeden funktionierenden demokratischen Staates."

„Wie kannst du die Kommunisten noch immer verteidigen? Sie sind schlimmer als die Nazis." Sie wusste, dass sie besser ihren Mund halten sollte, aber dieses schleimige, doppelzüngige Gerede ärgerte sie über alle Maßen.

„Wenn du das glaubst, musst du leider noch sehr viel lernen", entgegnete Werner achselzuckend. „Zumindest solltest du der sowjetischen Armee dafür danken, dass sie Deutschland von den Nazis befreit und diesem Land wieder Frieden und Stabilität gebracht hat."

„Ich werde diesen kommunistischen Verbrechern, Vergewaltigern und Mördern für gar nichts danken. Und ich werde die

Erste sein, die jubelt, wenn sie endlich Berlin verlassen", sagte sie angewidert. „Und weißt du was? Du trägst dazu bei, dass die Sowjets meine Stadt im Würgegriff halten. Und dafür hasse ich dich!"

Einen Moment lang sah er unendlich traurig aus, doch dann riss er sich wieder zusammen und antwortete: „Ich schätze, das solltest du auch. Ich verdiene deine Zuneigung nicht."

KAPITEL 30

Werner verließ missmutig den Park. Marlene hatte ihn einen elenden Feigling und Handlanger der verbrecherischen Sowjets genannt. Aber das war nicht das Schlimmste. Was ihn am meisten getroffen hatte, war, dass sie recht hatte. In all seinen Jahren in der Sowjetunion hatte er gelernt, stets der Parteilinie zu folgen und niemals einen unabhängigen oder – Gott bewahre – kritischen Gedanken zu äußern.

Er hatte weggeschaut, als seine Eltern den Säuberungen zum Opfer gefallen waren, hatte Stalins Regime verteidigt, als einige seiner besten Freunde aufgrund geäußerter Kritik an der Regierung in Gulags endeten, hatte mit Veteranen des Spanischen Bürgerkriegs und Lenins Kampfgenossen, die bei Stalin in Ungnade gefallen waren, mitgefühlt.

Er seufzte. Es war nichts, worauf er besonders stolz war, aber manchmal musste man für das Allgemeinwohl Opfer bringen. Tragische Einzelschicksale waren unvermeidbar in der Übergangsphase, bis sich eine wahrhaft sozialistische Gemeinschaft entwickelt hätte. Die Schicksale der Studentenvertreter waren solche unvermeidbaren Härtefälle, denn mit ihrer Hetzerei waren sie eine Bedrohung für den Reformprozess des deutschen Volkes.

Am nächsten Morgen stand er deutlich besser gelaunt auf und schaute aus dem Fenster. Der Tag begann vielversprechend und die Sonne bahnte sich bereits einen Weg durch die Wolken. Er hoffte, es würde nicht regnen, denn er hasste den Regen, der alles matschig machte und die Straßen in trügerische Pfützen verwandelte, welche die Schlaglöcher verbargen.

Als er in seinem Büro im Haus der Einheit ankam, machte er sich sofort an die Arbeit. Gegen Mittag riss ihn ein Klopfen an der Tür aus der Konzentration. „Herein!“

Ein uniformierter Russe betrat den Raum. „Genosse Böhm?“

„Ja, wie kann ich Ihnen helfen?“

„Sie werden von General Sokolow in Karlshorst erwartet. Ich soll Sie hinfahren“, sagte der Mann.

Einen Moment lang schwieg Werner verdutzt, bis ihm das Ausmaß dieses Befehls klar wurde. Diese Vorladung zum General kam unerwartet, und das ließ nichts Gutes erahnen. Mit einem flauen Gefühl im Magen fragte sich Werner, was das wohl für ihn bedeuten möge.

„Natürlich“, sagte er, stand auf, nahm Hut und Mantel und folgte dem Russen nach draußen, wo ein schwarzer Wagen wartete. Gerade als sie das Gebäude verließen, setzte prasselnder Regen ein. Die Scheibenwischer bewegten sich wie wild hin und her, aber trotzdem wurden sie den Wassermassen nicht Herr.

Werner blinzelte durch die beschlagene Scheibe. Er war froh, dass er nicht am Steuer saß und versuchen musste, auf der Straße zu bleiben, die vom plötzlichen sintflutartigen Regen vollkommen überschwemmt war. Langsam dahinkriechend polterten sie durch jedes Schlagloch und Werner widerstand nur schwer dem Drang, den russischen Soldaten nach dem Grund für dieses Treffen zu fragen. Aber er hätte ihn vermutlich sowieso nicht gekannt.

Schließlich hielt der Wagen vor dem beeindruckenden SMAD-Hauptquartier. Obwohl er seit Langem gewohnt war, nicht zu erfahren, was vor sich ging, schlug sein Herz bis zum Hals.

Anscheinend hatte die Delegation ausschließlich auf ihn gewartet, denn in dem Moment, in dem der Wagen anhielt, öffneten sich die Türen und Paul Markgraf sowie ein NKWD-Offizier zwängten sich auf die Rückbank.

„Genosse Böhm", begrüßte der Polizeichef ihn.

Werner entfuhr ein kurzer Seufzer. Solange sie ihn noch Genosse nannten, konnten die Dinge nicht so schlimm stehen. Obwohl er es besser wusste, fragte er: „Wohin fahren wir, Genosse Markgraf?"

„Das siehst du, wenn wir da sind", lachte Paul Markgraf und fing an, über den fürchterlichen Regen zu schimpfen. Das Wetter war ein unverfängliches Thema, also fiel Werner mit ein, achtete aber peinlichst genau darauf, hier und da fallen zu lassen, wie viel lieber er das Wetter in Moskau als das in Berlin mochte. Der NKWD-Offizier sprach kein einziges Wort, doch Werner war sich sicher, dass er Deutsch recht gut verstand.

Nach einer rund einstündigen Fahrt hielten sie an. Als Werner ausstieg, sah er, dass mit ihrem insgesamt vier Autos dort standen. Aus einem stieg General Sokolow in Begleitung seines Stellvertreters aus – und Norbert.

Respektvoll grüßte Werner in ihre Richtung, aber niemand beachtete ihn. Das bunkerähnliche graue Gebäude am Waldrand stellte sich als ehemaliges Gestapogefängnis heraus, das sich der NKWD unter den Nagel gerissen hatte und von dieser Organisation nun für die gleichen Abscheulichkeiten verwendet wurde.

Das Einzige, was sich geändert hatte, war die zugrundeliegende Ideologie.

Er selbst war noch nie zuvor in einer solchen Einrichtung gewesen, hatte aber die in allen Einzelheiten erzählten Geschichten über die Gräueltaten von Hitlers Schergen gehört. Es gab auch geflüsterte Gerüchte über ähnliche Verbrechen, die an den unglücklichen Menschen im Gewahrsam des NKWD verübt wurden. Mit Beinen wie aus Wackelpudding betrat er die Betonfestung.

Sie durchquerten ein Labyrinth aus Gängen, ehe sie einen großen, hell erleuchteten Raum betraten, in dem sich alle möglichen Instrumente befanden, die dazu dienten, einem Verdächtigen ein Geständnis zu entlocken. Werner erblickte einen Mann, der mit hinter dem Rücken zusammengebundenen Händen an einer Kette von der Decke baumelte. Als der Kopf des Mannes herumschwang, erkannte er Georg.

Erschrocken hielt Werner die Luft an. Noch nie zuvor hatte er etwas so Schreckliches gesehen. Die Galle kam ihm hoch und er würgte sie mühevoll wieder hinunter. *Warum bin ich hier?* Er wollte aus dem Raum fliehen und seinen Horror in die Welt hinausschreien, doch genau das konnte er nicht tun. Vor seinem inneren Auge erschien Marlenes Gesicht und ihr Urteil über ihn hämmerte in seinem Kopf. *Feigling! Verbrecher! Monster!* Instinktiv zog er den Kopf ein, als ob er ihren Schlag ins Gesicht erwartete.

„Ist nichts für deinen Magen, diese Sache hier, hm, Werner? Wir müssen dich wohl etwas abhärten“, sagte Markgraf und gab ihm ein Zeichen mitzukommen. Noch nie war Werner dankbarer für einen Befehl.

Draußen stand General Sokolow und rauchte. Geschockt strauchelte Werner fast, als der General ihn direkt ansprach:

„Genosse Böhm. Sie fragen sich wahrscheinlich, warum Sie hier sind.“

„Ja, Genosse General.“

„Der Grund ist, dass Genosse Gentner mich darüber informiert hat, dass Sie mit Georg Tauber befreundet sind“, sagte Sokolow wie beiläufig.

Werners Herz setzte kurz aus. Das war es. Er würde für seine Freundschaft zu einem Dissidenten bestraft werden. Schnell setzte er zur Erklärung an: „Genosse General, ich habe mich mit diesem Verbrecher angefreundet, weil ich dazu den Befehl von—“

Sokolow schnitt ihm mit einer Handbewegung das Wort ab. „Ich weiß, ich weiß. Von allen verhörten Studenten haben nur diese beiden, Georg Tauber und Julian Berger, sich geweigert, ihre abscheulichen Verbrechen zu gestehen. Wir möchten dieses unschöne Kapitel abschließen und uns Wichtigerem zuwenden. Aber wir brauchen ein Geständnis sowie einen öffentlichen Widerruf ihrer unverschämten Forderungen. Und hier kommen Sie ins Spiel. Bringen Sie die beiden zur Vernunft, appellieren Sie an ihre Vaterlandsliebe, bestechen Sie sie oder was auch immer, aber sorgen Sie dafür, dass sie den Widerruf unterzeichnen.“

„Ja, Genosse General“, antwortete Werner, fragte sich allerdings insgeheim, wie er das schaffen sollte, was nicht einmal den Schergen des NKWD gelungen war. Glaubte Sokolow tatsächlich, dass ein paar gesäuselte, nette Worte die Meinung eines Menschen ändern konnten, der tagelang der Folter standgehalten hatte?

Werner war speiübel, als er wieder das Verhörzimmer betrat. Erleichtert stellte er fest, dass die Folterknechte den Raum verlassen hatten und er mit Georg allein war. Er ging zu dem jungen Mann, der aussah, als würde er schlafen.

„Georg“, sagte er und wartete, bis dieser ein stark geschwollenes Auge halbwegs öffnete. „Ich bin's, Werner.“

„Du?“, war alles, was Georg sagte.

„Es tut mir so leid, ich hatte keine Ahnung“, sagte Werner mehr zu sich selbst als zu Georg. Er wusste, dass sie durch den Einwegspiegel an der Wand beobachtet und auch abgehört wurden, weshalb er seine Worte mit Bedacht wählte. „Man hat mich verständigt, um dich zur Vernunft zu bringen. Bitte, du musst gestehen und die Forderungen widerrufen, damit du hier wieder rauskommst.“

„Niemals“, krächzte Georg.

„Bitte. Rette dich und deine Familie. Ich verspreche dir, dass du noch heute diesen Raum als freier Mann verlassen kannst, aber du musst gestehen. Mach es nicht noch schlimmer, als es bereits ist“, flehte Werner den tapferen Georg an, während er sich selbst gleichzeitig dafür verabscheute, so ein Schwächling zu sein, der diese barbarische Behandlung durch sein eigenes Verhalten billigte.

Plötzlich hatte er das Gefühl, er hätte den letzten Funken Menschlichkeit verloren. Er war zu einem Monster geworden, das genauso verabscheuungswürdig war wie die Folterknechte vor der Tür.

„Spar dir deine Worte. Niemals werde ich die Wahrheit verleugnen oder meinen Kampf für die Freiheit aufgeben. Ich war drei Jahre im KZ – ich werde nicht vor den vermaledeiten Kommunisten kapitulieren“, spie Georg aus. Für diese Worte hatte er all seine Energie aufgebraucht und sein Kinn fiel ihm auf die Brust.

Werner konnte nicht zusehen, wie sich sein früherer Freund sein eigenes Grab schaufelte, und versuchte es erneut. Mit gedämpfter Stimme sagte er: „Du musst deine Überzeugungen nicht aufgeben.

Sag ihnen einfach, was sie hören wollen, damit sie dich freilassen. Denk auch an deine Familie. Glaubst du, dass sie ungeschoren davonkommen, wenn du dich weiterhin gegen das System stellst?"

„Vielleicht verstehst du es nicht, aber im Gegensatz zu dir verkaufe ich meine Seele nicht. Und jetzt hau ab!" Georg schloss die Augen und drehte seinen Kopf weg.

Werner verließ den Raum. Vor der Tür traf er auf die sowjetischen Offiziere und Markgraf. „Es tut mir leid, ich konnte nichts ausrichten. Dieser Mann widersetzt sich hartnäckig jeder Vernunft und Einsicht, nur um an seinen kriminellen Überzeugungen festzuhalten."

General Sokolow ballte die Hände zur Faust und brüllte mehrere russische Schimpfwörter, bevor er seinen Männern befahl: „Es gibt hier nichts mehr für uns zu tun. Macht den Verrätern den Prozess und verurteilt sie zu fünfundzwanzig Jahren harter Arbeit wegen Spionage und böswilliger Propaganda gegen das sowjetische Volk und seine Institutionen. Und Sie", wandte er sich an Werner, „kommen mit mir."

Werners Knie zitterten heftig, aber er schaffte es irgendwie, dem General in einen anderen Raum zu folgen, wo man ihm Papier und Stift reichte.

„Schreiben Sie im Namen dieser zwei Verbrecher ein Geständnis und widerrufen Sie alle diffamierenden Behauptungen", befahl ihm Sokolow.

Es dauerte einen Moment, bis Werner begriff, was da von ihm verlangt wurde. Von Angst und Selbsthass betäubt setzte er sich und schrieb ein umfassendes Geständnis, das jeder noch so gründlichen Überprüfung durch einen Politoffizier standhalten würde. Als er fertig war, reichte er einem NKWD-Offizier zwei Blatt Papier, eines in Georgs und eines in Julians Namen. Dieser versicherte ihm, er würde sich um den Rest kümmern, insbesondere um die Fälschung der Unterschriften unter den Aussagen, und entließ ihn.

Werner stieg in den Wagen und kehrte von sich selbst angewidert nach Berlin zurück. Georg und Marlene hatten recht, er war ein erbärmliches Exemplar Mensch. Scham überkam ihm, als er an Georgs ungebrochene Überzeugung dachte.

KAPITEL 31

Als Marlene und Lotte nach den Vorlesungen nach Hause kamen, saß Zara auf der Türschwelle und wartete auf sie. Ihre Haare waren zerzaust und ihre Wangen vor Aufregung gerötet.

„Was ist los?“, fragte Marlene.

„Nichts“, antwortete Zara, aber ein Blick in ihre angsterfüllten Augen genügte, um Marlene wissen zu lassen, dass etwas ganz und gar nicht stimmte.

„Komm mit rein, ich mache uns Tee“, bot Lotte an.

Sobald die drei am Küchentisch saßen und eine Tasse Tee in den Händen hielten, entlockte Marlene Zara den Grund für ihren Kummer. Sie war von russischen Soldaten bedrängt worden, als sie das Restaurant im französischen Sektor verlassen hatte, in dem sie arbeitete.

„Zum Glück haben ein paar Franzosen meine Schreie gehört und sind eingeschritten“, sagte Zara kläglich. „Wenn ich schon in den Westsektoren nicht in Sicherheit bin, wo bin ich dann überhaupt vor diesen Bestien sicher?“

„Nicht in Berlin“, sagte Lotte und ihre Freundinnen starrten sie an.

„Willst du damit sagen, dass Zara nach Westdeutschland ziehen soll?“, fragte Marlene ungläubig.

„Da wäre sie vor den Russen in Sicherheit, weil die nicht so einfach in die anderen Zonen reisen dürfen.“ Lotte nahm noch einen Schluck aus ihrer Tasse.

„Aber wie soll ich das machen? Es ist ja schließlich nicht so, dass man einfach dahin ziehen kann, wo man gerade möchte“, meinte Zara seufzend. „Ich bräuchte eine Genehmigung und Arbeit. Ich kenne nicht einmal jemanden im Westen.“

„Ich kann mich mal umhören“, bot Lotte an. „Meine Schwester arbeitet im amerikanischen Krankenhaus und hat dort einige Freunde.“

Erneut war Marlene dankbar, dass sie nach jener schicksalhaften Nacht aus dem sowjetischen Sektor weggezogen war. Bei der Vorstellung, was ihr hätte zustoßen können, wurde sie noch immer von Angst geschüttelt. Zwar war sie weiterhin wütend auf Werner, weil er ihr das Herz gebrochen hatte, doch dankte sie ihm insgeheim dafür, sie vor Unheil bewahrt zu haben und wünschte sich, sie könnte ihn eines Tages unter anderen Umständen wiedertreffen.

Aber bislang sah es nicht danach aus, als würden die politischen Begebenheiten aufhören, das Leben in Berlin zu beeinflussen. Vielleicht sollte sie auch in den Westen ziehen? Doch im nächsten Moment schüttelte es sie bei der Vorstellung. Berlin war ihre Heimat. Sie hatte noch nie woanders gelebt und konnte sich nicht vorstellen, die Stadt zu verlassen, die sie so sehr liebte.

Scheuklappen aufsetzen und den Kopf gesenkt halten, das war der beste Weg, um die aktuellen Spannungen zu überstehen. Sie und die anderen Deutschen waren sowieso nur Schachfiguren im Spiel um ihre eigene Zukunft.

Ein paar Tage später lauschten sie und Lotte dem sowjetisch kontrollierten Berliner Rundfunk und ihr fiel die volle Teetasse aus der Hand, als der Radiosprecher eine wichtige Mitteilung des kürzlich benannten neuen Chefredakteurs, Werner Böhm, ankündigte.

Die heiße Flüssigkeit ergoss sich über den Küchentisch und tropfte auf den Boden, obwohl Lotte schnell einen Lappen holte, um sie aufzuwischen. Marlene selbst saß wie erstarrt am Tisch und lauschte gebannt Werners Stimme, als er ankündigte: „In der Sache der illegalen und radikalen Proteste einiger Studenten gegen das Wohlergehen der Arbeiterschaft haben die beiden Hauptverantwortlichen Georg Tauber und Julian Berger ihre Verbrechen gestanden und die von ihnen verbreitete hasserfüllte imperialistische Propaganda widerrufen."

Marlene klebte förmlich am Radio, während vor ihrem geistigen Auge Werners Gesicht erschien. Voller Entsetzen hörte sie zu, wie er zuerst Julians und dann Georgs Geständnis vorlas.

„Das kann nicht wahr sein!", schrie sie. „Georg würde so etwas niemals sagen."

Lotte legte beruhigend den Arm um sie. „Vielleicht hat er es getan, um sich oder seine Familie zu retten. Du weißt ja, was die anderen gesagt haben."

„Nein, nein und nochmals nein." Marlene sackte in sich zusammen und stützte den Kopf auf die Unterarme.

„... diese beiden Parasiten haben keinen Platz in unserem demokratischen Staat und wurden für ihre abscheulichen Verbrechen gegen die Volksgemeinschaft zu fünfundzwanzig Jahren harter Arbeit verurteilt."

„Nein!", brüllte sie mit aller Kraft und sprang vom Tisch auf, bereit, aus der Wohnung zu stürmen und es mit der Welt aufzunehmen.

Lotte stellte sich ihr in den Weg und sagte: „Du musst dich

beruhigen. Du kannst nichts tun. Oder möchtest du den beiden in Sibirien Gesellschaft leisten?"

Verzweifelt ließ sich Marlene wieder auf den Stuhl fallen. „Ich gehe nicht mehr in die Universität zurück. Ich höre auf", murmelte sie.

„Sei nicht unvernünftig, du kannst jetzt nicht aufgeben." Lotte goss ihr noch etwas Tee ein.

„Unvernünftig? Ich? Diese russischen Verbrecher sind es doch, die unvernünftig sind! Ich werde nie wieder einen Fuß in diesen hundsmiserablen Ort setzen", sagte Marlene bitter.

„Wenn du aufgibst, haben die Russen gewonnen", entgegnete Lotte. „Ihnen ist es egal, ob du weiterstudierst oder nicht. Das macht für sie keinen Unterschied. Die einzige Person, der du schadest, wenn du dein Studium aufgibst, bist du selbst."

„Ich weiß, dass du recht hast, aber wie soll ich weitermachen, als wäre nichts geschehen? Oh Gott, es muss doch etwas geben, was ich tun kann, um Georg und Julian zu helfen." Marlene hielt sich den Kopf, denn sie hatte das Gefühl, als würde er gleich explodieren.

„Vielleicht ist es das Einzige, weiter zu studieren, damit wir eines Tages Anwälte werden und anderen helfen können, die zu Unrecht inhaftiert werden." Lotte sah genauso verzweifelt aus, wie Marlene sich fühlte. Einen Moment lang saßen sie schweigend da, bis Lotte sagte: „Weißt du was? Lass uns einen Einkaufsbummel machen!"

„Einen Einkaufsbummel?" Marlene schaute ihre Freundin entgeistert an und war sich sicher, dass sie vollkommen den Verstand verloren hatte. Fast zwei Jahre nach Kriegsende gab es in den Regalen außer Lebensmitteln und dem Allernötigsten rein gar nichts, was einen Schaufensterbummel begehrenswert erscheinen ließ.

„Ja. Lass uns auf den Schwarzmarkt gehen." Lotte hatte ein

breites Grinsen auf dem Gesicht und freute sich bereits auf einen Ausflug zum Tiergarten im britischen Sektor.

Natürlich wusste Marlene von der Existenz des Schwarzmarkts und dass verzweifelte Deutsche alles zu Geld machten, was sie nicht zum Überleben brauchten, wie elegante Kleidung, Schmuck, Silber, Gemälde oder Kinderspielzeug. Die Käufer waren größtenteils Soldaten der Alliierten oder Leute, die für sie arbeiteten. Man konnte allerdings auch Armeewaren wie Uhren, Kleidung oder Essensrationen erstehen, die heimlich von denen verkauft wurden, die einen Tauschhandel zwischen Besatzern und Besetzten betrieben.

Aus Angst, erwischt zu werden, war Marlene noch nie dort gewesen. Es war allgemein bekannt, dass die Briten häufig Razzien machten, auch wenn der Schwarzmarkt nie vollständig geschlossen werden konnte. Es gab Gerüchte, dass sie einmal einen russischen General beim illegalen Handel erwischt hatten, aber natürlich kamen Angehörige der Siegermächte im Gegensatz zu den Deutschen für so ein Verbrechen niemals ins Gefängnis.

Vielleicht würde der Nervenkitzel, den verbotenen Markt zu besuchen, sie von ihren Gedanken an Georgs furchtbares Schicksal ablenken.

„Einverstanden, lass uns gehen“, sagte Marlene und holte ihren Hut und Mantel.

KAPITEL 32

Werner verließ den Radiosender, nachdem er dort die zwei jungen Männer öffentlich verdammt und ihre gefälschten Geständnisse vorgelesen hatte, die er selbst geschrieben hatte.

Das Wort „angewidert" konnte nur annähernd beschreiben, wie er sich fühlte. Zwar hatte er die beiden nicht persönlich gefoltert, aber er war ein bereitwilliges Instrument für jene gewesen, die den Sozialismus nicht ohne Gewalt verteidigen konnten. Er zog die Schultern hoch und krümmte sich, denn die nagenden Schmerzen in seinem Bauch wurden von Tag zu Tag schlimmer.

Politische Bauchschmerzen nannten das diejenigen, die der Ansicht waren, das Land sei wichtiger als die Partei und nicht andersherum. Er machte ein abschätziges Geräusch. Hier ging es schon lange nicht mehr um Partei oder Land, sondern um menschlichen Anstand.

Julian und Georg waren gute Menschen, nicht die abartigen Verräter, als die sie dargestellt wurden. Beide hatten sich damals den Nazis widersetzt, genauso wie jetzt der Unterdrückung durch die Sowjets. Und die sogenannten Kommunisten folgten dem Vorbild der Nazis und schickten sie ins KZ. Pardon, Gulag.

Georg hätte ihn ans Messer liefern können. Er hätte verraten können, dass Werner damals dabei gewesen war, als die Amerikaner die russischen Soldaten erschossen, die versucht hatten, eine junge Frau zu vergewaltigen. Aber sogar unter der Folter hatte Georg nichts ausgeplaudert. Werner bewunderte und beneidete ihn für seinen aufrechten Charakter, denn Georg hatte Folter und Tod dem Verlust seiner Integrität vorgezogen.

Er erkannte die Theorien von Marx und Lenin nicht mehr wieder. Diese großen Denker hatten immer nach einer besseren, gerechteren Welt für die unterdrückten Arbeiter und Bauern gestrebt. Aber Stalin hatte das kommunistische Ideal verdreht und es in ein Werkzeug des Terrors, der Ungleichheit und der Ungerechtigkeit verwandelt. Ein einziger kritischer Gedanke konnte zu Verhaftung, Gefängnis oder sogar zum Tod führen.

Plötzlich fiel es ihm wie Schuppen von den Augen, dass der Stalinismus genau das war, was George Orwell in seinem vor zwei Jahren veröffentlichten Buch „Farm der Tiere“ geschrieben hatte. Auch wenn in dem kritischen Buch die Sowjetunion oder Stalin nie erwähnt wurden, stand es in der sowjetisch besetzten Zone seit dem Erscheinungstag auf dem Index der verbotenen Bücher. Hier in Berlin jedoch hatte Werner eine Ausgabe in einer britischen Buchhandlung gefunden.

Herrschaft der Schweine, wie passend. Dann bin ich wohl einer der brutalen und erbarmungslosen Hunde, die die anderen Tiere im Zaum halten. Der Gedanke versetzte ihm einen Stich ins Herz. Marlene hatte ihn ein Biest genannt, das seine Seele dem Teufel verkauft hatte.

Er konnte nicht länger mit Blut an seinen Händen leben, nicht weiterhin ein Handlanger der Russen sein.

Er konnte es einfach nicht mehr.

Doch was sollte er unternehmen?

In den nächsten Wochen verrichtete er seine tägliche Arbeit wie eine Maschine. Nichts bereitete ihm mehr Spaß und er hatte ständig Angst vor den Konsequenzen seines Handelns. Tausendmal verspürte er den Drang, jemandem von seinen politischen Bauchschmerzen zu erzählen, äußerte aber niemals mehr als ein paar vorsichtige Anspielungen.

Er wusste, dass es noch andere Menschen geben musste, die ähnlich dachten, doch sie alle versteckten, genau wie er, vorsichtig ihre wahren Gefühle.

Eines Tages war er bei Norbert zu einem gesellschaftlichen Anlass eingeladen und nutzte die Gelegenheit, ihm gegenüber seine Bedenken anzudeuten.

„Findest du nicht, die Deutschen sollten die Vorzüge der kommunistischen Ideologie ohne Zwang erfahren können? Glaubst du nicht, dass unsere Denkweise dann besser bei ihnen ankäme?“, fragte er.

Norbert zog die Augenbrauen hoch. „Das sind die Worte eines sehr naiven Menschen. Du solltest es mittlerweile wirklich besser wissen.“

Werner wusste, dass er besser nichts mehr sagen sollte, setzte aber erneut an. „Ich mache mir nur Sorgen um die Zukunft. Aus unerfindlichen Gründen haben die Berliner im letzten Oktober für die Imperialisten gestimmt und seitdem ist die antisowjetische Stimmung nur noch gravierender geworden. Was passiert bei den nächsten Wahlen? Hast du nicht die Befürchtung, dass sie uns komplett ausradieren werden?“

„Wir ergreifen bereits Vorsichtsmaßnahmen“, erklärte Norbert. „Die SED wird keine Wahl mehr verlieren. Du vergisst deine Zweifel besser schnell und kommst in der realen Welt an.“ Und mit warnendem Unterton fügte er hinzu: „Du willst ja nicht deine Karriere riskieren, weil du etwas Dummes sagst.“

„Nein, natürlich nicht." Instinktiv stellte sich Werner aufrechter hin, um dem SED-Generalsekretär zu zeigen, dass er keine abweichlerischen Gedanken hegte.

Ein paar Tage später nahm er an den offiziellen Feierlichkeiten anlässlich des zweiten Jahrestages der deutschen Kapitulation im SMAD-Hauptquartier in Karlshorst teil. Der große Ballsaal mit seiner fünf Meter hohen Decke war mit den Flaggen der vier Besatzungsmächte geschmückt und auf langen Tischen mit dunkelgrünen Tischdecken stand feinstes Porzellan und Kristall für ein beeindruckendes Staatsbankett.

Der Gastgeber, General Sokolow, hatte weder Kosten noch Mühen gescheut, um seinen Gästen der anderen Siegermächte die exquisitesten Köstlichkeiten aufzutischen. Krimsekt, Kaviar, Borschtsch, Soljanka, Piroggen, Pelmeni und Boeuf Stroganoff waren nur ein paar der angebotenen russischen Spezialitäten.

Während des Sechs-Gänge-Menüs hielten sowjetische Würdenträger eine Ruhmesrede nach der anderen und lobten, wie die Rote Armee quasi im Alleingang den Zweiten Weltkrieg gewonnen und Europa aus dem Würgegriff der Nazis befreit hatte.

Werner fand es den westlichen Alliierten gegenüber respektlos, denn dass sie auch ihren Teil dazu beigetragen hatten, die Nazis zu besiegen, wurde in den Reden mit keinem Wort erwähnt. Sein Blick fiel auf den amerikanischen Kommandanten Dean Harris, der vor Kurzem zum Brigadegeneral befördert worden war, und er beobachtete, wie sehr sich Harris zusammenreißen musste, um gute Miene zum bösen Spiel zu machen.

Schlussendlich erhob sich General Sokolow zu seiner Rede, in der er die Tugenden von Mütterchen Russland und ihren mutigen Soldaten lobte. Seine Lügenmärchen gingen schier endlos und wurden vom frenetischen Applaus der Russen sowie höflichem Klatschen der anderen Alliierten begleitet. Doch

Werner ließ sich nicht täuschen. Er sah die Geringschätzung in den Gesichtern der Franzosen, Briten und Amerikaner im Saal, als Sokolow eine Litanei darüber begann, wie viel Gutes die Sowjetunion für Berlin getan hatte.

Aus ersichtlichen Gründen erwähnte er nicht, wie die Stadt geplündert worden war, um die Kriegsreparationen zu zahlen, wogegen er natürlich den enormen Undank der Deutschen betonte, die anscheinend die Vorzüge des Kommunismus nicht verstanden.

Nach dem Essen mischte sich Werner unter die anderen Anwesenden, wobei er stets darauf achtete, nicht zu freundlich zu den Ausländern zu sein und niemals etwas zu loben, was sie sagten oder taten. Er hörte kurz einer Diskussion zwischen Harris und Sokolow zu und fand, dass der amerikanische Kommandant unglaublich zurückhaltend und geduldig war, sogar angesichts der hanebüchenen Beschuldigungen durch den Russen.

Werner erinnerte sich daran, wie diese Parteien einst den Geist der Einheit ausgestrahlt hatten statt Misstrauen und Verachtung dem anderen gegenüber, wie es jetzt der Fall war. Noch vor zwei Jahren hatten alle voller Zuversicht in die Zukunft geblickt, während sich nun zwei Systeme als unerbittliche Feinde gegenüberstanden.

Doch was ihm während des Banketts am stärksten auffiel, war, dass Verachtung, Unnachgiebigkeit und sture Beharrlichkeit auf der eigenen Meinung zum größten Teil von der sowjetischen Seite kamen, während die Amerikaner nicht die Unmenschen waren, als die sie von der Propaganda dargestellt wurden.

Weit nach Mitternacht kehrte er nach Hause zurück, konnte aber die ganze Nacht lang nicht schlafen, weil in seinem Kopf die Gedanken schwirrten. In den frühen Morgenstunden traf er eine folgenschwere Entscheidung. Schwindelig vor Aufregung und Entschlossenheit stand er auf, lange bevor seine russischen Vorgesetzten aufwachen würden, und fuhr mit den öffentlichen Verkehrsmitteln zum Büro von Dean Harris.

KAPITEL 33

Brunis Lächeln war noch betörender als sonst. Das Café de Paris hatte – mithilfe einiger ihrer Bewunderer – eine Überraschungsfeier für seinen Star organisiert. Der Ort wimmelte von französischen, britischen und amerikanischen Soldaten und ihren deutschen Liebchen.

Marlene fühlte sich klein und unbedeutend, als sie ihrer Freundin gratulierte, die in einer lila schillernden Robe mit dazu passenden hochhackigen Schuhen atemberaubend aussah.

„Alles Gute zum Geburtstag, Bruni."

„Vielen Dank, dass du gekommen bist." Bruni grinste von einem Ohr zum anderen. „Ist das nicht eine wunderbare Überraschung?"

„Ja, ist es", sagte Zara, als sie an der Reihe war, dem Geburtstagskind zu gratulieren.

Lotte war auch eingeladen und betrachtete die opulente Umgebung mit großen Augen. Sie flüsterte Marlene ins Ohr: „Ich hatte keine Ahnung, dass es solche Dinge noch in Berlin gibt."

Marlene nickte. Sie hatte sich mittlerweile an die Zweiklassengesellschaft gewöhnt, in der die alliierten Soldaten in Saus und Braus lebten, während die deutsche Bevölkerung kaum über die Runden kam. Das war der Preis, den sie für Hitlers Größenwahn zahlen mussten. Doch irgendetwas an der heutigen Feier war anders als an üblichen Abenden im Café de Paris.

Sie brauchte eine Weile, bis sie den Grund dafür entdeckte: Es waren keine Russen dabei. Wenn man bedachte, dass Bruni immer zu allen Besatzern beste Beziehungen unterhalten hatte, war dies ein eindeutiger Hinweis darauf, dass die öffentlich dargestellte Einheit der vier Siegermächte mehr als brüchig war.

Marlene fragte sich, was die Zukunft wohl für ihre Stadt bereithielt, wenn die Alliierte Kommandantur zu zerstritten war, um die notwendigen einstimmigen Entscheidungen zu treffen. Würden sie die Verwaltung den Deutschen überlassen? Oder würden sie beschließen, die ganze Stadt der Sowjetunion zu geben, im Tausch gegen Regionen nahe der innerdeutschen Grenze? Es schauderte ihr beim Gedanken daran, dass Berlin Teil der sowjetisch besetzten Zone werden könnte.

Obwohl sie sich geschworen hatte, Werner zu vergessen, musste sie an ihn denken und daran, was er wohl jetzt gerade tat. Sie zuckte mit den Schultern. Einst hatte sie ihn für einen anständigen, rücksichtsvollen Mann gehalten und starke Gefühle für ihn gehabt. Doch nach seiner kürzlichen Radioübertragung, bei der er die Geständnisse vorgelesen hatte, hatte sie den letzten Funken Respekt vor ihm verloren. Tief im Inneren war ihr bewusst, dass die Geständnisse gefälscht sein mussten.

Werner war ein rückgratloser Judas, der nur an sich selbst und seiner Karriere interessiert war. Sollte er doch machen, was er wollte; sie würde ihm keine Träne nachweinen.

Die Menschen im Raum verlangten, dass Bruni sang. Liebenswürdig – und voller Stolz – willigte sie ein und ging auf die Bühne. Nachdem sie ihr Lied beendet hatte, hielt Dean Harris eine kurze Ansprache, anschließend floss der Alkohol in Strömen und Kellnerinnen kamen mit Tabletts voller Horsd'oeuvre und boten den Gästen die mundgerechten Happen an. Die Stimmung war so ausgelassen wie vor dem Krieg. Marlene war damals zwar noch zu jung gewesen, kannte aber die Geschichten der Älteren sowie Filme über die Goldenen Zwanzigerjahre und das mondäne Leben im kosmopolitischen Berlin.

Plötzlich war die Luft von lauter Musik erfüllt und riss Marlene aus ihren Gedanken. Ein attraktiver amerikanischer GI erschien vor ihr und forderte sie zum Tanz auf. Das konnte sie schlecht ablehnen, denn schließlich war sie hierhergekommen, um sich zu vergnügen und für eine Weile ihren Liebeskummer zu vergessen.

Er stellte sich als hervorragender Tänzer heraus und obwohl sie sich insgeheim nach Werner sehnte, amüsierte sie sich prächtig. Kurz vor Mitternacht sah sie, wie sich Bruni und Dean Harris aus dem Saal stahlen und die angeheiterten Gäste sich selbst überließen. Marlene nahm dies als Zeichen, um nach Lotte zu suchen, die von einem britischen Soldaten in Beschlag genommen worden war.

„He, Lotte, ich gehe nach Hause. Kommst du mit?"

„Natürlich." Lotte schien dankbar dafür zu sein, dass Marlene sie unterbrochen hatte, denn sie flüsterte ihr ins Ohr: „Es ist allerhöchste Zeit, dass ich gehe. Mein Bewunderer hier kann seine Hände kaum noch bei sich behalten."

Marlene nickte wissend. Lotte wartete noch immer darauf, dass ihr Verlobter aus russischer Gefangenschaft zurückkehrte. Selbst wenn sie ausging und sich amüsierte, erlaubte sie sich niemals mehr als einen harmlosen Flirt. Gemeinsam schauten sie sich nach Zara um, die sie schließlich in inniger Umarmung mit einem adretten Mann fanden.

„Möchtest du mit uns kommen?“, fragte Marlene, aber Zaras leicht gerötete Wangen verrieten ihr die Antwort schon, ehe diese den Kopf schüttelte.

KAPITEL 34

Dean war schlecht gelaunt. Wegen des Vetos der Sowjetunion konnte der neue Oberbürgermeister Ernst Reuter sein Amt noch immer nicht antreten. Die Wahlen waren schon einige Monate her und seitdem hatte sich nichts geändert, weil die Sowjets eine Verschleppungstaktik anwandten und weitergehende Nachforschungen über die gewählten Kandidaten forderten.

Und er konnte nichts dagegen tun. General Clay, sein Vorgesetzter im Alliierten Kontrollrat, hatte ihn ausdrücklich davor gewarnt, die Russen zu verärgern. Als ob diese Verbrecher es nötig hatten, dass jemand sie ärgerte. Sie kamen ja ganz von selbst mit den übelsten Taktiken an.

Bis auf Weiteres hatte Dean mit einem Berliner Magistrat zu tun, in dem jede Menge nicht gewählte Kommunisten saßen, während die rechtmäßigen Delegierten aufgrund von fadenscheinigen Ausreden ihre Ämter nicht antreten konnten. Wie sollte er Berlin unter diesen Umständen regieren?

Seine Gedanken wurden von einem Klopfen an der Tür unterbrochen. Erstaunt schaute er auf. Es war früh am Morgen und seine Männer wussten, dass sie ihn in dieser ruhigen Stunde vor den offiziellen Bürozeiten nicht zu stören hatten.

„Herein!“, rief er.

Die Tür öffnete sich langsam, fast widerwillig, und ein Mann ohne Uniform lugte hinein. Zunächst wollte Dean ihn wegschicken, doch dann erkannte er Werner Böhm. *Na, das ist ja eine Überraschung!*

Irgendwie mochte er Böhm, der zwar ein überzeugter Kommunist war, aber immer versuchte, sich an die Tatsachen zu halten. Das letzte Mal, als er sich kurz mit ihm unterhalten hatte, war bei der furchtbaren Zweijahresfeier der Kapitulation in Karlshorst gewesen. Er fragte sich, was der Handlanger Moskaus wohl so früh am Morgen von ihm wollte.

„Guten Morgen, Herr Kommandant“, sagte Böhm, während er im Türrahmen stehen blieb und seinen Blick nervös durch den Raum schweifen ließ. Die dunklen Schatten unter seinen wachsamen Augen ließen vermuten, dass er in der Nacht nicht viel geschlafen hatte. „Könnte ich kurz mit Ihnen reden? Unter vier Augen?“

Dean war mittlerweile neugierig geworden und zeigte auf den Stuhl vor seinem Schreibtisch. „Bitte, schließen Sie die Tür und setzen Sie sich.“

„Herr Kommandant“, sagte Böhm in fehlerfreiem Englisch. „Ich habe ein ungewöhnliches Anliegen, aber zuerst muss ich Sie um Ihre absolute Verschwiegenheit bitten. Niemand darf von unserer Unterhaltung erfahren.“

Dean legte den Kopf schief. Die Sache wurde mit jeder Minute merkwürdiger und er fragte sich, in welcher strenggeheimen Mission Böhm unterwegs war. Brachte er ein Friedensangebot von Sokolow in der Angelegenheit des Oberbürgermeisters? Eher unwahrscheinlich. Die Sowjets schickten keine deutschen Handlanger, um mit den anderen Alliierten zu verhandeln.

Oder wusste Böhm etwas über die vierhundert verschleppten deutschen Ingenieure, die in einer Nacht-und-Nebel-Aktion fortgeschafft worden waren, um ihren neuen Herren irgendwo in der Sowjetunion zu dienen? Aber warum sollte er dann zu ihm kommen? Was verlangte er im Gegenzug?

„Von mir wird niemand von dieser Unterhaltung erfahren", sagte Dean und lehnte sich zurück, wobei er beobachtete, wie Böhm nickte und nervös mit den Händen spielte, als er sich setzte. Der Mann wirkte so angespannt, dass Dean einen Moment lang befürchtete, er könnte eine Dummheit geplant haben. Sicherheitshalber fühlte er nach der Pistole, die er immer in der offenen Schublade seines Schreibtischs aufbewahrte.

Trotz der vielen Morddrohungen hatte er niemals gefürchtet, jemand könnte tatsächlich in sein Büro eindringen und ihn umbringen. Außerdem durften die Deutschen keine Waffen tragen. Nicht einmal die Polizei. Er entspannte sich wieder und schob den Gedanken beiseite.

„Das hört sich für Sie vielleicht merkwürdig an, aber ..." Böhm holte tief Luft, ehe er weitersprach: „Ich brauche Ihre Hilfe, um Berlin zu verlassen."

Dean war sprachlos, während sich die grauen Zellen in seinem Gehirn langsam in Gang setzten und den Zusammenhang herstellten. Nach einem langen Schweigen fragte er: „Sie möchten überlaufen?"

Böhm vergrub sein Gesicht in den Händen, ehe er wieder aufschaute und antwortete: „Ja. Ich ... ich habe so schlimme Dinge gesehen, dass ich den Sowjets gegenüber einfach nicht mehr loyal sein kann. Und ich habe Angst, dass sie von meiner kritischen Meinung Wind bekommen und mich für immer verschwinden lassen. Ich habe Sie als ehrenwerten und rechtschaffenen Mann kennengelernt, darum bin ich jetzt hier und lege mein Schicksal in Ihre Hände.“ Böhm neigte den Kopf, als erwartete er, dass Dean ihm diesen mit einer scharfen Klinge abtrennte.

Dean war fassungslos. Natürlich hatte es Fälle von Überläufern gegeben, größtenteils aus der sowjetisch besetzten Zone, aber niemals war jemand so Hochrangiges wie Böhm dabei gewesen. Er war ein dicker Fisch – einer, den Dean hervorragend für antisowjetische Propaganda benutzen konnte. Vielleicht konnte er sogar Böhms fundierte Kenntnisse der sowjetischen Arbeitsweise nutzen, um Sokolow dazu zu bringen, einigen der strittigen Punkte in der Kommandantur zuzustimmen. Aber wie sollte er herausfinden, ob das eine Falle war? Er musste zuerst mehr Informationen sammeln.

„Sie haben recht. Das ist ein eher ungewöhnliches Anliegen und ich bin mir sicher, Sie verstehen, dass ich zuerst noch einige Fragen stellen muss.“ Das geheime Dossier, das er über Böhm gelesen hatte, beschrieb ihn als vernünftigen und humanen, aber loyalen russischen Funktionär. Viele Überläufer waren Spione und Harris musste vorsichtig sein, weil ein solcher Vorfall zu Reibungen in der Kommandantur und dem Alliierten Kontrollrat führen konnte.

Böhm nickte. „Alles, was Sie wissen wollen.“

Dean musste Böhm einfach ein aufmunterndes Lächeln schenken, denn er wirkte so schrecklich verzweifelt. „Sie müssen sich darüber im Klaren sein, dass es keinen Weg zurück gibt. Niemals. Wieso haben Sie sich also dazu entschieden?“

„Ich bin zu dem Schluss gekommen, dass Stalin und seine Spießgesellen die Grundidee des Kommunismus so stark pervertiert haben, dass ich die Verantwortung nicht mehr tragen kann, Teil dieser Verbrechen gegen die Menschheit zu sein.“ Böhm richtete sich gerade auf und blickte Dean direkt in die Augen. „Sie verstehen sicherlich, dass ich einen Teil meines Wissens zurückhalten muss, als Garantie, dass Sie mich sicher aus Berlin raus und in den Westen bringen. Aber ich verspreche Ihnen, sobald ich dort bin, werde ich Ihren Leuten alles erzählen, auch“, Böhm blickte sich im Raum um, als wollte er sich vergewissern, dass dort niemand war, der ihnen zuhörte. „Auch die Wahrheit über Tauber und Berger.“

Dean unterdrückte ein Nach-Luft-Schnappen, denn Böhm hatte gerade seinen Verdacht zu den plötzlichen Geständnissen der Studentenvertreter bestätigt, die für mehr Demokratie und weniger Indoktrinierung gekämpft hatten. Aber er hielt es für klüger, nicht auf den Köder einzugehen.

„Ich verstehe, dass Sie etwas in der Hinterhand behalten wollen, aber ich brauche etwas mit mehr Substanz, um Ihnen glauben zu können. Einen Mann Ihrer Position aus Berlin zu schmuggeln, ist kein leichtes Unterfangen, und wir riskieren den Zorn Ihrer sowjetischen Vorgesetzten.“

Böhm zuckte sichtlich zusammen, als Dean seine sowjetischen Vorgesetzten erwähnte, was er als Zeichen dafür ansah, dass Böhm die Wahrheit sprach. Mehr denn je wünschte sich Dean, einer seiner erfahrenen Vernehmer stünde ihm zur Seite. Doch da er Böhm absolutes Stillschweigen versprochen hatte, musste er sich auf seinen eigenen Instinkt verlassen.

„Ich kann Ihnen jetzt noch nichts verraten, denn wenn ich es tue und die Sowjets es irgendwie herausfinden ...“ Böhm beendete seinen Satz nicht. „Bitte, Sie müssen mir glauben. Ich werde all Ihre Fragen beantworten, sobald ich an einem sicheren Ort bin.“ Böhms flehender Gesichtsausdruck erschütterte Dean bis ins Mark. Seit er sich seinen Weg von der Normandie bis über den Rhein erkämpft hatte, erkannte er einen verzweifelten Menschen, wenn er vor ihm stand.

„Einverstanden. Gehen Sie morgen früh um acht vom Brandenburger Tor in Richtung Tiergarten. Jemand wird Sie nach dem Weg zum Alexanderplatz fragen. Gehen Sie mit dieser Person mit", wies er Böhm an, während er angestrengt überlegte, wie der Plan anschließend weitergehen sollte. „Nehmen Sie nichts mit, außer einer Aktentasche mit Ihren wertvollsten Dingen."

Böhm nickte und wollte schon aufstehen.

„Noch eine Sache. Falls Sie nicht allein sind oder Ihnen jemand folgt, blasen wir die ganze Aktion ab und es gibt keine zweite Chance", sagte Dean.

„Verstanden. Und danke." Böhm zögerte kurz, drehte sich dann aber um und verließ den Raum. Dean blieb zurück und zermarterte sich das Gehirn, wie er den Überläufer aus Berlin herausschaffen konnte.

Natürlich auf dem Luftweg, aber wie sollte er ihn sicher zum Flughafen Tempelhof bringen? Und wen sollte er zum Treffpunkt schicken? Es musste ein Zivilist sein. Jemand, der vollkommen unverdächtig war. Eine Frau.

Er griff zum Telefonhörer und wählte die Nummer seines Stellvertreters, um Böhms Flucht aus dem sowjetischen Einflussbereich zu organisieren.

KAPITEL 35

Juli 1947

Auf dem Heimweg wurde Werner von Zweifeln geplagt, denn er hatte nichts als Dean Harris' Versprechen. Was, wenn der Amerikaner ihn hinterging und Sokolow anrief? Der kalte Schweiß brach ihm aus und lief in Rinnsalen seinen Rücken hinab.

Er ballte seine zitternden Hände zu Fäusten und versteckte sie in den Taschen seines Mantels. Er hatte keine andere Wahl, als Harris zu vertrauen, denn er hatte sein Leben darauf gesetzt, dass das Versprechen eines Amerikaners mehr Wert hatte als das eines Russen. Was, wenn er den Kommandanten falsch eingeschätzt hatte?

Plötzlich sah er an jeder Straßenecke Polizisten vom NKWD, bereit, sich auf ihn zu stürzen. Völlig erschöpft und aufgewühlt erreichte er endlich sein Büro im Haus der Einheit.

„He, Böhm, spät dran heute."

Ruckartig drehte er seinen Kopf in Richtung des Rufenden und hob instinktiv die Hände, um einen Angriff abzuwehren. „Oh, guten Morgen, Genosse, der Bus stand wegen eines Unfalls im Stau."

Der Kollege schüttelte den Kopf. „Ich verstehe wirklich nicht, warum du unbedingt öffentliche Verkehrsmittel benutzen willst, wenn du in deiner Position doch einen Fahrer hast."

„Weil ich dadurch einen Einblick in die Köpfe der Berliner bekomme, was für meine Propagandaarbeit sehr nützlich ist", antwortete Werner und verschwand schnell in sein Büro.

In seinen Augen entsprach nichts weniger der kommunistischen Grundidee als eine politische Elite, die im Wagen fuhr, während die hochgelobten Arbeiter öffentliche Transportmittel benutzen mussten. Bemerkten seine Genossen die Ironie dahinter nicht? Fragte sich niemand, ob diese Vergünstigungen und Privilegien mit der Marxistischen Philosophie kompatibel waren? Die Wagen, die Lebensmittel, die *Pajoks,* die Villen, die Reisen in besondere Erholungsheime für Parteifunktionäre. Die Liste war endlos.

Niemand erwartete von einem Generalsekretär der SED, mit zwölf weiteren Genossen in einem muffigen Kellerloch zu hausen, wie es die Industriearbeiter machen mussten. Aber er musste auch nicht unbedingt in einer Villa mit fünfundzwanzig Zimmern und altem Baumbestand in Pankow residieren. Würde nicht eine nette Dreizimmerwohnung reichen?

Werner zuckte mit den Achseln und setzte sich an seinen Schreibtisch, um die Überschriften verschiedener Zeitungen zu lesen, darunter die sowjetische *Tägliche Rundschau,* die amerikanische *Neue Zeitung* und die britische *Die Welt.*

Das übliche Gezänk. Nichts von Belang. Er wandte sich der Korrespondenz auf seinem Schreibtisch zu und arbeitete sie gewissenhaft ab, bis das Telefon klingelte. Erschrocken starrte er auf den schwarzen Apparat und anschließend auf die Uhr, die auf seinem Schreibtisch stand. Weit nach Mittag. Er hatte vergessen, zum Essen zu gehen.

„Werner Böhm, SED-Hauptquartier, Abteilung für Medien und—"

„Genosse Böhm, Sie werden sofort in der SMAD erwartet", bellte eine Stimme auf Russisch ins Telefon.

Heißkalte Schauer überkamen Werner und er stammelte: „Ja, Genosse, ich nehme sofort einen Wagen und bin in einer Stunde da." Die andere Person legte auf, während Werner sich vor Angst kaum rühren konnte.

Die einzige Erklärung für diesen Anruf war, dass Harris sein Versprechen gebrochen und die Sowjets informiert hatte. Verzweifelt überlegte er, ob er wegrennen und versuchen sollte, auf eigene Faust zu fliehen. Aber wie? Und wohin? Oder vielleicht hatte Harris gar nichts ausgeplaudert? Vielleicht hatten sie ihn beobachtet und wollten nun den Grund für seinen Besuch beim amerikanischen Kommandanten wissen.

Werner klammerte sich an diesen Gedanken wie an einen Rettungsring. Er würde auf Zeit spielen, darauf vertrauen, dass Harris ihn nicht verraten hatte. Zwanzig Stunden musste er nur noch durchhalten. Schließlich setzte er ein zuversichtliches Gesicht auf und sagte seiner Sekretärin, dass er in Karlshorst gebraucht wurde und am Nachmittag möglicherweise nicht zurückkäme.

Schwitzend wie ein Zehnkämpfer und die Nerven zum Zerreißen gespannt kam er in Karlshorst an, wo vor gar nicht langer Zeit die Feier des Jahrestags der bedingungslosen Kapitulation Deutschlands stattgefunden hatte. Wie anders war die Situation damals doch gewesen.

Heute blickte der Wachposten grimmig drein und winkte ihn

in den großen Festsaal. Der Raum war vorwiegend mit Männern in Uniform gefüllt und Werner atmete erleichtert auf. Sie hatten sicherlich nicht die halbe Garnison einberufen, nur um ihn als Dissidenten zu entlarven. Er nickte bekannten Gesichtern zu und entdeckte schließlich Norbert in der Menge.

„Genosse, was ist los?", fragte er seinen Chef.

„Etwas Furchtbares ist passiert. Sokolow spricht in ein paar Minuten", sagte Gentner.

Als Sokolow zwanzig Minuten später das Podium erklomm und der Menge erklärte, Frankreich und Großbritannien hätten die Dreistigkeit besessen, zweiundzwanzig europäische Länder zur sogenannten Marshallplan-Konferenz in Paris einzuladen, konnte Werner den Schrei der Erleichterung kaum unterdrücken.

„Das ist ein direkter Affront gegen den ersten sozialistischen Staat, die Sowjetunion, und all unsere Bruderländer auf der ganzen Welt. Die imperialistischen Kriegshetzer und Volksfeinde zeigen endlich ihr wahres Gesicht. Sie haben sich dem erklärten Ziel der amerikanischen Kapitalisten, die Welt zu zerstören, gebeugt und den friedliebenden Volksdemokratien den Fehdehandschuh hingeworfen." In einem fort ließ sich Sokolow darüber aus, dass die Amerikaner die Unverschämtheit besaßen, dem vom Krieg gebeutelten Europa und sogar den sozialistischen osteuropäischen Staaten helfen zu wollen. Es sei ein bösartiger Plan, sich in die inneren Angelegenheiten anderer Völker einzumischen, der wieder einmal zeigte, dass die Amerikaner nach wirtschaftlichem Imperialismus und Vorherrschaft strebten.

Werner hörte nicht mehr zu. In Wahrheit waren die Sowjets aus viel kleinkarierteren Gründen gegen den Marshallplan. Sie wollten keine wirtschaftliche Unterstützung für Deutschland, weil diese Nation vor wenigen Jahren die Sowjetunion verwüstet hatte und dafür noch jahrzehntelang büßen und bezahlen sollte.

Die Sowjets hatten die komplette Kontrolle über jegliche

Hilfsleistungen an die Deutschen eingefordert und zudem verlangten sie, darüber informiert zu werden, welche Nation wie viel Geld von den Amerikanern erhielt. Der britische und der französische Vertreter hatten sich geweigert, und so war der sowjetische Außenminister aus dem Treffen gestürmt. Jetzt war er beleidigt, weil die anderen Alliierten nicht darum bettelten, er möge an den Verhandlungstisch zurückkehren, sondern stattdessen ihren Plan ohne die Beteiligung der Sowjetunion weiterverfolgten.

Tatsachenverdrehung und angstbasierte Berichterstattung waren ein so fester Bestandteil des sowjetischen Kommunismus geworden, dass Werner sich am liebsten übergeben hätte. Jegliche Zweifel, ob es das Richtige war, überzulaufen, statt zu versuchen, das System von innen heraus zu reformieren, schwanden. Dazu trugen nicht nur Sokolows Worte bei, sondern auch, dass die Bemühungen seitens der Amerikaner, hungernden Menschen helfen zu wollen, kollektiv verurteilt wurden.

Keinesfalls konnte Werner noch länger hinter diesem menschenverachtenden System stehen. Er sehnte den nächsten Morgen herbei, wenn er all dies hinter sich lassen und ein neues Leben beginnen würde.

Nach zähen Diskussionen und einem Abendessen kehrte er nicht in sein Büro zurück, sondern wies den Fahrer an, ihn direkt in seine Wohnung in Pankow zu bringen, die er sich mit Horst teilte. Zu seiner Erleichterung war sein Mitbewohner nicht zu Hause, sodass ihm Zeit blieb, sich zu verabschieden. Gemächlich schritt er durch die Wohnung und prägte sich jede Einzelheit ins Gedächtnis ein.

Dann packte er seine Aktentasche und nahm nur die kostbarsten Dinge mit sich – seine Ausweispapiere, Geld, ein Foto seiner Eltern, ein Büchlein, das ihm sein erster Politiklehrer damals in Moskau gegeben hatte. Falls man ihn anhalten und durchsuchen würde, durfte er nur Dinge bei sich tragen, die keinerlei Verdacht erregten.

Seine Finger glitten zärtlich über den Briefbeschwerer, den Marlene ihm geschenkt hatte. Beim Gedanken an sie wurde er traurig. Er würde sie vermutlich nie wiedersehen.

Mit schwerem Herzen ging er zu Bett und hoffte, dass er die richtige Entscheidung traf. War er erst einmal übergelaufen, gab es keinen Weg zurück. Nicht nach Berlin und nicht in die Sowjetunion. Er würde keinen seiner Freunde – und auch seine Eltern, sollten sie noch am Leben sein – jemals wiedersehen. Eine Träne lief ihm über die Wange, die er wegwischte. Dann schrieb er einen Brief an Marlene, in der Hoffnung, die Amerikaner könnten ihn ihr zukommen lassen.

Am nächsten Morgen wachte er weit vor Sonnenaufgang auf. Ihm war schwindelig vor Vorfreude, aber gleichzeitig verging er vor Angst. Sorgsam zog er sich an, rasierte und kämmte sich und hinterließ dann alles so wie an jedem anderen Tag. Irgendwann würde sein Verschwinden natürlich bemerkt werden und dann würde man vielleicht vermuten, er sei auf dem Weg ins Büro in einen Unfall verwickelt worden und die Krankenhäuser nach ihm absuchen.

Zuletzt schlug er die gestrige *Prawda* auf einer Seite mit einem Artikel über die erfolgreiche Landreform auf, ganz so, als ob er vorgehabt hätte, diesen nach der Arbeit zu studieren. Dann verließ er die Wohnung. Er nahm mehrere Umwege und achtete peinlichst genau darauf, dass ihm niemand folgte. Zwei Minuten vor der Zeit erreichte er das Brandenburger Tor. Wie angewiesen ging er die Charlottenburger Chaussee in Richtung S-Bahnhof Tiergarten. Die Straße war ein Teil der gigantomanischen Vision Hitlers und seiner Welthauptstadt Germania gewesen und damals in Ost-West-Achse umbenannt worden.

Er schlenderte absichtlich langsam und sah schon bald, wie

eine platinblonde Frau hinter den Bäumen hervortrat, die die Chaussee säumten, und direkt auf ihn zukam. Sein Herz setzte kurz aus und er tat, als bemerkte er sie nicht.

„Entschuldigung, mein Herr, könnten Sie mir bitte sagen, wie ich zum Alexanderplatz komme?“, trillerte eine melodische Stimme.

Er erkannte die Sängerin Brunhilde von Sinnen und fragte sich, ob es sich um einen Zufall handelte, oder ob sie tatsächlich für die Amerikaner arbeitete. Doch da sonst niemand zu sehen war, antwortete er mit einem flauen Gefühl im Bauch: „Natürlich, Fräulein von Sinnen, ich werde Ihnen den Weg zeigen.“

„Kommen Sie mit“, sagte sie und hakte sich bei ihm ein. Sie benahm sich, als wären sie auf einer romantischen Verabredung, und lenkte ihn in Richtung Tiergarten. Von dort fuhren sie mit der S-Bahn ein paar Stationen bis tief in den amerikanischen Sektor und stiegen an der Haltestelle Deutsches Opernhaus wieder aus, wo Fräulein von Sinnen ein Taxi anhielt.

Sie sagte ihm, dass er einsteigen sollte, ehe sie sich umdrehte und wegging. Ihm blieb fast das Herz stehen, denn jetzt war er sich sicher, dass er in eine Falle getappt war. War sie nicht Orlowskis Geliebte gewesen? Hatten die Russen versprochen, ihr Fjodor zurückzubringen, wenn sie ihn dafür auslieferte?

„Warten Sie“, rief er ihr hinterher und zog schnell den Umschlag aus seiner Aktentasche. „Könnten Sie den bitte Ihrer Freundin Marlene geben?“

Sie nickte und steckte den Umschlag in ihre Handtasche.

„Rein mit Ihnen. Schnell“, rief der Fahrer mit starkem amerikanischem Akzent und Werner leistete Folge. Kaum saß er, wurde ihm bereits eine Armeekappe gereicht: „Aufsetzen!“

„Das ist also meine Flucht?“, fragte Werner den Fahrer, der sich mit einem breiten Grinsen auf dem Gesicht zu ihm umdrehte.

„Sieht ganz danach aus. Anscheinend wollen die da oben Sie unbedingt haben. Wir fahren direkt nach Tempelhof."

Tempelhof, der amerikanische Flughafen. Sie hatten also beschlossen, ihn sofort auszufliegen. Werner wusste, dass er keine weiteren Fragen stellen durfte, weshalb er sich damit begnügte, dem Fahrer zu danken und die Gebäude zu betrachten, die in Windeseile an ihm vorbeizogen.

Ohne etwas anderes, womit er sich beschäftigen konnte, hinterfragte er zum wiederholten Mal seine Entscheidung. Das Treffen mit Fräulein von Sinnen hatte seine Zweifel wieder entfacht. Würde sein Überlaufen Marlene in ihrer Meinung, er sei ein rückgratloser Feigling, bestärken? Hätte er bleiben und kämpfen sollen? Hätte er etwas ändern können?

Sie erreichten den Flughafen Tempelhof, wo der Wagen von einem Wachposten angehalten wurde, der sie nach ihren Papieren fragte. Der Fahrer zeigte seinen Ausweis vor, sie wurden durchgewunken und fuhren um das Flughafengebäude herum direkt auf das Rollfeld. Werner war beeindruckt.

Der Wagen hielt neben einem Flugzeug, das bereits auf dem Rollfeld wartete, und erleichtert erkannte er Dean Harris, der ihm von der Fluggasttreppe aus entgegenkam.

„Willkommen auf amerikanischem Boden", begrüßte er ihn. „Sie werden mit General Clay in seinem Privatflugzeug nach Wiesbaden fliegen. Er wird Sie über das weitere Vorgehen in Kenntnis setzen."

„Ich danke Ihnen vielmals, Herr Kommandant", sagte Werner und schüttelte Harris die Hand. „Ich stehe für immer in Ihrer Schuld."

Dann stieg er die Treppe hinauf und gesellte sich zu General Clay, den er bei verschiedenen offiziellen Anlässen in der SMAD gesehen, aber mit dem er noch nie gesprochen hatte. Innerhalb weniger Minuten waren sie in der Luft und Werner stellte schnell fest, dass General Clay nicht das Monster war, als das die Sowjets ihn darstellten, sondern in Wahrheit ein intelligenter und freundlicher Mann.

KAPITEL 36

Auf RIAS Berlin lief Musik, als plötzlich ein Klingeln ertönte. Vom ungewohnten Geräusch verwirrt blickten Marlene und Lotte von ihren Hausaufgaben auf.

„Was war das?", fragte Marlene.

„Ich glaube, das war die Türklingel. Sie wurde gestern endlich repariert. Ich gehe mal nachschauen." Lotte stand auf und öffnete die Tür. Kurz darauf stand sie mit Bruni im Schlepptau im Zimmer.

„Bruni! Was führt dich hierher?" Marlene hätte sich fast verschluckt, denn Bruni kam so gut wie nie zu Besuch.

„Ich habe einen Brief für dich." Bruni holte einen Umschlag aus ihrer Handtasche.

„Seit wann trägst du die Post aus? Zahlt dir das Café de Paris nicht genug?", foppte Marlene sie.

Bruni schürzte die Lippen und hielt den Umschlag zwischen ihren rot lackierten Fingern. „Statt so schnippische Bemerkungen zu machen, solltest du lieber auf die Knie fallen und mir die Füße dafür küssen, dass ich dir diesen Brief bringe."

Marlene kniff leicht die Augen zu. „Wo hast du den her?"

„Das kann ich dir nicht sagen. Und bitte entschuldige die Verspätung, aber ich musste ein paar Tage warten, ehe ich ihn dir geben durfte."

Marlene zog skeptisch die Augenbrauen hoch. Es war ganz und gar nicht Brunis Art, die Mysteriöse zu spielen. Sie schnappte ihrer Freundin den Brief aus der Hand, riss ihn auf und las.

Meine liebste Marlene,

Du hattest recht. Ich war ein verabscheuungswürdiger Feigling und viele mussten meinetwegen leiden, einschließlich Dir.

Das soll keine Entschuldigung für mein Verhalten sein, aber wenn Du wüsstest, unter welchem Druck ich stand, könntest Du vielleicht verstehen, warum ich mich so benommen habe. Letztendlich warst Du es, die mir die Augen geöffnet und mir gezeigt hat, was es bedeutet, für das zu kämpfen, woran man glaubt.

Ich wollte Dich niemals verletzen und meine Gefühle für Dich waren echt. Ich verbrachte jene Nacht mit Dir, um Dich von Deinem Zuhause fernzuhalten, aber ich habe mit Dir geschlafen, weil ich Dich liebe. Das Einzige, was ich bedauere, ist, dass ich Dir nicht die Wahrheit sagen konnte, und ich hoffe, Du wirst mir eines Tages verzeihen. Vielleicht sehen wir uns nie wieder, aber sei Dir sicher, dass ich Dich immer in meinem Herzen tragen werde.

In ewiger Liebe,

Werner

Tränen liefen ihr über die Wangen und Lotte fragte besorgt: „Was ist los? Ist etwas Schlimmes passiert?"

Marlene wusste es nicht.

Das Radio erlöste sie von einer Antwort, denn der RIAS-Sprecher verkündete: „Wir haben gerade die Eilmeldung erhalten, dass Werner Böhm, Chefredakteur beim Berliner Rundfunk, übergelaufen ist und jetzt aus der amerikanischen Zone zu uns sprechen wird."

Marlenes Kopf schnellte in Richtung des Radios. „Habe ich das richtig gehört? Er ist übergelaufen?"

„Ich schätze, das ist er", sagte Bruni mit einem verschmitzten Grinsen.

„Und du hast es gewusst! Du hast ihn getroffen, nicht wahr? Warum hast du mir nichts erzählt?", bestürmte Marlene ihre Freundin.

„Hattest du nicht hoch und heilig geschworen, nie wieder an ihn zu denken?"

Hätte sie gekonnt, hätte Marlene Bruni an Ort und Stelle erwürgt, aber die beiden wurden von Lotte unterbrochen. „Pst! Wollt ihr Böhms Ansprache nicht hören?"

Natürlich wollten sie. Wie gebannt lauschte Marlene seiner sonoren Stimme, als er die Wahrheit über die Studentenvertreter und ihre Geständnisse erzählte. Mit jedem Satz wurde sie wütender auf die vermaledeiten Sowjets, war aber gleichzeitig auch stolz, dass Werner endlich das Richtige getan und die Wahrheit gesagt hatte.

Sie war verwirrt und wusste nicht, was sie von alledem halten sollte. Sie hatte ihn einen Feigling und eine grausame Marionette genannt, hatte ihn mit ihrem ständigen Genörgel weggestoßen. Jetzt bereute sie ihre Anschuldigungen und ein schlechtes Gewissen machte sich in ihr breit. Sie hatte ihn falsch eingeschätzt und nicht genug Mitgefühl gezeigt oder ihn ermutigt, sich aus seinen Fesseln zu befreien.

Mit seinem Überlaufen war er ein furchtbares Risiko eingegangen. Die Russen würden nicht untätig herumsitzen, sondern ihn bis an sein Lebensende jagen. Und wenn sie ihn erwischten, würde ihn ein grauenvolles Schicksal erwarten. Sie wünschte, sie könnte bei ihm sein und ihn trösten, denn bestimmt hatte er furchtbare Angst.

Als das Radioprogramm vorbei war, saßen die drei Frauen schweigend da, bis Lotte schließlich sagte: „Werner Böhm hat letztlich das Richtige getan."

Marlene nickte. „Ich freue mich für ihn, aber es ist traurig, dass ich ihn wahrscheinlich nie wiedersehen werde."

Dann ging sie in ihr Zimmer und weinte um Werner, über ihre Ungeduld, ihren Mangel an Verständnis und weil sie ihn für immer verloren hatte.

* * *

IM NÄCHSTEN BAND ist Bruni die Hauptperson, und wie soll es anders sein — entgegen aller Intentionen verliebt sie sich. Noch dazu in einen ganz normalen amerikanischen Soldaten. Ob das gutgehen kann?

Jetzt lesen: Eine Stadt der Hoffnung

ANMERKUNGEN DER AUTORIN

Liebe Leserin, lieber Leser,

nachdem ich fast drei Jahre lang an der Buchreihe „Kriegsjahre einer Familie“ geschrieben hatte, war es ein merkwürdiges Gefühl, eine neue Serie zu beginnen. Das erste Buch ist immer das schwierigste, weil ich die einzelnen Figuren noch nicht gut kenne. Darum habe ich mit Lotte eine bekannte und geliebte Person aus der Klausen-Familie hineingeschmuggelt. Ich hoffe, Sie mögen ihre Nebenrolle genauso wie ich.

Wie immer habe ich mich von wahren Begebenheiten inspirieren lassen. Werner ist dem echten Überläufer Wolfgang Leonhard nachempfunden. Als ich seine Autobiografie *Die Revolution entlässt ihre Kinder* las, bekam ich einen Einblick in seine Gedanken. Er war ein treu ergebener Kommunist, der erkennen musste, dass alles, woran er je geglaubt hatte, pervertiert worden war, und nun als Rechtfertigung benutzt wurde, um das Volk zu unterdrücken. Ich konnte mit Werner mitfühlen und erahnen, wie stark es ihn quälte, die Schere zwischen seinen Überzeugungen und der Realität immer weiter auseinanderklaffen zu sehen.

Georg und Julian sind fiktive Charaktere, auch wenn beide von Georg Wrazidlo inspiriert wurden, einem Arzt und Opfer der Nazis sowie des Stalinismus. Er war es, der am 26. Januar 1946 die Eröffnungsrede der Berliner Universität hielt und später aufgrund der erfundenen *Bildung einer faschistischen Untergrund-organisation an der Universität Berlin* angeklagt und inhaftiert wurde, weil er gegen die Sowjetisierung der deutschen Politik kämpfte.

Sowohl die amerikanischen als auch die sowjetischen Kommandanten in Berlin wechselten mehrfach in der Zeit, in der das Buch spielt, aber ich habe jeweils nur eine Figur verwendet, damit man der Geschichte leichter folgen kann.

Dean Harris und General Sokolow sind jeweils eine Mischung aus mehreren echten Kommandanten in Berlin. Einer davon war Frank L. Howley, dessen Memoiren *Berlin Command* einem die Augen öffnen über die sowjetischen Machenschaften und die westliche Beschwichtigungspolitik, als sich die Welt auf dem Weg in den Kalten Krieg befand. Seine Darstellungen der jähzornigen, auf Konfrontation ausgerichteten und dogmatischen Persönlichkeit seines sowjetischen Gegenspielers Alexander Kotikow waren meine Inspiration für die fiktive Figur des General Sokolow.

Als ich *Zeit des Aufbaus* schrieb, wuchs mir Bruni mit ihrer sorglosen Haltung so sehr ans Herz, dass ich beschloss, sie zur Protagonistin des nächsten Buches der Reihe zu machen.

Eine Stadt der Hoffnung bekommen Sie hier: Eine Stadt der Hoffnung

Bitte tragen Sie sich auch in meinen Newsletter ein, dann bekommen Sie sofort Nachricht, wenn ein neues Buch erscheint.

Außerdem erhalten Sie historische Hintergründe zu meinem Büchern oder Infos von meinen Recherche-Reisen.

http://www.marionkummerow.de

Falls Ihnen das Buch gefallen hat, würde ich mich sehr über eine kurze (oder lange) Rezension freuen.

Marion Kummerow

BÜCHER VON MARION KUMMEROW

Liebe und Widerstand im Zweiten Weltkrieg

- Band 1: Unnachgiebig
- Band 2: Unerbittlich
- Band 3: Unbeugsam

Kriegsjahre einer Familie

- Prequel: Gewagte Flucht
- Band 1: Blonder Engel
- Band 2: Dunkle Nacht
- Band 3: Tödlicher Ehrgeiz
- Band 4: Agentin wider Willen
- Band 5: Beherzte Rettung
- Band 6: Tollkühner Aufstand
- Band 7: Enorme Opfer
- Band 8: Bittere Tränen
- Band 9: Enthüllte Tarnung

- Band 10: Glücklich Vereint
- Band 11: Heftige Strafe
- Spin-off: Nicht ohne meine Schwester
- Spin-off: Nur die Liebe heilt ein Herz

Schicksalhaftes Berlin

- Band 1: Eine Zeit des Aufbaus
- Band 2: Eine Stadt der Hoffnung
- Band 3: Ein Spielball der Mächtigen
- Band 4: Eine Fahrt ins Ungewisse

Margaretes Weg

- Prequel: Neugeboren aus der Lüge
- Band 1: Ein Licht der Hoffnung
- Band 2: Am Ende dunkler Tage
- Band 3: Die Frau im Schatten

Flüchtlingskind

KONTAKTINFORMATIONEN

Ich freue mich über jede Zuschrift:

Twitter:
http://twitter.com/MarionKummerow

Facebook:
http://www.facebook.com/AutorinKummerow

Website
https://www.marionkummerow.de

www.ingramcontent.com/pod-product-compliance
Lightning Source LLC
La Vergne TN
LVHW091403190726
843491LV00006B/1230

* 9 7 8 3 9 4 8 8 6 5 6 2 7 *